恋する創薬研究室
片思い、ウイルス、ときどき密室

喜多喜久

恋する創薬研究室　片思い、ウイルス、ときどき密室

目次

プロローグ

「では、お願いします」

進行役の部下に促され、中原《なかはら》はゆっくり立ち上がった。

局長席から事務室を見渡す。自分たちのリーダーが就任演説でどんな話をするのかと、相談員たちは固唾《かたず》を飲んで彼女を見つめている。

中原は軽く頷《うなず》いてみせてから、机にあった資料を手に取った。

「これと同じものを、皆さんにもお渡ししています。最初のページは、少子化社会対策基本法の冒頭部分を、そのままコピーしたものです」

ひと呼吸置いて、中原は資料を見ずに冒頭文を諳《そら》んじ始めた。

「我が国における急速な少子化の進展は、平均寿命の伸長による高齢者の増加とあいまって、我が国の人口構造にひずみを生じさせ、二十一世紀の国民生活に、深刻かつ多大な影響をもたらす。我らは、紛れもなく、有史以来の未曽有の事態に直面している。しかしながら、我らはともすれば高齢社会に対する対応にのみ目を奪われ、少子化という、社会の根幹を揺るがしかねない事態に対する国民の意識や社会の対応は、著しく遅れている。少子化は、社会における様々なシステムや人々の価値観と深くかかわっており、この事態を克服するためには、長期的な展望に立った不断の努力の積重ねが不可欠で、極めて長い時間を要する。急速な少子化という現実を前にして、我らに残された時間は、極めて少ない――とあります」

言葉が全員に浸透するのを待って、中原は続ける。

「この考え方はもちろん真っ当なものです。若者がこのまま減り続ければ、早晩、我が国は歴史の中に埋没していくことでしょう。しかし、国の対策はどうしても、子供を産ませることと、あるいは育てることに目が行きがちです。それも大切なことですが、肝心なことを疎かにしている気がしてならないのです。子供を産み、周囲のサポートを得ながら育てるためには、結婚をしなければなりません。結婚をするためには、当然伴侶を見つける必要がありますが、それは簡単なことではありません。見合いや仲人という風習が消えかけている今こそ、恋愛に関して、誰かがおせっかいを焼かねばならない――六十を過ぎた今、私は切実にそう思います。だからこそ、私は志願して、この〈恋愛相談事務局〉の局長になりました」

そこで中原は深々と頭を下げた。

「お願いします。どうか、私に協力してください。実際に悩みを引き受け、解決に当たるのは皆さんです。皆さんの地道な努力が、未来の日本を作るのです」

顔を上げた中原は、相談員たちの表情に力強さが宿ったことを感じ取った。

――どうやら私は、良い部下に恵まれたらしい。

彼女は浮かびかけた笑顔をかろうじて抑え込み、今後の具体的な対応について説明を始めた。

第一章

発端

十一月十一日（日）

「ああ、疲れた」

北条敏江《ほうじょうとしえ》は独り言をこぼして、スーパーのビニール袋をアスファルトに置いた。

じんじんと痛む手のひらをさすり、一つ息をつく。

醤油、白菜、牛乳、バナナ……タイムセールをやっていたのをいいことにあれこれ買い込んだが、明らかに重量オーバーだった。スーパーを出てからまだ十分も歩いていないのに、呼吸がすっかり乱れてしまっている。

運動不足なのは重々承知だが、それにしても、最近ひどく疲れやすくなってはいないだろうか。

あるいは、と胸のうちで呟《つぶや》いて、敏江は呼吸を心持ち深くした。

――歳を取るというのは、こういうことなのだろうか。

運動をすると、体のどこかが痛くなる。痛いから、なるべく動かないようにする。動かないから、さらに体力が落ちる。楽をしたがる弱い心が生み出す、負の連鎖――肉体と精神の老化。その終着点に待ち構えているのは、死以外の何物でもない。

自然の摂理と言ってしまえばそれまでだが、坂を下るばかりの未来が待ち受けていると思うと、ますます気分が滅入る。いつかは自分も、はっきりした理由もなく病院に入り浸るようになるかもしれない。そんな姿が、嫌になるほど明確に想像できた。

敏江は耳に掛かった髪を指で掻《か》き上げた。こめかみの辺りにわずかに汗が滲《にじ》んでいた。

少し、休んでいこう。敏江は広い歩道の端に体を寄せ、民家のレンガ調のブロック塀に右肩をもたせかけた。

正午過ぎの晩秋の太陽が、慈しむように敏江のセーターを温める。優しい温度に触れていると、自然と心が安らぐ。近所の公園に行って、ベンチでひなたぼっこをしながら、夕日が沈むまで一人でぼんやりしたくなるような、ちょうどいい陽気だった。

理想の老後にも似た、安らかな午後。ここ数カ月、敏江が希求してやまなかった、何も考えずにただ漫然と過ごすことができる世界への扉が、目の前に開けていた。

ため息を漏らして、敏江はブロック塀から体を離した。名残惜しいが、妄想に逃げ込んでいる時間はなかった。早く自宅に帰って、夕食の準備を始めなければならない。お気に入りのロッキングチェアーでくつろぐのはそのあとだ。

つかの間の休息に別れを告げ、敏江は腰をかがめてビニール袋を持ち上げようとした。

「――敏江さん」

名前を呼ばれ、膝を曲げた不格好な姿勢のまま敏江は振り返った。

歩道の向こうに北条智輝《ともき》の姿を見つけた瞬間、敏江の心臓が大きく跳ねた。はにかんだ智輝の目元に、亡夫の――北条三朗《さぶろう》の面影を認めたからだった。

体内で膨らんだ動揺に、敏江は懐かしさを覚えた。忘れていた感覚――それは、思春期を迎えたばかりの頃に抱いた、異性に対するときめきによく似ていた。

敏江はそうと気づかれないようにそっと背筋を伸ばし、駆け寄ってきた智輝を迎えた。

「ご無沙汰しています」

「ホント、久しぶりだね。お盆以来かな、こっちにお邪魔するのは」

「今日は、どうしてこちらに？」

「電気設備の法定点検があるとかで、大学が停電になっちゃってね。いてもしょうがないから、久しぶりに休みを取ったんだ。で、せっかくだし、たまには顔を見せた方がいいかな、と思って」

敏江を守り立てるように、智輝は清々しい笑顔を浮かべる。誰もが好意を抱《いだ》くであろう、爽やかな表情だった。

「じゃあ、帰ろうか」

智輝は明るい声を出して、敏江が路上に置いたビニール袋を片手で持ち上げた。

「うわ、重いね、これ」

驚きの声を上げたものの、智輝はたじろぐことなく、平然と歩き出した。いささかもよろめくことのない、まっすぐな歩調。それが彼の人生の有り様を表しているように思え、敏江はうらやましさを感じながら智輝の横に並んだ。

「ごめんなさい、手伝わせてしまって」

「気にしないでよ。敏江さんにこんなの持たせて平気な顔してたら、天国の三朗じいちゃんに怒られちゃうよ」

「……そうですね」

智輝は三朗のことを「じいちゃん」と呼ぶが、彼にとって三朗は祖父ではなく、祖父の弟――大叔父に当たる人物だった。

三朗が長く関西にいたこともあって、智輝と三朗が会う機会はそう多くはなかったようだが、それでも二人は仲が良かった。時に湿り気を帯びがちな血の繋《つな》がりとは違う、からりとした気安さ。二人は、歳の離れた友人同士のような付き合い方をしていた。

大学進学時に、智輝が迷わず薬学部を選んだのは、製薬企業の研究者だった三朗への憧れがあったためだろう、と敏江は考えていた。

「研究は、相変わらず忙しいんですか」

敏江がそう尋ねると、智輝は「まあね」と、空いている方の手で鼻の頭をこすった。智輝との会話の端緒は、いつもこの話題だ。

「毎日実験ばっかりなんだけど、ここのところは特に実験量が増えててさ。去年の春から取り組んでるプロジェクトが、いよいよ大詰めを迎えてるからね。でも、それも来月で終わり。たぶん、年末はのんびりできると思うよ」

「学生さんの面倒を見るのは大変でしょう」

「楽じゃないけどね。でも、さすがに慣れてきたよ」

智輝の横顔に漂う老成した雰囲気を見て、強がりではなさそうだ、と敏江は判断した。助教の職に就いてから七カ月。もともと泰然自若としていたが、人を教える立場になった影響か、智輝は心を預けたくなるような、落ち着いた雰囲気をまとい始めていた。顔つきは三十手前にしてはいささか幼いが、おそらく学生からの信頼は厚いだろう。

「さすが、優秀でいらっしゃいますね」

「そんなことないけどさ」

「ありますよ」

薄く笑って、敏江は意図的に黙り込んだ。そうすれば、智輝は雄弁に研究の話を始めるはずだった。

　理系人間独特のものなのか、三朗同様、智輝にも自分の仕事について一方的に語る癖がある。敏江はその習性を好ましく思っていた。内容は分からなくても、言葉の端々に込められた熱意を直に感じ取れるからだ。無垢《むく》でまっすぐな想いに触れることで、生きる意欲を取り戻せるのでは——そんな期待を抱いている自分が情けなかったが、それでも敏江は、依存症にでも罹《かか》ったかのように、智輝の声を聞きたい気持ちに駆られるのだった。

　黙って歩きながら、敏江は智輝の話の続きを待った。だが、彼女の期待に反して、智輝は無言のままだった。

　どうしたのだろう、と思っていると、智輝はふいに歩道の真ん中で足を止めた。真顔になって、手にしたビニール袋を覗き込んでいる。

「どうしたんですか」

「敏江さんは、やっぱりお手伝いさんみたいなことしてるの」

「……ええ。家賃も払わずに住まわせてもらっている身ですから」

　食事の準備、部屋の掃除、買い出し、洗濯……生きていく上で誰かがやらねばならない仕事の大半を、敏江は請け負っていた。

「なんでなの」智輝は不満を露《あらわ》にするように眉根を寄せた。「そんなの、断ればいいんだよ。

まだ北条家の一員なんだから」

「……それは、そうなんですが」

「今でも膝が痛いんでしょ」

「大丈夫ですよ。長い距離を歩くとか、ずっと立ちっぱなしとかだと辛《つら》いんですけど、日常生活に支障はありませんから」

「でも、無理をするのは体に良くないよ。一朗《いちろう》じいちゃんに掛け合って、のんびりさせてもらいなよ」

「ええ、そうですね……」

智輝が自分のために憤ってくれていることは嬉しかったが、敏江は首肯できずにいた。声高に権利を振りかざすことで反感を買い、逆にあのマンションを追い出されたら——それだけは絶対に避けたかった。そのリスクを考えれば、今の家政婦のような生活を受け入れることはさほど難しくはなかった。どうせ暇な身なのだ。

「そのうち、話をしてみますよ」

敏江はそれ以上の問答を避けるために、心にもない返事をした。智輝は「約束だよ」と念押しして、怒りの気配を口元に張り付けたまま、再び歩き出した。

話題を変えようと、「今年の年末は、ご両親のところで過ごされるんですか」と敏江は問い掛けた。智輝の両親は、今は岡山に住んでいる。

「いや、そんなに長くは休まないから。ずっと東京にいると思うよ」

「もし時間があれば、こちらにもう一度顔を出してみませんか。北条家の皆さんが、クリスマスにパーティーをやる、とおっしゃっているんです。参加者が多い方が、一朗さんも喜ぶと思います」

「……どうしようかな。あまり気は進まないけど」

「それは、実験があるからですか」

「それもあるけど、ほら、嘘くさいでしょ、理由がさ」

意味が摑《つか》めず、「理由？」と敏江は訊き返した。

「うん。パーティーに出ようとしたら、夕方には研究室を抜け出さなきゃいけない。でも、『親戚の家でパーティーをやるから帰る』なんて、いかにも嘘っぽいじゃない。本当は彼女と会いたいだけなのに、無理やり用事を作ってるみたいに聞こえちゃう。研究室のみんなに呆《あき》れられるよ」

智輝が困ったように笑っている。

心の形をそのまま表に出したような、飾り気のない笑みを見た瞬間、互いを隔てていた精神的な障壁がすっと薄くなる感覚があった。今なら、プライベートに踏み込んだ質問も許される。そんな空気を、敏江は確かに感じていた。

　敏江は会話の流れに乗って、今までに一度もしたことのない問いを口にした。

「参加するかどうか訊《き》いてしまいましたけど、それより前に、確認すべきでしたね。智輝さんは、クリスマスを一緒に過ごすような人はいないんですか」

「それは、恋人がいるか、って質問？」

　彼の真剣な眼差しに、敏江は小さく頷いた。

「いないよ、今は」

　智輝は短く答えて、すでに眼前に迫っていた、十五階建てのマンションを見上げた。アルカディア三鷹《みたか》。牧人の楽園として伝承される古代ギリシアの地名を冠した、真新しい建物。その最上階には、北条家の人間だけしか住んでいない。

「でもね――」

　智輝は頭上に向けていた視線を足元に落とし、額に掛かった髪を軽く払った。

「でも……なんですか？」

「……いや、なんでもないよ」

　智輝は弱々しく笑って、首を振った。

　奥歯に物が挟まったようなその物言いに、敏江は明確な違和感を覚えた。

わずかに残された女の直感が、強く告げていた。もしかすると、いま彼は、恋愛に関する悩みを告白しようとしたのではないか——。

何秒かの沈黙のあと、「さて、と」と智輝はわざとらしく太ももを叩いた。

「せっかくこっちに来たんだし、みんなに顔を見せてくるよ。この荷物、敏江さんの部屋の前に置いておくね」

「あ、はい。じゃあ、お願いします」

よいしょ、と膨らんだビニール袋を持ち直すと、智輝はマンションの玄関に続く階段を駆け上がり、ロビーへと姿を消した。

その背中を見送って、「……片思い、か」と敏江はひとりごちた。なんでも器用にこなすイメージを抱いていたが、理系の研究者らしく、智輝もまた、女性に対しては奥手であるのかもしれない。自分のような、血の繋がりのない人間に弱音を漏らしそうになるほど、悩みの根は深いのだろう。

智輝を不憫《ふびん》に思う一方で、敏江は奇妙な縁のようなものを感じていた。

——もしかしたら、力になれるのではないか。

あそこには、素晴らしい相談員が揃《そろ》っている。きっとうまくやってくれるはずだ。

唐突に舞い降りた閃《ひらめ》きに、心が逸《はや》る。迷いはなかった。マンションの玄関の前に立った時には、敏江は恋愛相談事務局に赴く決意を固めていた。

花奈、自己嫌悪に陥る　十一月十六日（金）①

「――結果が来たぞ」

「ホントですかっ」

相良《さがら》さんの報告を聞いた瞬間、ふっと手の力が緩んだ。

あっ、と思った時には、手からナスフラスコが滑り落ちていた。慌てて左手でキャッチしようとしたが、わたしの反射神経が重力加速度に勝てるはずもなく、乾いた音と共に、ナスフラスコの中身が実験台に派手に振りまかれた。

……やばい！

黒い天板に広がった、灰色の粉。そば粉によく似た色合いのその試薬は、水素化《L》アルミニ《A》ウム《H》リチウムという名の、非常に反応性の高い物質だった。火が出る前に、一刻も早く不活性化しなければならない。わたしは無我夢中で、蒸留水が入った洗瓶を摑んだ。

「馬鹿野郎っ！」

わたしが水を振り掛けようとしたまさにその刹那、短距離走の世界記録を出しそうな勢いで相良さんが飛んできた。彼はわたしの手からポリエチレン製の洗瓶をむしり取ると、代わりに硫酸マグネシウムの容器を手に取った。

呆然《ぼうぜん》と立ちすくむわたしを尻目に、相良さんは硫酸マグネシウムを実験台に撒《ま》き始めた。

実験台が完全に白い粒子に覆われたところで、相良さんが「そこに座れ」と丸椅子に向かって顎をしゃくる。骸骨を思わせる痩せぎすの体に、日本刀のような切れ味を帯びた三白眼。安全メガネを通しても、その眼光の鋭さはいささかも軽減されていない。

「今、自分が何をしようとしていたのか、分かってるのか」

「その、急いで処理をしようと……」

「で、反射的に水をぶっかけようとしたってか。LAHは、水と反応するとどうなる。言ってみろ」

「……発熱します」

「それだけじゃない。分解して、水素ガスを出す。そうだな」

「あう」と、わたしは思わず声を漏らしてしまう。

「確かにLAHはちょっとしたきっかけで火を出す。だが、それだけなら過剰に恐れる必要はない。それより怖いのは、水との反応で発生した水素が燃え上がることだ。だから、LA

Hをこぼした際は、絶対に水を使っちゃいけない。不燃性の無機化合物を振り掛け、少しずつ回収していく。この前の安全ミーティングで対処法を学んだだろうが」

　確かに、やってはいけないミスの中でも、最も危険なものだと言われた記憶がある。今のは、一から十までわたしが悪い。深々と頭を下げるしかなかった。

「すみません。パニックになって、つい……」

　相良さんは呆れ気味にため息をついた。

「……伊野瀬《いのせ》。お前、修士二年《M2》だよな。実験を始めて何年だ」

　わたしは指を折った。大学四年の四月から今日まで——。

「二年と、半年ちょっとになります」

「それだけ実験をやってて、なんでなんだ？　しょっちゅう何もないところでつまずいてるし、フラスコを落とすのだって、今でも週一ペースでやらかしてるだろうが。絶対にミスするなとは言わないが、せめて落ち着いて対処してくれ」

　揶揄《やゆ》するように、「せめて」のところで、相良さんは声に力を入れた。わたしは再び、「すみません」と謝罪した。

　嫌味を言われて当然だと、自分でも思う。ガラス器具を割ったり、試薬をこぼしたり、測定装置を壊したり……修士二年生になった今でも、わたしはしょっちゅうトラブルを起こしている。他の学生の十倍、いやそれ以上の件数だろう。我ながら情けない。

じっと自分の手を見つめる。試しに握ったり開いたりしてみると、ちゃんと、思い通りに動いてくれる。それなのに、どうしてこんなに不器用なのだろう。半透明の薄いゴム手袋に覆われた手のひらに向かって問い掛けるが、答えが返ってくるはずもなかった。

うつむきっぱなしのわたしにうんざりしたのか、相良さんは「……もういい」と疲れた声を出した。「活性評価《アッセイ》結果が出た。見てみるか」

「あ、はい」

わたしは相良さんが差し出したプリントを受け取った。

アッセイとは、化合物の評価を行うための試験だ。評価結果は、細胞やウイルスなどに対して望ましい効果を発揮するのに必要な濃度、つまり、溶液に含まれる化合物の量という形で表される。薄い濃度で効けば、それだけ効果は強いことになるので、出てきた数字が小さければ小さいほど優秀な化合物と判定される。

今回はどうだっただろう。淡い期待に胸を膨らませながら、わたしは自分が作った化合物の欄に目を向けた。

二〇、三五、一七、一六……。ずらりと並ぶ、二桁の数字。念のために、単位がμM《マイクロモーラー》であることを確認し、わたしは嘆息した。目標値は〇・一μMなので、全くお話にならない。

「……今回も、ダメでしたね」

数週間にわたる努力が、たった一回のウイルス活性評価試験で水泡に帰す。科学の残酷さをこれほど強く実感する瞬間は他にはない。

「残念だが、このシリーズも活性が出ないようだな」

相良さんはさして無念でもなさそうに自分の実験台に向かい、一切躊躇《ちゅうちょ》することなく、三角フラスコの中身を廃液タンクに流し入れた。

「捨てちゃうんですか」

「効かない骨格の化合物を精製してもしょうがないだろう」

「それはそうですけど……」

この辺の切り替えの早さは、さすがというか、やろうと思ってもなかなかできない。わたしだったらきっと、何かに使えるかもと意地汚く精製まで終わらせて、大事にサンプル瓶に保管するだろう。

化合物に対する冷徹な視点といい、危険物をこぼした時の対応といい、相良さんの行動には迷いがない。客観的な判断を下す思い切りのよさ。学生と助教の差を痛感する。

と、そこで実験室のドアが開く音がした。反射的に向けた視線が、部屋に入ってきた結崎《ゆいざき》さんとぶつかった。彼女は「あら」というようにわずかに眉を動かした。

「もしかして、アッセイの結果が出たんですか」

相良さんはしかつめらしい顔で頷き、尖《とが》った顎を撫《な》でた。

「ついさっき送られてきたばかりだ」

「どうでした、私が作った化合物」

彼女は小脇に抱えた分厚い参考書を手近な実験台に置き、わたしたちのところに駆け寄ってきた。

「わ、すごく効いてますね、今回の」

「そうだな」と相良さんが同意する。「通常のインフルエンザには充分な活性を持っていると言っていいだろう。本チャンの試験が楽しみになるな」

「そうですね。でも、逆にもどかしいです」苦笑する時も、結崎さんはキュートさを保っている。「たぶん、周辺誘導体の中には、もっと活性の高い化合物が隠れていると思うんです。だから、なるべくたくさん合成したいんですけど……」

「すまんな、俺も手伝えたらいいんだが」

結崎さんはわたしを横目で見て、「いいんですよ」と微笑《ほほえ》んだ。

「私のことは気にせずに、伊野瀬さんの方に注力してください。活性がある『骨格』は多いに越したことはないですから」

「そうか、悪いな」

相良さんは申し訳なさそうに呟き、実験台に置かれた結崎さんの参考書に目を向けた。〈決定版・薬剤師国家試験対策マニュアル〉の文字が堂々と背表紙を飾っている。

「勉強の方は忙しいのか」

「過去問を解いたりしてますけど、少なくとも年内は実験を続けますよ。卒論も仕上げなきゃいけないですし、完全に国試モードになるのは来年に入ってからですね」

結崎さんがわたしの方をちらりと見た。

「ずっと実験を続けられる伊野瀬さんがうらやましいです。私も創薬科学コースに進学した方がよかったかな、って思っちゃいます」

「そんなことはない。将来、薬剤師の資格を持っていることがきっと活きてくる」相良さんはそう言って白衣を脱いだ。「アッセイ結果が出たし、これからの方針を決めなきゃいかんな。ミーティングをやるぞ」

「私も参加した方がいいですか」

結崎さんは自分の顔を指差したが、相良さんは「いや」と首を振った。

「今日は来なくていい。というか、もう打ち合わせは必要ないだろう」

「分かりました。じゃあ、活性が高かった化合物の周辺誘導体を作ります」

嬉しそうに一礼して、彼女は自分の実験台に向かう。相良さんは「先に行ってるからな。早くしろよ」と低い声で言って、足早に実験室を出て行ってしまった。

わたしはゴム手袋を外し、流しで手を洗いながら、深いため息をついた。背中にのしかかるみじめさがあまりに重くて、その場にへたり込みたくなる。

結崎さんとわたしは同い年だ。ただし、彼女は六年生で、わたしは修士二年生。学年が違うのは、選択したコースが異なるからだ。

二〇〇六年に薬学部が六年制に移行したことに伴い、わたしが通う帝國薬科大学では、二つの科――薬学科と創薬科学科が創設された。前者は六年制で、薬剤師の資格を取得するためのコース。後者は四年制で、研究者を目指すためのコース。四年に上がる前に、この二つのいずれかを選ぶことになる。

四年制ではあるが、創薬科学科を選んだ学生の八割は大学院に進学し、ほとんどが修士課程を修めて就職する。だから、どちらのコースも実質的には六年制と言える。また、薬学科であれ創薬科学科であれ、四年生になれば研究室に配属され、卒業研究を行う。研究室内では、どちらの科であるかは区別されない。選べる研究室に制限はなく、研究の内容にも差はない。薬を生み出すために必要な、最先端の技術を学ぶことになる。

両科の最大の違いは、実習の有無にある。

薬剤科では、五年生の時に半年間の実務実習を行うことが義務付けられており、病院と薬局で、実際の業務に沿った仕事をする。それゆえ、必然的に実験に使える時間は創薬科学科の学生より短くなる。

それなのに……。

わたしはため息と共に、実験室と衝立《ついたて》で区切られた事務スペースに移動した。

縦長の部屋に、等間隔に学生の机が並んでいる。わたしは自分の席に向かい、ブックエンドで作った即席の本棚から一冊のファイルを抜き出した。これまでに行われたアッセイ結果をまとめたものだ。

ファイルを開き、出たばかりの結果を印刷したものを綴《と》じる。そのついでに、今回、結崎さんが評価に提出した化合物の活性に、ざっと目を通してみた。

〇・〇二三、〇・〇五一、〇・〇一七。すべてが目標値である〇・一以下だ。単位は同じなので、わたしが合成したものよりも千倍活性が強いことになる。

こうして数字を見ていると、涙がこぼれそうになる。

どうして、わたしはダメなんだろう。

結崎さんには卒業試験があり、国試があり、それらの対策のための講義もある。実験室にいない時間の方が長いくらいだ。それなのに、きちんと結果を出している。一方、わたしには試験も講義もない。毎日実験しかしていない。それなのに、ろくな結果が残せない。

容姿で負けて、研究でも負けて。自分の存在価値はどこにあるのかと、絶望的な気分になる。

「……あっ」

自己嫌悪の深山に足を踏み入れかけたところで、相良さんを待たせていることを思い出した。たっぷり十分以上は悶々《もんもん》としていただろうか。ただでさえ不機嫌そうだったのだ。これ以上怒らせたら大変なことになる。

音を立ててファイルを閉じ、そのまま胸に抱えて廊下に出た。実験室から順に、溶媒倉庫、男性用トイレ、女性用トイレ。その隣が会議室だ。急がねばならない。

早足で歩き出した、次の瞬間のことだった。

「あうっ」

わずかな凹凸《おうとつ》に足を取られてつまずき、廊下の真ん中で派手に転んでしまった。弱り目に祟《たた》り目とはこのことだ。痛みと情けなさが込み上げてきて、じわりと目尻が潤む。この程度のことで涙目になってしまう自分の弱さにうんざりする。

わたしはごしごしと目をこすり、唇を嚙《か》んで立ち上がった。

と、その時。廊下の突き当たりにある階段から、微《かす》かに足音が聞こえてきた。

……もしかして。

わたしはファイルをぎゅっと抱え直し、会議室に向かってゆっくりと歩き出した。

数秒後、曲がり角の向こうから現れた横顔に、わたしの心臓が小さく震えた。

「あれ、伊野瀬さん」

——やっぱり。足音で分かるんだ、わたしって。

「こんにちは、北条さん」高鳴る鼓動を感じながら、わたしは智輝さんに会釈した。「相良さんに何か用事ですか」

「いや、今日は別件。蔵間《くらま》先生に呼ばれてね」そこで、智輝さんが会議室のドアに目を向けた。「伊野瀬さんは、ミーティング？」

「はい。今回のアッセイ結果を受けて、合成方針を見直すことになったので」

「そっか」智輝さんは悲しげに眉根を寄せた。「残念だったね。活性が出なくて」

「……そう、ですね。なかなか難しいです」

「大丈夫？　相良にいじめられてない？」

「誰がいじめてるって？」

突然聞こえた声に振り返ると、男子トイレから相良さんがのっそりと姿を見せた。待ちくたびれて、用を足しに行っていたらしい。

「なんだ、盗み聞きしてたのか」と智輝さんが笑う。

「人聞きの悪いことを言うな。偶然だ」

「便利な言い訳だよね、偶然ってさ」

「うるさい黙れ」

　相良さんがしかめっ面で智輝さんの肩を軽く突く。智輝さんは笑顔のままだ。大学の同級生というだけあって、こんな風に、二人は普段から息が合ったコンビネーションを見せている。

「――で、実際のところどうなのさ」笑っていた智輝さんが、少しだけ表情を引き締めた。

「もうすぐプロジェクトも終わるけど。合成はまだ続く感じなのかな」

「ああ。ギリギリまでやる。まだ作り残してるものがあるからな」

「もうそろそろいいんじゃないの。充分強い化合物があるんだからさ」

「それは違うな」相良さんは首を振る。「企業の研究じゃないんだから、結果より努力が評価されるべきだ。活性向上を目指し、最後まで合成を続ける。それが一番大切なことだと俺は思っている」

「なるほどね。それなら、僕としても、アッセイを続けることに異論はないよ」

　智輝さんは視線をわたしに向けた。

「頑張ってね。期待してるよ」

「はい、精一杯やります」

頬が熱くなっている。赤くなってたりしないだろうか、と心配しながら、わたしは教授室に向かう智輝さんを見送った。

「――さ、ミーティングをやるぞ」

相良さんに促され、わたしは彼と一緒に会議室に向かった。


わたしは今、あるプロジェクトに携わっている。

プロジェクトの発端は、数年前に起きた、新型インフルエンザの大流行にある。

二〇〇九年五月十六日、神戸市内の県立高校に通う、海外への渡航歴がない十七歳の男子高校生が、新型インフルエンザに感染していることが確認された――。

厚生労働省による、国内初の感染例の公式発表だった。その後、わずか二日ほどの間に、兵庫県や大阪府で、生徒や教諭など、合わせて八十四人の感染例が報告された。

毒性の強さが分からないウイルスが身近に迫っているという未曽有の恐怖が、今にして思えば滑稽とも思えるほどの、ヒステリックなリアクションを引き起こした。

外出時は絶対にマスクを着用し、人が集まるところには決して近寄らず、執拗《しつよう》なくらいに手洗いとうがいを励行する。ほとんどの人がそれを忠実に守り、守らない者は異分子として、嫌悪の眼差しを向けられた。そして、その非日常的な状況は、あっという間に日常にすり変わっていった。

あの頃、わたしたちは紛れもなく、世界のルールが変わる過程をなぞっていた。

そんな中で、非常に重宝され、大量に消費された薬物があった。インフルエンザ治療薬、エクスフルである。

旭日《きよくじつ》製薬が創製したこの薬物は、劇的にインフルエンザに効く。症状が本格化する前に飲めば、高熱を抑えられるだけでなく、完治するまでの期間も短くなる。時に胡散臭《うさんくさ》い響きを帯びる「特効薬」というフレーズが、これほどぴたりと当てはまる薬も珍しいだろう。

だが、非常に優秀なこの薬剤にも、弱点はある。――耐性だ。

ウイルスは一般的に、遺伝子が変異を起こしやすい。インフルエンザウイルスも例に漏れず、次々に変異を起こす。その中で、偶発的にエクスフルに対する耐性を獲得するものが出てくる。エクスフルに弱いウイルスは薬で死滅するが、そうでないものは生き残り、増殖していく。そのため、最初はごくわずかだった耐性獲得ウイルスの割合が、徐々に高まっていくことになる。

耐性の蔓延を放置すれば、エクスフルが効かないウイルスばかりになる。もし、そんな状況でウイルスが危険な変異を起こし、世界的流行《パンデミック》が起こってしまったら……。予測を立てることすら憚《はばか》られるほどの犠牲者が出ることは間違いない。世界の崩壊に繋がる悲劇を未然に防ぐために、人類は早急に対策を講じなければならないのだ。

そこで、わたしが籍を置く〈フロンティア創薬研究室〉のボスである蔵間教授は、去年の四月に新しいプロジェクトを立ち上げた。エクスフルを凌駕《りょうが》する、新たな抗インフルエンザ薬を創製する――。それが、今わたしたちが取り組んでいる、スーパー・エクスフル・プロジェクトの目的だ。

プロジェクトのメンバーは、化学合成を担当する化学チームと、抗ウイルス活性を評価する薬理チームからなる。化学チームは、リーダーの相良さんと、わたしと結崎さんの三人。薬理チームのリーダーは智輝さんで、他に数人のメンバーがいる。

わたしは化学合成チームの一員として、この一年半、懸命に化合物を作り続けてきた。しかし、その成果は……。

「……おい。……おいっ!」

ドスの利いた声で、わたしは我に返った。テーブルを挟んだ向かいの席で、相良さんが渋い顔をしている。

「ぼんやりするな。ちゃんと集中しろ」

「……すみません」

そうだ、今はミーティング中だ。物思いに耽《ふけ》っている場合ではない。

「何か、いい案は思いついたか」

「いえ、特には。……相良さんはどうですか」

相良さんは組み合わせた手を口元に寄せ、深刻さがたっぷり含まれた吐息をこぼした。

「残念な結果になったが、俺は方針を変えたくはない」

わたしは手元の資料に目を落とした。そこには、すっかり暗記してしまった、エクスフルの構造式が載っている。

「つまり、周辺誘導体の合成を続けるという……」

「そうだ。初志貫徹だ」

「でも、もう作れそうなものはあらかた作ってしまいましたが」

「まあ、な」と相良さんは苦々しげに呟いた。

これまで、わたしはずっとエクスフル誘導体――エクスフルの構造をもとに、改変を加えた化合物――の合成に取り組んできた。数日で合成可能なものから始まり、合成に何週間も掛かるものまで……もう、五十個以上は作っただろうか。しかし、「エクスフルを超える活性を持つ化合物を創出する」という目標は、未だに達成できていない。

「エクスフルって、本当によくできてますよね。こうして誘導体を作っていると、もう改善できるところはないんじゃないかって気がしてきます」

「製薬企業の研究者はプロ中のプロだ。そう簡単に超えられるもんじゃない。……全く、北条さんも、とんでもない薬物を創り出したもんだ」

「……そうですね」

エクスフルは、旭日製薬に勤めていた、北条三朗という研究者が合成した物質だ。そして、三朗さんは智輝さんの祖父の弟――大叔父に当たる人物なのだ。

わたしも一度だけ会ったことがあるが、三朗さんは非常に温和な人だった。研究者にありがちな偏屈な部分は一切なく、まるで自分の孫の活躍を語るように、エクスフル開発秘話を披露してくれた。

抗インフルエンザ薬の開発研究。言ってみれば、わたしは時と場所を超えて、三朗さんと勝負をしているようなものだ。

「まあ、相手は相手、こっちはこっちだ」自分に言い聞かせるように、相良さんは何度か頷く。「勝ち負けは問題じゃない。創薬のプロセスを身をもって体験できれば、修士課程の研究としては充分なんだ」

「ええ、それは理解しているつもりです」

きっと、相良さんの言う通りなのだろう。過去に在籍した先輩たちも、目を覆いたくなるような悲惨な結果と共に、悠然と研究室を巣立っていった。結果が伴わなくても、わたしはほぼ確実に修士課程を修了できる。

しかし……。

わたしは最新のアッセイ結果が載っているページを開いた。結崎さんが作った化合物は、どれもがエクスフルを凌駕する活性を示している。

わたしと結崎さんは、それぞれに異なる戦略を採用している。わたしはエクスフルをもとにした合成を、結崎さんはエクスフル以外のインフルエンザ治療薬をもとにした合成を行っている。開始時点ではどちらも勝算があると考えられていたが、これまでの結果を見れば、後者の戦略こそが正解だったことは明らかだ。エクスフル以前に知られていたいくつかのインフルエンザ治療薬の周辺に、非常に有望な化合物がいくつも眠っていたのだ。

「おい」

呼び掛けられて顔を上げると、相良さんはわたしを睨《にら》んでいた。

「……もう止《や》めたい、と思ってるんじゃないだろうな」

「いえ、そんな、滅相もない」

慌てて否定したものの、全くその考えが頭の中になかったかと問われれば、実際のところのだろう。

ノーとは言い難い。それを感じたから、相良さんはあえて意思を確認するような質問をした
「あとひと月だ。何がなんでも最後までやってもらう。いいな」

「はい……。それで、どの構造を合成すればいいでしょうか」

相良さんは頬杖を突いて、資料に目を落とした。

「……正直なところ、もう難しいものしか残っていない。俺も手伝うが、作れて二骨格、だろうな」

二という数字の持つ重さを突きつけるように、相良さんが仏頂面でわたしにピースサインを向ける。

「慎重に、決めなければいけませんね」

「そうだな。少し、時間を取った方がいいだろう。御堂《みどう》に計算してもらって、一番良かったものを選ぼう。前にデザインした化合物がいくつかあっただろう。ドッキングシミュレーションを依頼しておいてくれ。その結果をもとにもう一度打ち合わせをやって、最終的な判断を下すぞ」

分かりました、とわたしは精一杯力強く頷いた。せめて、気力が萎《な》えていないことくらいは示しておきたかった。

花奈、恋愛相談事務局を訪れる　十一月十六日（金）②

会議室から実験室に戻ると、午後三時を少し過ぎていた。事務スペースの自分の席に着き、ほっとひと息つく。

相良さんとのディスカッションは、体力と精神力を消耗する。思わず机に突っ伏したくなるほど疲れてしまった。さすがに人の目があるのでそんなことはできないが、しばらく休憩を取りたいところだ。

インターネットで今日のニュースヘッドラインでも見よう。そう決めて、よいしょ、と背もたれから体を離し、ノートパソコンのスリープモードを解除する。そこで、新着メールの到着を示すメッセージが画面に表示されていることに気づいた。

帝國薬科大学では、学生一人ひとりにメールアドレスが付与されている。私用に使っている人もいるが、わたしは学内からの連絡専用アドレスとして活用している。

大学からのお知らせか何かだろうかとメールを開き、わたしは首をかしげた。差出人は〈恋愛相談事務局〉となっている。タイトルは〈ご連絡〉だ。

……どうして、わたしに？

噂は聞いたことがあった。学内に恋愛相談事務局という部署があって、その名の通り、恋愛に関するあらゆる相談を受け付けているらしい——そういう噂だ。

悩みやトラブルを解決してくれるという触れ込みだが、依頼を出した覚えはない。こんなメールを受け取る謂《いわ》れはないはずだ。

何かの間違いだろうかと本文を読んでみると、間違いなくわたしの名前が書いてあった。話があるので電話をしてほしいという内容だった。

疑問を覚えつつも、このまま無視するのも気が引けるので、試しに連絡を取ってみることにした。若干緊張しながら、メールの文末に載っていた電話番号をプッシュする。

「——はい、恋愛相談事務局です」

聞こえてきたのは若い女性の声だった。ちゃんと繋がるんだ、と感心しつつ、わたしは軽く咳払いをした。

「あの、伊野瀬と申します。先ほど、そちらからメールをいただいたのですが」

「ああ、伊野瀬花奈《かな》さん」

「本文には詳しいことが書いてなかったんですが……」

「ええ、それを説明したいんです。もし時間が許すようなら、これから事務所に来てもらえません？　事務棟の最上階にありますので」

「え、その」

「待っていますから。お願いしますね」

行くとも行かないとも言っていないのに、彼女はあっさり電話を切ってしまった。ずいぶん強引な人だ。

仕方ないな、と吐息をこぼし、わたしは椅子から腰を上げた。もう一度電話をかけるのも面倒だ。休憩がてら、事務棟を訪ねてみよう。

廊下に出ると、窓を透過した陽光が作る矩形《くけい》がリノリウムの床に落ちていた。外はいい天気だ。晩秋の空はすっきりと晴れ、薄水色がどこまでも広がっている。これなら上着はいらないだろう。

階段で一階に降り、玄関から外に出た。

広い歩道の左側には講義が行われる教育棟が、右側には研究棟が並んでいる。教育棟の外壁はタイル貼りになっていて、スタイリッシュな印象を周囲に振りまいているが、対照的に研究棟は無骨な姿を晒《さら》している。室外機や配管はむき出しで、窓から覗く室内の様子はどこも乱雑だ。

色づいた葉っぱを身にまとった街路樹を横目にしばらく進むと、ぽっかりと開けた広場に出る。真ん中に六角形の浅い池があり、その周囲に設置されているベンチでは、学生が本を読んだり携帯電話をいじったりと、思い思いの時間を過ごしている。

この池は人工池で、学内では「ベンゼン池」と呼ばれている。ベンゼンは、C_6H_6の構造式で表される、正六角形の化合物である。いかにも理系の大学らしいネーミングだと思う。

ベンゼン池の向こう、広場の奥の方に、事務棟が見えている。ティラミスのような、白と茶色のコントラストが鮮やかだ。

事務棟の玄関に立つと、音も立てずに自動ドアが開いた。ロビーにはふかふかのカーペットが敷かれ、革張りの立派なソファーがバランスよく配置されている。学外からの来訪者へのアピールなのか、事務棟のロビーは学内でも屈指の豪華さを誇っている。

ロビーを通り抜け、通路の奥にあるエレベーターで五階に上がる。廊下の窓からは、緑色の水を湛《たた》えたベンゼン池が見下ろせる。

わたしはゆっくり廊下を歩きながら、順番にドアプレートを確認していった。

その時、ふいに目の前のドアが開き、スーツ姿の女性が廊下に姿を見せた。年齢はたぶん、わたしより少し上、二十七、八といったあたり。肩にかからない程度に整えられた黒髪、きりっと引き締まった眉、切れ長の目、自然な色合いの口紅が塗られた唇。やり手の社長を支える敏腕秘書——わたしは彼女の容貌から、そんなイメージを抱いた。

「お、来た来た」と彼女が笑顔を浮かべる。

「あの、もしかして」

「そう。さっきの電話の相手。早凪《はやなぎ》と言います。よろしくね」

「はやなぎ……さん」

「そう。遅い早いの『早』に、波が静かな状態を表す『凪』。珍しい苗字でしょ。覚えてもらいやすいから、私は気に入ってるんだけど」

はいこれ、と差し出された名刺をぎこちなく受け取る。肩書きのところには、〈恋愛相談事務局　相談員〉とある。

「さ、立ち話もなんだし、入って入って」

ゲストを迎える家主のように言って、早凪さんはいま出てきたばかりのドアを開けた。足を踏み入れ、軽く室内を見回す。事務机がずらりと並び、数人の女性が席に着いている。パソコンをしたり、どこかに電話をかけていたり。見た目は大学の事務室や普通のオフィスと大差ない。

「ここは事務仕事をするところ。こっちに来てくれるかな」

早凪さんはわたしを追い越すと、部屋の隅にあるドアを開けた。入口の上には、〈面会室〉と書かれたプレートが貼られている。

招かれるままに入ると、そこは六畳ほどの小部屋になっていた。正方形のテーブルの周囲に椅子が四つ置かれているだけの、シンプルな佇《たたず》まいだ。会議をすることもあるのか、小型プロジェクターが部屋の隅の台にちょこんと載せられていて、天井に取り付けられたスクリーンを下ろすための金属の棒が一本、壁に立て掛けてあった。

「今、飲み物を持ってくるね。座って待ってて」

と、早凪さんが部屋を出ようとしたタイミングで、小柄な女性が入ってきた。白い陶磁器のカップが載った銀色のトレイを手にしている。ずいぶん若い。わたしより年下、おそらく二十歳そこそこだろう。

「あら、キヌちゃん」

「お茶をお持ちしました」

彼女がぎこちない笑みを浮かべる。苦手だけど頑張って笑ってみました、みたいな感じだ。スーツ姿も、着慣れていない感がむき出しになっている。

「そういうことは、しなくていいって言ってるでしょ」

早凪さんが呆れ顔でトレイのカップを取り上げる。

「でも、あたしが一番下っ端ですし、いつも迷惑ばかり掛けているので、こういう雑用でもやらないと」

「あなただって相談員なんだから、そんなことより自分の仕事に集中しなさい。ほら、話ができないからさっさと下がる」

「……すみませんでした」

キヌちゃんと呼ばれた女の子は、ぺこりと頭を下げて部屋を出て行った。怒られ慣れている様子に、わたしは親近感を覚えた。「できない」人間特有の、おどおどした仕草。聞き間違いや電子機器関連のトラブルや書類の記入ミスあたりはしょっちゅうやらかしていそうだ。同じ研究室にいたら、友達になれそうな気がする。

「あの、古風なお名前ですね」

「ん？」と早凪さんが自分を指差した。「私のこと？」

「いえ、さっきの方です。キヌちゃん、と呼ばれていたので」

「ああ、キヌっていっても、下の名前じゃないよ。苗字。あの子、鬼怒川《きぬがわ》っていうの。だからキヌちゃん」

早凪さんは、持っていたカップをわたしの前に置いて、向かいの席に着いた。

「さ、世間話はその辺にして、と。ええと、一応確認ね。修士二年生の伊野瀬花奈さんで間違いないよね？」

「はい。そうです」

頷き、紅茶を口に運ぶ。芳しい香りを嗅いでも、全身にまとわりついた緊張は完全にはほぐれてくれない。就職活動を経験したことで多少は改善されたが、知らない人と話をするのは昔から苦手だ。一対一だとなおさらだ。

「ずいぶん怖い顔してるね。責めたり怒ったりするために来てもらったんじゃないんだし、もっと気楽にしていいんだよ？」

「あ、はい」

カップをテーブルに戻し、胸に手を当て、何度か深呼吸を繰り返していると、早凪さんがくすくすと笑い出した。

「真面目なんだね、花奈ちゃんって」

いきなり下の名前で呼ばれ、わたしは思わず息を止めた。その様子を見て、早凪さんがにんまりと口の端を上げる。

「今、馴《な》れ馴《な》れしいヤツだな、って思ったでしょ」

「いえ、そんなことは……」

「いいのいいの。今のは意図的にやったんだよ。私はね、学生さんと会う時は、なるべく友達みたいに接することにしてるの。ほら、会社に勤めてる人って、取引先の人にはバカ丁寧な敬語を使うじゃない。言葉遣いは上下関係の表現じゃなくって、マナーなんだよね。ベクトルは真逆だけど、それと同じだと思ってもらえばいいよ」

「はあ……なるほど」

明け透けな説明のお陰で、少し気が楽になった。眼前で見ていたテーブルマジックの種明かしをされたような感じだ。

「納得してもらえた？　じゃあ、話に入ろうか。ちなみに花奈ちゃんは、恋愛相談事務局の存在は知ってた？」

「はい。噂だけですけど、学内にそういう場所があるって」

「噂、ね」と彼女が大きく息をついた。「存在自体は別に隠してはいないんだけど、おおっぴらに語られるところまでは来てないみたいだね。ま、それもしょうがないか。恋愛相談をしたって周りに知られるのは嫌だろうし」

わたしは、「あの」と小さく手を挙げた。

「相談をお願いした記憶はないんですが。どうしてここに呼ばれたのでしょうか」

「まだ言ってなかったっけ。別に理由はないんだよ。ランダムに学生さんにメールを送って、ここに来てもらって、で、身の回りの話をしてもらう。それに選ばれただけ」

「それは、何のためにですか」

「大学内の人間関係の把握というか、基礎的な情報収集、って感じかな。話の中から、意外な恋愛事情が明らかになったりもするし」

「……ここって、やっぱり、噂にある通りの場所なんですか。恋愛相談を受け付けて、解決するって聞いてますけど」

「そうだよ。言っておくけど、怪しい組織なんかじゃないよ。内閣府の支援を受けて作られた、ちゃんとした部署なんだから」

「内閣府、ですか」

「そう。少子化対策の一環で、補助金を出してもらってる。草の根活動っていうのかな。若い世代の恋愛をサポートして、少しでも少子化を食い止めようっていうのが、恋愛相談事務局の活動目的なんだ」

「それは立派だと思いますけど……どうして、ウチの大学なんですか？」

「理由は二つあるね。一つは、文系と理系の差。ちょっと古いデータなんだけど、理系の大学を卒業した人は、文系の人より一〇ポイントも未婚率が高いらしいの。原因としては、出会える女性の絶対数が少ないってことが大きいとは思うけど、どうもコミュニケーションにも問題がありそうなんだよね。研究ばかりしてるせいで、対人関係を円滑にするスキルが不足してるんじゃないか。だから手助けが必要だ、っていう発想ね」

わたしは無言で頷いた。人間関係の構築に伴う苦労はよく知っている。

「もう一つの理由は、この大学のシステムに由来する問題。私が説明しなくても、花奈ちゃんならピンと来るんじゃない？」

「もしかして、別学制度のことですか」

「そう。ご名答。さすがに在学生だけあるね。男子は男子、女子は女子で講義を受ける、ってアレ。どうしてそんな仕組みになってるんだろうね。知ってる？」

「元々ここは、男子だけの薬科大学だったんですが、近くにあった女子薬科大学と合併して、今の帝國薬科大学ができたので……」

「その影響が今も残ってるってことね。なるほど」

　別学制度といっても、授業内容や単位数に差はなく、ただ単純に講義が行われる教室が違うというだけのことだ。しかも、卒業までずっと、というほど厳密なものでもない。

「でも、別学は三年次までで、研究室に配属されてからは男女の区別はありませんが」

　わたしがそう言うと、早凪さんは顔の前で大げさに手を振った。

「いやいや。むしろ、そっちが問題なの。それまで接点が乏しいのに、いきなり同じ空間に放り込まれちゃうわけでしょ。しかも、四六時中実験室で一緒にいる。惚《ほ》れた腫《は》れたでトラブルが起こって当然だよ。実際、依頼者の大半は四年生より上の人たちだし」

「だから、この大学に事務局を置くことになったんですか」

「そういうこと。いわゆるモデルケースだよね。効果があるって分かったら、似たような組織を他の大学にも作る予定になってるみたい。まだ少し先になりそうだけど」

わたしは「そうなんですか」と相づちを打って、紅茶をすすった。

「ところでさ——」空中で蝶がいきなり向きを変えるように、早凪さんが唐突に切り出した。

「花奈ちゃんは、今、好きな人はいるの？」

「えっ」

わたしは眉を顰《ひそ》めて早凪さんに目を向けた。彼女は澄んだ瞳でわたしをじっと見つめている。

「どうなのかな」

「あう……あの」

「慌てなくてもいいよ。その代わり、正直に答えてほしいな」

早凪さんがさらに畳み掛けてくる。とにかく何かリアクションをしなければ。わたしは息を詰め、目を伏せて首を横に振った。

「それは、いないって意味かな？」

わたしが曖昧に頷くと、早凪さんは長く、細く息を吐き出した。

「……そっか。そうだよね。そりゃ、好きな人の一人や二人はいるよね」

「ふえっ?」正鵠《せいこく》を射た指摘に、わたしは泡を食って彼女に視線を向けた。

「あ、あの、どうして分かるんですか」

「何も分かってないよ。今のはただの当てずっぽうだもん。話をした感触で、なんでも素直に答えてくれそうだ、って思ったから。これ、私の必殺技の一つ」

早凪さんはイタズラがバレた子供のように白い歯を見せると、テーブルに肘を突いて、ぐっと体を乗り出した。

「その人とは、付き合ってるの?」

「つきあ……いえ、そんな、滅相もない。ただの……その、片思いです」

「相手は学内の人?」

こくり、とわたしは頷いた。特別なテクニックを使っているのか、なぜか早凪さんを前にすると、個人的な秘密を明かしたくなってくる。「恋愛相談事務局」と名付けられた特別な場所にいるせいだろうか。いや、それだけではない。彼女に聞いてもらいたい。素直にそう感じている自分がいた。

「……その、同じ研究室の、助教の方なんですけど」

「助教」意外な一言を聞いた、というように、早凪さんは眉間にしわを寄せた。「……ちょっと待って」

彼女がクリアファイルから数枚のプリントを取り出した。わたしの研究室のホームページに載っている、スタッフ紹介ページを印刷したものだ。それをしばらく眺めて、早凪さんは「ふむ」と呟いた。

「候補は二人、か。相良って人と、北条って人。どっちなの？」

声に出すのが恥ずかしかったので、わたしはテーブルに置かれたプリントをおずおずと指差した。モノクロの粗い写真だったが、智輝さんはやっぱりカッコいい。

「……ああ、こっちの彼か」

早凪さんは額に手を当て、「うーん」と唸《うな》り声を上げた。その様子に、わたしは不穏な気配を感じ取った。困ったことになった――そんな心の声が聞こえた気がした。

「あの、どうかしたんですか。何か問題があるんですか」

「いや、うん、いいんだよ。好きになるのは仕方のないことだからね。ただ……いや、言わない方がいいのかな。でも、黙っておくのもフェアじゃないし……」

早凪さんは何度か逡巡《しゅんじゅん》したあとで、「しょうがない。言っちゃうか」とため息をついた。

「北条智輝さんについて、いまウチで調査を進めてるんだよね」

「調査って、恋愛相談関係の」

「うん。どうやら彼は今、片思いをしてるらしいの」

「かた……おもい？」

智輝さんが、誰かに想いを寄せている——。

その事実を理解すると同時に、柄の長いハンマーで思い切り殴られた時のような衝撃が、わたしの体を突き抜けていった。今まで一度も正面から考えることのなかった——いや、考えることを避けてきた可能性が、目の前に現実として突きつけられている。

わたしは唾を飲み込んだ。怖い。でも、ここで逃げ出すわけにはいかない。

「……教えて、もらえませんか。北条さんが片思いしている相手のことを」

「本人からの依頼じゃないから、誰が好きなのかこっちで調べなきゃいけなくってね。私は担当じゃないから詳しくは知らないんだけど、残念ながら、今のところはまだ調査中みたい」

「そう、ですか」

ほっとしたような、拍子抜けしたような。でも、安堵《あんど》の方が強いかもしれない。

わたしには、男性から好意を寄せられた経験が全くない。ことさらに卑下するつもりはないが、常識的に考えれば、それだけ魅力に乏しいと判断すべきだろう。智輝さんがわたしに片思いしている確率は、残念ながらかなり低い。残酷な事実を知るまでの猶予が与えられたようなものだ。心の準備ができていれば、多少はショックも和らぐ。

――本当に、そうなの？

その時、耳の奥で、誰かの声が響いた。

――簡単に、諦めていいの？

それは、心の奥底から発せられた、疑問の声だった。

目を閉じ、わたしは自分に問い掛ける。本当に、このまま諦められるだろうか。

自分でも意外なほど、すんなりと心が決まる。

諦められるかもしれない。でも、諦めたくない。それがわたしの回答だった。

答えを出した次の瞬間、あるアイディアが、閃光《せんこう》と共に脳裏に浮かんだ。

わたしはぬるくなり始めた紅茶で喉を潤し、早瓜さんの様子をうかがった。こちらの視線に気づき、「どうしたの？」と彼女が少女のように小首をかしげる。

「ここは、恋愛相談を受け付ける場所なんですよね」

「ええ、そうだけど」

「何か、制限のようなものはありますか」

「ううん。この大学の関係者であれば、性別・学年・職階にかかわらず依頼できるけど。

……って、まさか、花奈ちゃん」

わたしは頷く。

智輝さんは誰かに片思いしている。逆に考えれば、まだ交際は始まっていないということだ。だから、世界中の誰にでも、彼に恋をする権利はある。それがたとえ、わたしのような、恋愛経験を全く持たない人間であっても。

分不相応な願望であることは充分理解している。それでも、どれだけ細い糸でも、与えられたチャンスをむざむざ見過ごすことはできない。

だから、わたしは自分にできる最善を尽くそうと思う。

わたしは早瓜さんの瞳を見据えながら言った。

「正式に依頼させてください。わたしの片思いを叶えてもらえませんか」

花奈、女性陣と会話を交わす　十一月十七日（土）

翌日、午前八時。わたしは普段より早めに大学に顔を出した。研究者には、お盆と正月を除き、休日という概念はない。土曜日も日曜日も祝日もひたすら実験である。

研究四号棟に入り、階段を上がりながら、わたしは昨日のことを思い出していた。

恋愛相談事務局への、無謀ともいえる唐突な依頼。さすがに早瓜さんも戸惑っていたようだが、無下に断るわけにはいかないのか、ちゃんと依頼を引き受けてくれた。他の仕事との兼ね合いもあるとのことで、週明け、月曜日から本格的に今後の方針を考えることになった。

我ながらずいぶん大胆なことをしたものだ、などと感慨に耽《ふけ》っているうちに、二階にたどり着いていた。ホームグラウンドである化学実験室の前を素通りして、廊下の最奥にある計算室に向かう。

計算室のクリーム色の引き戸を開けると、途端に雪女の吐息のような、ひんやりした空気が吹き出てきた。エアコンが猛烈な勢いで冷風を放出する音も聞こえる。環境問題に一家言を持つ人なら、「十一月の半ばにクーラーとは非常識な」と憤慨するかもしれないが、この部屋にはサーバーやデスクトップPCを複数台設置しており、それらの排熱を緩和するためには一年中冷房を使わざるを得ないのだ。ただ、設定温度をここまで下げているのは、マシンのためというより、単にこの部屋の主が非常に暑がりだからだろう。

「おはようございます」

声を掛けると、部屋の中央、六つの椅子で作った即席ベッドで寝ていた人影がむくりと体を起こした。

「……むあ。もう朝かあ」

御堂さんはむぐむぐと口を動かしながら、脂肪のマフラーに守られた首筋を揉んだ。だらけきったパンダのような体型と動きだが、御堂さんは立派な女性である。しかし、くたびれたTシャツに、穴の開いたジーンズ、しかもすっぴん、という雑すぎる格好を見ると、大丈夫かしらこの人、と心配せずにはいられない。

御堂さんはわたしより三歳上、博士課程の三年生だ。専門は計算科学。日がな一日、この計算室に籠《こも》り、高性能なパソコンと向き合いながら、薬を生み出すための計算に取り組んでいる。彼女一人でやっているので、研究室のメンバーとの交流は少ない。優秀ではあるがちょっぴり変わった人、というのが周囲の一致した評価だ。

御堂さんはベッドを構成していた椅子の一つに座り直し、一つをわたしに勧めて、残りを壁際に並んでいる机の方に押しやった。

「昨日はここに泊まったんですね」

「ん？　ああ、そうそう。あれこれ計算をしてたら、帰るのが面倒になっちゃってさあ」彼女は長い髪を無造作に掻き上げた。「えーっと、何の用事だったったっけな」

「あの、メールをいただいた件で」

「あ、そっかそっか。計算を頼まれてたんだっけ」

今朝、起きてみると携帯電話に御堂さんからのメールが届いていた。計算が終わったから、いつでも来ていいよ、という連絡だった。だからこうして足を運んだのだが、当の本人はすっかり失念していたようだ。

「ごめんなさい、急にお願いしてしまって」

わたしが謝ると、「いいんだ。花奈っぺの頼みなら喜んで引き受けるぜ」と御堂さんは豪快に笑った。彼女だけが、わたしのことをあだ名で呼ぶ。正直照れ臭いし、未だに慣れないのだが、そう呼ばれること自体は嬉しかった。

「ほんじゃあ、説明と行きますか」

御堂さんは赤ちゃんの手をそのまま巨大化したような指で、器用にキーボードにコマンドを打ち込んだ。呼応して、虹色に染まったリボンをぐしゃぐしゃに丸めたような画像が、液晶モニターに映し出される。ノイラミニダーゼと呼ばれるタンパク質を、図として模式的に表したものだ。

ノイラミニダーゼは、感染した細胞からのウイルス放出を促進する機能を持つ酵素であり、その働きを邪魔することで、ウイルスの増殖を抑えられる。そのため、エクスフルを始めとする多くのインフルエンザ治療薬はこのタンパク質を標的にしている。わたしたちが取り組んでいるスーパー・エクスフル・プロジェクトでも同様の阻害メカニズムを採用しており、ノイラミニダーゼに対する阻害活性によって、薬物の効果の強弱が決定付けられる。

ノイラミニダーゼを阻害する化合物をいかにして見出すか。その方法の一つが、コンピューターを使った薬物設計――Computer《C》-Aided《A》 Drug《D》 Design《D》だ。

「頼まれた化合物はAからDまで、合わせて四つあったわけだけど」CADDの専門家である御堂さんが、モニターを指差す。「いま画面に出てるのが、化合物Aと変異型ノイラミニダーゼのドッキングシミュレーションの結果。まあまあうまくハマってる感じ」

わたしは冷房のせいで冷え始めた手をこすり合わせながら、画面に顔を近づけた。焼売《シューマイ》に載せたグリーンピースのように、タンパク質の表面のくぼみに、わたしがデザインした化合物が結合している。

ノイラミニダーゼの機能を阻害するためには、タンパク質のある特定の部位――機能を発揮するために重要な場所――に薬剤分子がはまり込む必要がある。酵素を自転車に喩《たと》えるなら、後輪のホイール部分にボールを挟むような感じだろうか。駆動部に余計なものが入ると、当然まともに走れなくなる。これは相手がタンパク質でも同じことだ。

「他のはどうですか」

「うん、BとCはイマイチっぽい。ただ、Dはすごくいいね。べりーぐー。四つの中で選ぶなら、あたしはDをオススメしちゃうね」

「あの、そのことなんですが」

「うん？」と御堂さんが太い眉を顰める。

「化合物Dは……手違いだったんです。本当は、AからCの計算だけをお願いしようと思っていたんですが、データファイルから消すのを忘れてて……」

「あら、そうなの。なんでDはダメなの」

「デザインはしたんですが、ちゃんと調べたら合成例がなくて」

現在わたしたちが合成している化合物はすべて、六つの原子で構成される、六角形の骨組み――「骨格」を持っている。硬い素材でできた正六角形のリング、と言い換えてもいいだろう。ナットをイメージすると分かりやすいかもしれない。

骨格を形成する頂点からは、「側鎖」と呼ばれるひも状のパーツが伸びていて、その先端は「官能基」という、タンパク質と相互作用するための特別な形状になっている。薬物を探索する際の合成は、側鎖と官能基の変換が基本線になる。骨格に組み込むパーツを変えることで、化合物全体の性質を変えるのだ。それゆえ、骨格が完成しないと、いつまで経っても薬物探索のための合成を始められないことになる。

今回デザインした四つの構造のうち、AからCまでは、すでに合成実績のある骨格ばかりであるのに対し、Dは完全な新規構造だった。プロジェクトの残りの期間で挑むには、あまりに高い壁と言わざるを得ない。

わたしがそう説明すると、「あらま。そりゃ残念だ」と御堂さんは顔をしかめた。

「まあ、合成するのは花奈っぺと相良さんだからね、判断は任せるよ。あたしは計算結果を伝えるだけのこと。またシミュレーションが必要になったら、いつでも連絡してちょ」

あっけらかんと言って、御堂さんはわたしの膝をぽんと叩いた。

「でさあ。報酬ってわけじゃないけど、朝ご飯買ってきてくれないかな」

「あ、はい。お安い御用です」

土曜日も大学生協は開いている。大抵のものはそこで揃うはずだ。

「じゃあ、揚げパン三つと、プリンとエクレアとチョコドーナッツ。あと、飲み物はコーヒー牛乳で。もちろん、人工甘味料を使ってないやつね」

とんでもない量である。挙げられた品目をメモしただけで口の中が甘くなってしまった。

「……あの、確認ですけど、これは、朝食なんですよね」

「そだよ。ぱくぱくのぺろりだよ」

そう言って、御堂さんは待ちきれないとばかりに舌なめずりをした。セクシーというより、野性的だな、とわたしは思った。

午前中に相良さんとミーティングを行い、計算結果を踏まえて、化合物Aと、その類縁物質を合成することになった。現実を見据えた、妥当な判断だ。

午後一時。昼食を終えて実験室に入ると、研究室のボスである蔵間先生の姿があった。グレーのスラックスにクリーム色の作業着を羽織った、いつものスタイルだ。

彼女がこちらに気づき、「あら」と振り向いた。わたしはぺこりと会釈を返す。

「まあまあ。いないと思ったら、外に出てたのねえ」

「どうされたんですか」

「どう、ってことはないけどねえ。調子はどうかと思ってねえ」

蔵間先生はひと懐っこい笑顔を浮かべていたが、わたしは警戒心を捨てきれずにいた。経験上、彼女が理由もなくフラリと実験室に来ることはないと知っているからだ。

背が低く、物腰が柔らかいため、一見すると、顔なじみの食堂のおばさんのような印象を受けるが、油断してはいけない。蔵間先生は三十年の長きにわたって、研究の世界を生き抜いてきた、プロの研究者なのだ。

「プロジェクトの終わりが近づいてますねえ」

「……ええ。そうですね」

「二人に別々の方針を採用させる、ってやり方は、今回が初めてだったんだけどねえ。なかなかうまくいかないものなのねえ」

先生は困ったように笑う。目尻にしわが寄っているが、瞳は笑っていない。

「伊野瀬さんも、頑張っているのにねえ。相良くんとはうまくやってるの？」

「……はい。協力して合成に取り組んでいます」

わたしはうつむき加減に答えた。「協力」と言えば聞こえがいいが、実際は「手助け」に近い。相良さんはあくまで指導する立場であり、基本的には学生の合成に手を貸さない。しかし、わたしの合成能力があまりに低く、ろくに化合物を作れないことから、仕方なくサポートに回ることになった。まがりなりにも有機合成を専門にしているわたしにとっては、この上ない屈辱だったが、結果が出ない以上、おとなしく受け入れるしかなかった。

「二人でやってるんだから、数は作れてるんでしょう？」

「……はい。それなりに合成はしているのですが、活性の方が付いてきてくれなくて」

「あら、おかしなことを言うのねえ。『付いてくる』なんて消極的な考え方を教えたかしらねえ？」

蔵間先生の眼差しがすっと切れ味を増す。わたしは慌てて、「あう、その、『引き寄せる』の間違いでしたっ」と頭を下げた。

創薬は知恵と努力で、成功確度を上げられる。それが蔵間先生の考え方であり、わたしたちにもその教えが叩き込まれている。偶然に頼るような発言を看過するほど、彼女は甘くはない。

「うんうん。残りの期間、あんまり器具を壊さずに、精一杯頑張ってねえ」

「……気を付けます」

「もし、すごくいいものができたら、製薬企業に持っていって、臨床試験に進めることも考えてるからねえ。向こうとの交渉次第だけど、うまく話を進めれば、売り上げの一部を報酬として受け取れるかもねえ」

「それは、どれくらいの額になるのでしょうか」

「そうねえ。仮に報酬の割合が〇・〇五パーセントだとすると、一千億円の売り上げで五千万円の収入、という感じかしらねえ」

一千億円。ピンと来ない金額だが、エクスフルは実際にそれくらい売れているから、先生の話もあながち夢物語とは言い切れない。

「それじゃあ、期待してるからねえ」

「はい、頑張ります」

わたしは直立不動で、部屋を出て行く蔵間先生を見送った。

と、彼女と入れ替わりになる形で、結崎さんが実験室に入ってきた。

「先生来てたんだ」廊下を振り返りながら、彼女は汗を拭うポーズを取る。「あー、危なかった。面と向かい合うと、どうしても緊張しちゃうから」

嫌な予感がした。「そう、ですよね」とだけ返し、わたしはその場を離れようとした。

「ねえ、ちょっと待ちなよ」

背中に飛んできた結崎さんの声に、わたしは反射的に足を止めてしまう。救いを求めて辺りを見回すが、出払っているのか、他の学生の姿は見当たらない。

「なによそ見してるの。こっち見なよ」

「あう」

「あう、じゃないっての。気持ち悪い」

わたしが漏らした声に、結崎さんが容赦なく嫌悪感をむき出しにする。

「……ごめんなさい」

「いちいち謝らないで。面倒くさいから」吐き捨てるように言って、結崎さんがわたしの腕をぐっと摑んだ。「それより、まだ合成を続けるつもりなの」

「はあ、最初に設定した期限まで、ひと月近くありますし……」

「もう、ギブアップしてくれないかな」

結崎さんは怒りを滲ませた視線をこちらに向けていた。言葉の意図が摑めずに立ちすくんでいると、彼女は「迷惑なんだよね」と苛立ったように続けた。

「そっちがずるずると合成を続けてると、私も化合物を作り続けなきゃいけないじゃない。

国試があるっていっても、そんなに露骨にサボれないし。でも、もう実績は充分だし、そろそろ実験は終わりにしたいの」

「でも、わたしの一存では……」

「言ってもないのに、なんで分かるわけ」結崎さんが威圧するように、わたしとの距離を詰める。「相良さんにでも、蔵間先生にでも、とりあえず提案してみればいいじゃない。どうせ、まともな化合物は作れないんだし」

わたしは視線を床に落とし、奥歯を嚙み締めた。何も言い返せない。嵐が過ぎ去るのを待つ鳥のように、じっと彼女の攻撃が終わるのを待つしかなかった。

「それにしても、いいよね、創薬科学科の人は。これだけ実験が下手でもちゃんと卒業できるんだから。こっちは卒論があって、卒業試験があって、そのあとに国試があるんだよ。忙しすぎて倒れちゃいそう」

ちらりと視線を上げると、結崎さんは嗜虐的な笑みを浮かべていた。普段、絶対に他の人の前では見せない表情だった。

研究室内では、結崎さんは社交的で明るい女子、という評価を受けている。容姿が優れていることもあって、男子からの人気も高い。ウチの大学にはキャンパスクイーンを選ぶようなイベントはないが、もし投票があれば、彼女はきっと上位に食い込むに違いない。

だが、結崎さんにはサディスティックな裏の顔がある。そのことを知っているのは、おそらく研究室ではわたしだけ。公になっていないのは、たぶん、周囲に言いふらさない気弱な人間を標的にしているからだ。

「――とにかく、私の邪魔になるようなことはしないで。分かった？」

「……はい」

わたしが悄然《しょうぜん》と頷いた時、会話が終わるのを待っていたようなタイミングで、数人の学生がまとめて実験室に入ってきた。ふん、とわたしを睨んでから、ころりと笑顔を浮かべて、結崎さんは彼らに近づいていった。

すぐさま始まった楽しげな雑談をＢＧＭに、わたしは自分の実験台に向かった。

結崎さんが言ったこと、それ自体は間違っていない。ここで合成を中断すれば、間違いなくわたしは楽になれる。活性のない、何の役にも立たない化合物を作り続ける日々からも解放される。適当に結果をまとめて修士論文を仕上げれば、あっさり卒業もできる。それはずいぶん前から分かっていたことだった。

だが、どんなに他人に罵倒されても、わたしはまだ研究を諦めるつもりはなかった。

スーパー・エクスフル・プロジェクトは、わたしが智輝さんと一緒に研究をする最後のチャンスだ。たとえ結果が残せなくても、創薬研究に対する姿勢だけは誠実でありたい。それが、わたしがしつこく合成を続ける、唯一にして最大の理由だった。

花奈、笑顔の極意を教わる　十一月十九日（月）

週明け。試薬が届いたので、わたしはさっそく化合物Aの合成に取り掛かった。

この構造の合成は以前にもやったことがある。簡単ではないが、細心の注意を払いながら丁寧にやれば、一週間程度でベースとなる重要な化合物——鍵中間体——が合成できるだろう。そこから先は、鍵中間体を原料として、有望と思われるパーツを組み込んでいくだけだ。

まずは一段階目の反応に着手する。二リットルのナスフラスコを使った、五〇グラムスケールの大量合成だ。

最初に、磁気で回転する攪拌子《かくはんし》を、ガラス製のフラスコに入れる。そのフラスコを電子天秤に置き、ガラス製のロートを使って、原料の粉をこぼさないように加えていく。量り終えたら、今度はフラスコを局所排気装置《ドラフト》に移動させる。フラスコは、攪拌子を回す装置であるマグネチックスターラーの上にセットするのだが、この時、フラスコとスターラーの間に洗面器を置くことを忘れてはいけない。万が一容器が破損した時に、周囲が化学物質まみれになるのを防ぐためだ。

固定が終わったら、原料の粉を溶かすために、フラスコに有機溶媒を加えていく。最後に、反応を起こすための液体試薬を、ガラスピペットを使って慎重に滴下し、ようやく反応の仕込みが完了する。

通常、わたしがよくやる反応では五〇ミリリットルサイズのフラスコを使う。二リットルといえばその四十倍だ。スケールが大きい反応に慣れていないので、どうしても緊張してしまう。無事に反応を仕込み終える頃には、ゴム手袋の内部は手汗でぐっしょりと湿っていた。

はあ、と安堵の吐息をついたところで、「ずいぶん、根を詰めて実験してるな」と声を掛けられた。振り返ると、真後ろに相良さんが立っていた。わたしの作業を見守っていたらしい。

「もう昼休みが終わるが、ちゃんと食事をしたのか」

相良さんは腕組みをしたまま、壁に掛けられた時計に視線を向けた。午後一時五分前。実験に集中していて気づかなかった。言われてみれば多少の空腹感がある。

「いえ、まだです」わたしはゴム手袋を外した。「ちょっと、外に出てきていいですか」

「それは、もちろん構わないが」

相良さんは視線を逸らし、頭を掻いた。

「もし、あれだったら、一緒に行くか。実は、俺もまだ食べてなかったんだ」

「えっと……」

唐突な申し出だったので、返事がワンテンポ遅れてしまう。それを承諾と捉えたのか、「ランチタイムが終わる前に出た方がいいな。廊下で待ってる」と早口に言って、相良さんは白衣を脱ぎながら実験室を出て行った。

ドアが閉まるのを見届けて、わたしは首をかしげた。どういう風の吹き回しだろう。研究室のメンバーで昼食に行ったことはあるが、相良さんに誘われたのは初めてだった。

……もしかして、気を遣ってくれているのだろうか。

わたしはドラフトの前を離れ、流しで手を洗った。先週末、結崎さんに「もうギブアップしろ」と迫られたが、逆に言えば、ギブアップをしてもおかしくない状況であるわけだ。相良さんも、おそらくその雰囲気を感じ取っているはずだ。途中で投げ出さないようにと、前もって釘を刺すつもりなのかもしれない。

正直、相良さんと一対一で話をするのは気が進まない。目つきが鋭いし、態度もぶっきらぼうなので、悪いことをしていなくても叱られているような気分になってくる。

どうしよう、と迷いながら、わたしは実験室を出た。相良さんは廊下で一人佇んでいる。できれば断りたい、でも、断ったら機嫌が悪くなりそうで怖い。

揺れる心を持て余しながら近づいていく途中で、ジーンズのポケットに入れてあった携帯電話が震え出した。

取り出してみると、液晶画面には見知らぬ番号が表示されていた。

音に気づき、相良さんがこちらを向く。わたしは目で彼に合図をしてから電話に出た。

「もしもし」

「あ、花奈ちゃん？　早瓜ですけど」

「お世話になっています」わたしは相良さんに背を向けた。「どうされましたか」

「いや、この間の依頼。正式に引き受けることにしたから、さっそく作戦会議をしたいな、と思ってね。実験、忙しいとは思うけど、また事務局まで来てくれないかな。夕方、四時半くらいまではいるから」

「それなら、これから伺います」

わたしは意図的に大きな声で返事をした。正直、ほっとした。これで、相良さんと食事に行かずに済む。

通話を終えて振り返ると、こちらを見ていた相良さんと視線がぶつかった。

「……用事ができたみたいだな」

「はい。すみません、せっかくお昼に誘ってくださったのに」

「いや、いいんだ」相良さんは首を振った。「急に声を掛けて悪かった」

「あの、もしかして、何かおっしゃりたいことがあったんじゃないですか」

「……大したことじゃない。実験に関する心構えとか、失敗しないコツとか、そんな話だ。また、時間が空いた時にでもするさ」

ちょっとだけ寂しそうに呟いて、相良さんは実験室に戻っていった。


事務局に赴くと、早凪さんが二度目の対面とは思えない親しさで、わたしを面会室に案内してくれた。たぶん誰に対してもそう振る舞うのだろうが、それでも嬉しい。

椅子に腰を落ち着けたタイミングでドアが開き、鬼怒川さんが顔を覗かせた。頭だけを室内に突っ込み、おずおずとわたしと早凪さんの間で視線をさまよわせる。

「なにやってんの」

「お茶いります？」

「…………」はぁ、と早凪さんが嘆息する。「いいから、自分の仕事！」

「はいっ！　失礼しましたっ」

鬼怒川さんは恐縮しながら退散していった。相良さんに叱られる自分を見ているようで、心が少し痛かった。

ドアがぱたりと閉まったところで、早凪さんが「さて」と腕組みをした。

「どういう風に進めていこうかな」

「あの、その前に、教えてもらえるなら教えてほしいんですけど。北条智輝さんの件は、進展はいかがですか」

「それが全然でさあ」と早凪さんは苦笑した。「学生なら噂も集まりやすいんだけど、教員だとなかなか難しくてね。ずっと実験室に籠りっきりみたいだし」

「そう、ですね。いつも忙しそうにしてます」

智輝さんはスーパー・エクスフル・プロジェクトにおける、すべての薬理評価を統括する立場にある。薬理チームの仕事は、化合物の抗ウイルス活性測定だけではない。人為的に薬剤耐性を付与したウイルスを作成したり、新たな評価系を確立したり、評価に使う細胞を増やしたりと、実験内容は多岐にわたる。主に手を動かしているのは学生だが、作業の進捗《しんちょく》状況をコントロールしなければならない智輝さんにも、相当な負担がのしかかっているはずだ。

「逆に訊きたいんだけど、それだけ実験室にいたら、近くにいる女の子とどうにかなったりしないのかな？　その手の噂、聞いたことない？」

「……わたし、ゴシップ関係には疎《うと》くって」

「そっか。確かに、花奈ちゃんって、そういう雰囲気だよね。自分から噂話を嗅ぎ回るタイプじゃないっていうか」

「……当たってます」とわたしは頷いた。

引っ込み思案な性格が災いしたのだろう。わたしには親しくしている友人がいない。そのせいで、大学内の人間関係をちっとも把握できずにいる。

「この仕事って難しくってさ」早凪さんが頬杖を突いた。「探偵とか興信所みたいに聞き込みがメインになるけど、露骨に動くと人間関係に影響しちゃうでしょ」

「なんとなく、分かります」

今の話は、量子力学における観測問題に通ずる面があるかもしれない。学部時代に授業で聞きかじっただけなのでうろ覚えなのだが、ある物体の位置と運動量を厳密に測定しようとしても、測定する側が系に与える影響のせいで、どうやっても正確な値を求められないとか、そんな内容だったような気がする。

人と人との繋がりにも、同じような性質がある。特に、恋愛問題は誰にとっても盛り上がれる話題だ。箝口令《かんこうれい》を敷こうとしても、確実にどこかから情報が漏れ出す。もし片思い相手に噂が伝わってしまったら、うまくいくものもいかなくなってしまうだろう。

「相談員と会ってるところを見られたくない、って人も多いし、そもそも非協力的なんだよね、学生さんって。情報収集の基本はメールと電話なんだけど、効率はイマイチ」

「……そういえば」ふと、疑問が脳裏に兆《きざ》す。「北条さんの件をこちらに依頼した方がいるんですよね。その方はどうやって片思いのことを知ったんでしょうか」

「そりゃ、本人から聞いたんだよ。親戚だから」と、早凪さんはこともなげに言う。

「依頼者は北条さんの親戚の方なんですか」

「ありゃ、今のは失言だったかな。彼には内緒にしておいてね」

「ええ、それは気をつけます。でも、悩みを打ち明けるくらい親しい間柄なら、その依頼者の人が、北条さんに相手の名前を訊けばいいんじゃないですか」

「それは……」

早凪さんは眉間に深いしわを寄せた。しばらく押し黙ってから、「おせっかいだって、思われたくない……のかな」と彼女は自信なさげに呟いた。

「片思いを叶えることが、おせっかいになるんですか」

「自分の立場で考えてみてよ。もし、花奈ちゃんの親戚の人が、『あなたの恋、私がなんとかしてみせる！』なんて言い出したらどうする？　親戚っていっても、全然親しくない人が、だよ」

「……困惑すると思います」

「でしょお？　だから、訊きたくても訊けないんだって！」

早凪さんは拳をぎゅっと握り締め、力強く断言した。

「いっそのことさ、花奈ちゃんが直接訊いてみたら？　もし彼の想い人があなたなら、それでオールオッケーでしょ」

「……わたしじゃない場合はどうなるんでしょう」

「とりあえずは、フラれるよね」早凪さんは最悪の未来をあっさり口にした。「でも、自分の気持ちを知られてるってのは、ある意味気が楽だと思うよ。面倒な恋の駆け引きを無視して、どんどん好き好きアピールしていけばいいわけだからね」

そういう戦略があることは理解できる。しかし、自分がそこまでの積極性を身につけられるとは思えなかった。しつこい女と思われることを恐れるあまり、話し掛けることすらできなくなりそうだ。

「すみません……ちょっと、無理っぽいです」

「うーん、そっか。悪くない戦法だと思うんだけどなあ」

早凪さんはいかにも残念そうに息をついた。

「とにかく、花奈ちゃんにもチャンスはあるよ。向こうの気持ちを確かめるためにも、なるべく近くにいるようにしなきゃ。ちなみに花奈ちゃんって、北条さんとどのくらい親しいの？　毎日会話するくらい？」

「うーん、毎日ではないですね。わたしは化学系で、北条さんは生物系なので、実験室があるフロアが違いますから。時々、偶然顔を合わせた時に話をするくらいで」

「それじゃ厳しいね。無理にでも会いに行けない？」

「不可能ではないですけど、簡単でもないです。お互い、相手の実験室には足を踏み入れないですから。事務スペースがあって、そこは自由に出入りできますけど、用もないのにうろうろしてたら、どうしたんだろうってみんなに怪しまれます」

「となると、別の場所で会うしかないね。向こうは指導する立場だし、『質問があります』って呼び出すのはどうかな」

「……できなくはないですけど。でも、限界があります」

化学合成の相談は相良さんにするのが筋だし、生物系に関しては、わざわざ尋ねるほどのレベルの質問を、毎日のように準備することは難しい。

「じゃあ、三人で会うって手は？」早凪さんが資料をぺらぺらとめくる。「調べてみたら、この相良って人、北条さんの大学時代の同級生らしいじゃない。今でも仲がいいんじゃないの？」

「はい。親しい友人同士ですね。時々、一緒に食事に行ったりしてます」

「おあつらえ向きじゃない。相良さんに頼んで、花奈ちゃんも同席させてもらいなよ」

「え……でも」

わたしはテーブルに投げ出されたプリントに目を落とした。写真の中の相良さんは――我ながらひどい喩えだと思うが――刃傷沙汰で逮捕された暴力団員のような目をしていた。

「どうしたの、泣きそうな顔しちゃって」

「苦手、なんです。相良さんのこと。よく怒られてるからだと思うんですけど」

隣に相良さんがいたら、わたしはきっと萎縮する。智輝さんと楽しくお喋《しゃべ》りするどころではない。

「……そっか。そういう事情じゃ、しょうがないね。他に、北条さんと親しくしてる人はいないの？」

「いるかもしれないですけど、化学の方にはいないです。薬理チームに混じるのは難しいですし……」

自分の置かれている状況を再確認しているうちに、わたしの心は自己嫌悪でいっぱいになっていた。早凪さんがせっかく親身になってくれているのに、あれこれ理由をつけては彼女の提案を拒否してばかりいる。消極的というより、これではただの臆病者だ。

憧れは、もちろんある。しかし、自分は本当に智輝さんに好かれようとしているのだろうか。努力が足りない――誰かにそう指摘されたら、素直に頷くしかない。

ふと、わたしは思い当たる。

これは、恋愛だけに当てはまる話じゃない。

果たしてわたしは、今までに一度でも何かに真剣になれただろうか。

自分なりに有機化学に注力してきた、という自負はある。それでも、百パーセントの努力をしたのか、と訊かれたら、即座に首肯できる自信はない。

わたしは卒業が間近に迫った今でもまだ、実験が下手くそなままだ。それを克服するだけの訓練を、本気でやってきただろうか。どうやっても改善できない問題だと結論づけられるまで、徹底的に改善を図っただろうか。どうせ無理だと決めつけて、最初から手を抜いてはいなかっただろうか。

問いを重ねれば重ねるほど、わたしの心は深くて冷たい淀《よど》みの中に落ちていく。

——どうして、わたしはこんなにダメなのだろう。

後悔が胸を圧迫し、息苦しくなる。わたしはうつむいて、こみ上げてくる自己嫌悪を必死で飲み込もうとした。

「……花奈ちゃん？」

早凪さんが、わたしの顔を覗き込む。落ち込んでいるところを見られたくなくて、「すみません」と、わたしはほとんど反射的に謝っていた。

「ちょっと、疲れてるみたいだね」立ち上がり、早凪さんがそっとわたしの肩に触れた。

「私も女だからね。臆病になる気持ちは、すごくよく分かるよ」

その笑顔があまりに優しくて、そうやって笑えることがうらやましくって、わたしは——たぶん嫉妬していたのだろう——「早凪さんは、すごく男性にモテそうですね」と口走っていた。

嫌味なことを言ってしまった、と後悔しながら顔を上げると、微笑んでいる早凪さんと目が合った。

「そう見えるなら、私は相談員合格なんだろうね。積極的な振る舞いを身につけないと、相手との距離を縮められないからね」

「……どうやったら、そんな風になれるんでしょうか」

「自然にできるのが一番。でも、それが無理なら——」

早凪さんは頬に人差し指を当てて、白い歯を見せた。

「女優になったつもりで、無理やりにでも笑うしかないでしょ」

花奈、女の戦いに身を投じる　十一月二十日（火）

朝、実験室に到着すると、最初にやる日課がある。前日、帰る前に仕込んでおいた反応のチェックだ。

化学反応は、完結までに一定の時間を要する。反応が遅い場合などは、一週間近く放置することもある。時間を有効に利用するには、帰宅後の終夜反応が欠かせない。

反応の進行度のチェックは、薄層クロマトグラフィー《TLC》と呼ばれる分析法を用いて行う。

作業は以下の通りである。

まず、フラスコの溶液を一部採取し、シリカゲルを塗布した、板ガムくらいの大きさのガラスプレートの下部に、ほんの一滴だけ付着させる。白い画用紙に、細い筆の先で直径一ミリほどの点を描くような感じだ。

続いて、溶媒を入れた円筒状の容器にそのプレートを浸すと、乾いたシリカゲルの上を、重力に逆らって溶媒がじわじわと上っていく。毛細管現象だ。これにより、付着させた反応液中の化学物質は、溶媒に引っ張られて上方に移動する。この時、個々の物質の分子構造に応じて移動距離が変化するため、含まれている物質は互いに離れていく。

数分待って容器から取り出し、軽く乾かしてから、プレートを専用の紫外線照射装置にかざす。紫外線を当てると表面が光り、物質の移動した場所が分かるようになっている。確認してみると、見事に原料と異なる物質が生成していた。反応成功だ。

ひと息つく間もなく、すかさず後処理に移る。

まず、反応後の溶液を、分液ロートと呼ばれるガラス容器に注ぎ込む。ちなみに分液ロートは「♀」という記号に似た形をしている。○に相当する位置が溶液だめで、＋がコックだ。分液ロートに有機溶媒と水を加えて振ると、二層に分離する。水層には反応で生じた無機塩などが含まれているので、コックを開いて取り出して捨てる。

分液操作を数度繰り返してから、残った有機溶媒層をフラスコに移し、減圧条件で有機溶媒を濃縮すると、目的の物質がフラスコの底に残る。これで精製の第一段階は終了だ。

ただ、この段階ではまだ不純物が含まれる。さらに純度を高めるために、わたしたちはシリカゲルカラムクロマトグラフィーという精製法を使う。シリカゲルには物質を吸着する性質があり、くっつきやすい物質は溶剤を加えても離れにくいし、折り合いが悪い物質はすぐに離れてしまう。このため、複数の物質が混ざったものを、シリカゲルで作った、カラムと呼ばれる筒に通すと、吸着度合いに応じて溶出までの時間に差が出る。この仕組みを利用して純粋な物質を得るのだ。一種のろ過装置と言えるだろう。

わたしは実験は下手だが、この精製作業はわりと得意だ。カラムから出てくる溶液をのんびり受け止める、というのが性に合っているのかもしれない。

それから、一時間が経った頃だった。そろそろ目的物が出終わりそうなところで、「ちょっといい？」と結崎さんに声を掛けられた。

わたしは脇に立つ彼女を見上げた。

「あの、今、カラムを……」

「そんなのどうでもいいから。作ったってどうせ効かないんだから」

「……分かりました」

実験が一段落するまで待ってほしかったが、彼女の機嫌を悪化させたくなかった。わたしは作業を止め、白衣姿のまま実験室を出た。

結崎さんはわたしを誘導するように、廊下をどんどん歩いていく。さっぱり事情が飲み込めないまま、結崎さんに連れられて女子トイレに入る。

換気用の窓が開きっぱなしになっていることも手伝って、トイレ内の空気はひんやりしている。床に敷き詰められた水色のタイルは見るからに冷たそうで、一瞬、氷でできた部屋にやってきたような錯覚に囚われた。

彼女はトイレの中に誰もいないことを確認して、わたしの方に向き直った。

「昨日、偶然、伊野瀬を見かけたんだ。ベンゼン池の近くで。私は生協の帰りだったんだけどね」

「はあ」とわたしは相づちを打った。彼女の話がどこに向かっているのか読めない。

「なんとなく見てたら、事務棟に入って行くじゃない。直感、っていうのかな。なんとなく、周囲を気にしてるように見えたから、こっそりあとをつけたの。気づいてた？」

わたしは首を横に振る。まさか尾行されていたとは。

「受付を素通りして、エレベーターで五階に上がったでしょ。怪しいな、と思ったから、一階に停まってたもう一台のエレベーターで追いかけたの。驚いたなあ。まさか行き先が、恋愛相談事務局だなんて、夢にも思わなかったから」

わたしは息を吸い込んだ。芳香剤と漂白剤が混ざった不快な臭いが鼻腔に満ちた。

「当然、恋愛相談に行ったんでしょ」

「それは……」

「相手は誰？　教えてくれない？」

わたしは足元に目を落とした。タイルの目地に、赤い染みが付いているのが見える。誰かの血だろうか。ふと、今の状況と全く関係ないことが気になった。

「言えないのなら、こっちから当ててみせようか」

結崎さんは余裕を湛えた笑みを浮かべていた。

「――北条さんでしょ」

その名を出された瞬間、わたしはある可能性に思い至った。

「びっくりしたでしょ。隠したってバレバレなんだからね。あ、そうだ。なんなら、私が北条さんに言ってきてあげようか。伊野瀬さんが好きだって言ってました、って」

わたしは黙ってかぶりを振る。結崎さんの口調は、わたしを責める時のものに変わっていた。涙の予兆が喉を這い上がってくるのを、奥歯を噛んで押さえ込んだ。

「ねえ」と、彼女が聞き分けの悪い子供に話し掛けるように言う。「身のほど、って日本語、知ってる？」

「知って……ますけど」

「じゃあ、分かるでしょ。――調子に乗るなって言ってるの」

低い声で言って、結崎さんはわたしに詰め寄った。

「馬鹿じゃないの。わざわざ相談に行ったりして。あんたみたいな女、どうやったって北条さんと付き合えるわけないじゃない」

「そんなこと……」

「そんなもこんなもないのっ！」

わたしが歯向かったことが気に食わなかったのか、とうとう結崎さんは声を荒らげた。むき出しの激情。結崎さんの双眸には、真っ赤に焼けた鉄のような憎しみが潜んでいた。

だが、熱風さえ巻き起こしそうな怒気とは逆に、わたしは自分の心が醒めていくのを感じていた。

ずっとわたしを見下していた結崎さんが露にした、人間らしい感情の昂ぶり。それがわたしには、彼女の限界を明示しているように見えたのだ。

「……結崎さんも、好きなんですね」

わたしが呟いた言葉に、結崎さんの体がぴくりと動く。

「――誰が好きだって言うの」

「もちろん、智輝さんのことです」

「とも……あんたが名前を呼ぶなんて、一万年早いんだよ！」

激昂した結崎さんが、わたしの肩を強く突いた。バランスを崩し、わたしは個室の仕切り板に背中をぶつけた。

暴力を振るわれたのは初めてだった。だが、不思議なことに、言葉で責められていた時には確かに感じていた恐怖がすっかり消えていた。

これは、心の問題だったのだ。

すんなりと、自分に起こった変化の原因が理解できた。手を上げたことによって――原始的な手段で苛立ちを解消しようとしたことで――結崎さんは自分の優位性を手放してしまったのだ。自分でも意外だった。まさか、こんなに些細《ささい》なきっかけで精神的ヒエラルキーが崩壊するとは。

　改めて結崎さんを観察する。

　整った顔だち。丁寧に整えられた凛々《りり》しい眉。にきびの痕一つない滑らかな肌。つぶらな瞳に長いまつ毛。確かに彼女は魅力的な容貌の持ち主だ。

　だが、彼女は智輝さんと付き合っているわけではない。その意味では、結崎さんとわたしは同じ地平に立っていると言えるはずだ。

「……なんなの、その目は」

「諦めません」

　わたしはすべてのしがらみからの独立を宣言するように、きっぱりと言った。

「智輝さんのことも、研究のことも、最後まで諦めません。考えられる手段を尽くして、自分が納得できるまで、足掻《あが》き続けます」

　結崎さんはわたしを睨み付け、小さくため息をついた。

「……あ、そう。あくまで刃向うわけね。じゃあ勝手にすればいいよ。こっちにも考えがあるから」

　結崎さんは捨て台詞を残し、白衣の裾を翻してトイレを出て行った。

　わたしはトイレの壁に背中を預け、胸に手を当てた。全力疾走をしてもこうはならないだろう、というくらいに鼓動が早くなっている。

昂《たか》ぶりはそう簡単には収まりそうになかったが、一人になっても、恐怖が込み上げてくることはなかった。信じられないことをした、という思いはあったが、やるべきことをやった充実感はあった。

熱い息を吐き出し、ふと顔を上げると、トイレの出入口にある鏡が目に入った。

鏡の中には、意志の光を灯《とも》した目でこちらを見つめるわたしがいた。


午後四時過ぎ。智輝さんが化学実験室に姿を見せた。彼は入口で立ち止まって周囲を見回し、わたしを見つけて軽く手を挙げた。

わたしは実験台の前を離れ、逸る気持ちを抑えながら、意識的にゆっくりと智輝さんに近づいていった。

「どうされたんですか」

「ごめんね、実験中におじゃまして。さっきミーティングを終えて、自分の席に戻ったら、こんなものが机の上に置いてあってね」

智輝さんが白衣のポケットから封筒を取り出した。何の変哲もない、どこでも買える薄茶色の封筒だ。

「……これが、何か？」

「ここを見て」智輝さんが封筒を指差す。長方形の中央に、小さくわたしの名前が書かれている。「裏には何も書いてないんだけど……差出人は伊野瀬さん？」

「いえ、違います」

「そうだよね。用があればメールか電話で済む話だし。……ずいぶん軽いけど、空ではないみたいだね。紙が入ってるっぽい」

智輝さんは興味深そうに封筒を何度かひっくり返してから、「じゃあ、これは宛名なんだろうね」と、それをわたしの方に差し出した。

受け取り、智輝さんを真似して封筒の状態を確認してみる。きちんと糊付けされており、振ると、かさかさと音がする。

ウチの大学には学内便があり、事務員さんが各研究室から郵便物を回収し、分類して配達してくれる。誤配を防ぐため、宛名に加え、配達先の建物の名称、フロア、研究室名を明記するルールになっているが、この手紙にはそれらの情報が抜けている。配達した人は私の席が分からなかったので、とりあえず研究室のスタッフに届けた――そう解釈するのが自然だろう。

「ちなみに、中には何が入ってるの？　開けてみてよ」

智輝さんは無邪気な子供のような笑顔を浮かべて、わたしの手元を見ている。

わたしは頷き、慎重に口のところを横に破いた。中に、三つ折にされた白い紙が入っている。それをつまんで引き抜き、そっと開く。

「どう？　もしかして、ラブレターだったかな？」

智輝さんがからかうように笑う。わたしは口を噤《つぐ》んだまま、紙の中央に書かれた文字をひたすら見つめた。

「どうしたの？」

返事がないことに違和感を覚えたのか、智輝さんが訝《いぶか》しげな声を上げる。

こんなものを見せていいのだろうか。しばらく逡巡したが、わたしは結局、手紙を智輝さんに手渡すことを選んだ。

手紙を見た智輝さんが、「……これは」と眉間に鋭いしわを寄せる。こんな時なのに、わたしはその悩ましげな顔つきに、色気のようなものを感じた。

智輝さんは声を潜め、辺りをうかがいながらわたしの耳元に顔を近づけた。

「心当たりは？」

「……分かりません。こんな手紙を受け取ったのは、これが初めてです」

わたしの脳裏には、白いコピー用紙に書かれた、真っ赤な文字が焼き付いていた。

〈お前はこの世にいてはいけない存在だ。生きているだけで、周囲を不幸にする。世界の秩序のために、お前を殺す〉

筆跡を隠す、いびつな手書きの文字が告げる、最上級の悪意。

それは明らかに、脅迫状と呼んでいい代物だった。

第二章

十一月二十日（火）　北条家

夕方、すっかり日が暮れた、午後五時半。北条敏江は徒労感を抱えて自宅マンションに戻ってきた。

元々その予定はなかったが、めったに顔を見せない中原局長が来ていると連絡を受け、敏江は昼間に帝國薬学大学を訪れた。

依頼からもうすぐ十日。中原とは古くからの知己であり、智輝の件については、彼女が自ら対応してくれていた。敏江は成果報告に期待を寄せていたが、残念なことに、中原とは会えずに終わった。敏江が到着する直前、急な用事で中原は帰宅してしまったのだ。

だが、電話でざっと話した限りでは、智輝の片思い相手は依然として不明であるらしかった。中原の情報収集能力をもってしても突き止められないところを見ると、智輝は他の誰にも、秘めた想いを伝えていないらしい。

——一体、どんな女性に心を寄せているのだろう。

世界のどこかにいる「彼女」の容貌を想像しつつ、敏江はアルカディア三鷹のエントランスを通り抜けた。

　エレベーターの前に立ち、上階に停まっていたかごが降りてくるのを待ちながら、敏江は痛む膝をさすった。一年前に起きた交通事故で負ったダメージが、今でも敏江を苦しめていた。大学がある多摩市から三鷹市まで、電車とバスを乗り継いで一時間半。無駄足に終わった外出は、足腰の疲れを倍増させる。

　やがてエレベーターが一階に着き、ドアが静かに開く。両手で腰を撫でていた敏江は、中にいた女性の顔を見て、慌てて姿勢を正した。

「──あら、敏江さん。ずいぶん遅いお帰りで」

　北条千亜紀《ちあき》がいつもの皮肉で彼女を出迎える。敏江はおとなしく、「すみません」と頭を下げた。ここで不満げな顔を見せれば、千亜紀は濃く塗ったファンデーションが剝《は》がれるくらいに顔を歪《ゆが》め、たっぷり五分は嫌味を言い続ける。敏江は経験から、そのことを嫌というほど理解していた。

「早くしないと、ご飯の準備が間に合いませんよ」

「ええ。今すぐにやります」

「帰ってくるまでには済ませておいてくださいよ」

　千亜紀は敏江の横をすり抜け、玄関へ向かおうとする。

「お出かけですか」

「ええ、そこの古書店まで。探すように頼んでおいた本が届いたみたいなの」

「千亜紀さんがご自分で取りに行かなくても、言えば配達してもらえると思いますよ」

敏江がそう指摘すると、千亜紀は、ふん、と軽く鼻を鳴らした。

「全然分かってないのね、あなた。私は、お父様にものすごく信頼されているの。店員じゃなくて、この私から直々に受け取りたいとお思いなの」

千亜紀の勝ち誇ったような表情で、敏江は彼女の真意に思い当たった。どうやら彼女は、自分が稀少な古本を見つけ出したのだと思わせることで、北条家の当主である一朗に手柄をアピールするつもりらしい。

千亜紀は「ああ、立ち話している時間がもったいない。早く行かなくちゃ」と手を打って、香水の匂いをぷんぷんと漂わせながら玄関を出て行った。

その背中が視界から完全に消えるのを待って、敏江は再びエレベーターの前に立った。さっきは一階にあったかごが、いったん上階に戻り、また降りてきている。

パネルの表示が「2」から「1」に変わる直前、敏江は不吉な予感に囚われた。

もしかすると、また私の知っている人が乗っているのではないか——。

杞憂《きゆう》であることを祈っていたが、エレベーターのドアが開くと同時に、敏江は自分の勘が正しかったことを知った。

北条涼音《すずね》が、敏江に気づき露骨に顔をしかめる。

「……どうも」

敏江は会釈をしたが、涼音は返事の代わりに、蔑みを濃縮したようなきつい視線を敏江の顔に据えたまま、ゆっくりエレベーターから出てきた。

悪い連中と付き合っているという噂は以前からあった。夜な夜な外出しては、盛り場をうろついているらしい。ただでさえ埋めがたい歳の差があるのに、そんな荒れた生活を送っているようでは、言葉を交わしてもろくな返事は期待できないだろう。しかし、無視するのも大人げないと思い、敏江はコミュニケーションを取ろうと試みた。

「あの、どちらにお出かけですか」

「はあ？　あんたに関係ないじゃん」

「……すみません」

敏江は慌てて口を噤んだ。やはりダメか。他愛ない会話で気持ちを通わせられるなどという幻想は、そろそろ捨てねばならない。

敏江は近づいてくる涼音から目を逸らし、エントランスホールの隅に置かれた観葉植物を眺めながら、涼音と千亜紀の相似性について考えた。

母娘だけあって、二人は雰囲気がよく似ている。顔つきだけではない、態度もだ。表現の仕方は違うが、二人とも、間違いなく自分を忌々《いまいま》しく思っている。言葉にはしないものの、アルカディア三鷹を出て行けと、その視線や態度が物語っている。

それでも、私は——。

ふと我に返ると、すでに涼音は敏江の脇を通り過ぎていた。

何も言われなかったことにほっとした瞬間、「ちょっと」と呼び掛けられた。振り向くと、涼音は依然として敵意に満ちた眼差しを保っていた。

「今日の夕ご飯、何」

「は、はい。ナスが安かったので、焼きナスにしようかと……」

「はあ？」涼音は眉間にしわを寄せ、黒いダッフルコートのポケットに突っ込んでいた手を大げさに振ってみせた。「あのさあ、いっつも言ってるじゃん。もっとちゃんとしたもんが食べたいって。肉にしてよ、肉に」

「……すみません」

「あんたは野菜で満足できるんだろうけどさ、こっちはバリバリの高校生で、まだ成長期なわけ」

涼音は顎を上げ、敏江に喉元を晒した。眩《まぶ》しいほど白い肌がそこにはあった。若さを見せつけられることに耐え切れず、敏江は逃げるように足元に視線を落とした。

「なんでもいいから、帰るまでには準備しておいてよ」

涼音はそう言って、派手に染めた茶色い髪をいじりながら、いかにもだるそうに外に出て行った。


マンションの最上階は北条家専用のフロアで、敏江、一朗、千亜紀一家が、それぞれ別の住戸に住んでいる。

敏江は自宅に戻ると、すぐに夕食の準備に取り掛かった。

自分の分を合わせて、計六人分の食事を作らなければならないため、それなりに時間が掛かる。ずっと台所に立っていると膝がだんだん痛くなってくるが、毎日のことなのでさすがに慣れてきた。時々椅子に腰掛けて休憩を取れば、なんとか耐えられる。

午後六時五十分。ようやく調理が終わり、食卓に皿を並べていく。

敏江の家のリビングには、北条家の全員が座れるように、一人暮らしには明らかに分不相応なサイズのテーブルがある。彼女の夫だった北条三朗が、北条家の現状を鑑みて用意したものだ。半ば強引に、全員で揃って食事をするという規則を作ったのは彼だった。

「君が、早く北条家に馴染めるといいんだが」

三朗は敏江のことを考えて、コミュニケーションの場を設けた。だが、今でもその目的は果たされていない。三家族がこの家のリビングに集まるという習慣が生き残っているだけだ。

敏江が黙々と支度を続けていると、千亜紀と涼音が揃って部屋にやってきた。

無事に古書を渡せたらしく、千亜紀は露骨に上機嫌だ。一方、涼音は対照的に不機嫌そうだった。「なんだ、ハンバーグか」と毒づき、どすんと音を立てて椅子に腰を下ろす。母親の千亜紀は注意をするそぶりすら見せない。

午後七時になる、ちょうど一分前。背を丸めながら、千亜紀の夫である和房《かずふさ》が姿を見せた。ちらりとテーブルに目をやってから席に着くと、持っていた文庫本を読み始めた。古風な探偵が活躍する、海外の推理小説だ。彼は暇さえあれば本を読んでいる。妻や娘と会話を交わす気はないらしい。

和房は婿養子であり、北条家との血の繋がりはない。そういう意味では自分と同じ立場なのに、なぜここまで自分勝手に振る舞えるのか。敏江は彼のマイペースさをうらやましく思っていた。

一方で敏江は和房に対して、不気味な印象も抱いていた。千亜紀や涼音も苦手だが、まだ感情を曝《さら》してくれるだけマシだった。和房は、敏江に嫌味や不満を言うことはない。その代わり、底冷えするような、冷たい視線を向けてくる。家族どころか、使用人として認識されているかどうかすら怪しい。メガネの下の瞳が、爬虫類のそれに見えてしようがなかった。

夕食の開始時刻は午後七時と決まっている。敏江はエプロンを外し、下座の席に腰を落ちつけた。しかし、定時を五分が過ぎてもメンバーが揃う気配はない。

このままでは料理が冷えてしまう。味が落ちれば文句を言われるのは自分だと思い、敏江は腰を上げた。

「あの、一朗さんと信太《しんた》さんは」

敏江の問い掛けに、千亜紀は煩わしげに視線を上げた。

「さっき私がお父様の部屋にお邪魔した時は、二人で本を読んでいましたよ。大方、夢中になっているんでしょう。呼んできてくださいな」

まただ。食事に遅れるのも、二人を呼びに行くのも、毎度のことだった。内心うんざりしていたが、顔には出さずに部屋をあとにした。

外廊下に出ると、晩秋の冷たい夜風が敏江の髪を揺らした。

外気と同じ温度の手すりに両手を載せ、細く、長く息を吐き出す。無数の光に彩られた街が遠くに見える。アルカディア三鷹という大仰なマンション名には未だに馴染めないが、この夜景は気に入っていた。

もともとこのマンションは、余生を過ごすために一朗が購入したものだった。

一朗の妻はすでに他界しており、当初は一人暮らしをするつもりだったが、入居直前に三朗の定年退職が重なり、どうせならということで、同じフロアの住戸に三朗が越してきた。それが去年の四月上旬、ちょうど、敏江が三朗と出会うひと月前のことだった。

一朗が三朗と同じマンションで暮らし始めたという話を聞きつけた千亜紀が、家族ごとここに押し寄せたのは、二カ月後の六月だった。

一朗には三人の子供がいるが、関東に住んでいる者はおらず、これまで誰とも同居したことはなかった。独立したのであれば、親と子が共に暮らす謂れはない——それが一朗のポリシーだった。ところが、千亜紀はその言葉を、寂しさの裏返しなのだと主張した。父親は強がりでそう言っているだけで、実は子供たちと一緒にいたいに違いないと決めつけて、強引に同居を申し出たのだった。

だが、それはあくまで表向きの理由に過ぎない。千亜紀の真の狙いは、一朗に取り入ることにある。他の兄弟たちより親思いであることをアピールし、少しでも遺産配分を高くしようと目論んでいるのだ。敏江はそう確信していた。

親孝行どころではない、ひどく殺伐とした話だが、しかしそれも、やむを得ないことなのかもしれない。

一朗の資産はかなりのものだ。反物《たんもの》の取り扱いから始まった北条商店は、高度成長期にスーパーマーケットへと姿を変え、今は関東全域に二十を超える店舗を持つまでに成長している。創業者である北条家が株式の七割を保有しており、配当だけで毎年相当な額を手にしているはずだ。

一朗は今年で七十七歳。今のところ大きな病気をしたことはないが、弟の三朗が何の前触れもなく急逝したように、万が一のことが起こらないとも限らない。自分の存在をアピールしたくなる気持ちも、分からないではない。そのうち、他の家族もここに引っ越してくる可能性だって――。

指先が冷たくなり始めていることに気づき、敏江は我に返った。首を振って、廊下を奥に向かう。

最上階は全部で四戸あり、エレベーターに近い方から、敏江、千亜紀一家、一朗の並びになっている。最奥の住戸は、一朗が趣味で集めた本を納めるための書庫になっており、誰も住んでいない。

敏江はドアチャイムを鳴らし、「失礼致します」とドアを開ける。いつも通り、鍵は掛かっていなかった。

足を踏み入れると、ぷんと本の匂いが鼻を突く。敏江はその匂いに導かれるように、視界のあちこちに点在する本に目を向けた。隣を書庫として使っているにもかかわらず、一朗の自宅はどこもかしこも本だらけだ。

靴箱の上に横積みになった本。文庫本、ハードカバー、実用書。統一性はない。沓脱《くつぬ》ぎには、ビニール紐でくくられた雑誌の束が無造作に置いてある。これは捨てる本だ。その向こう、廊下の左右にも本で作られた塔がずらりと並んでいる。こちらは読みさしなのか、紐で縛られてはいない。

相変わらずの本の量だ。しかし、数が多いからといって、雑に扱っていいわけではない。本の角に裾を引っ掛けてしまわないよう、慎重に廊下を進み、敏江はリビングに足を踏み入れた。

室内の様子には、いつ来ても圧倒される。壁際には、白い壁紙が見えなくなるほどみっちりと本棚が並べられており、上から下まで隙間なく文庫本が詰まっている。

ベランダに続くガラス戸の前には、成人男性の腰ほどの高さがある本の塔が、何本も立っている。明らかに開け閉めの邪魔になるが、そもそもベランダに出入りすることはないのだろう。その証拠に、カーテンは常に閉めっぱなしになっている。

カーペットが敷かれた床のあちこちにも、本が点在している。中には、数冊が積まれ、小さな塔になっているところもある。その様子は敏江に賽《さい》の河原を連想させる。賽の河原では、親より先に死んでしまった子供が、親不孝の報いとして、石を積んで塔を作らされるという。

その俗信のためか、不吉な風景に感じられてしようがなかった。

一朗と信太はどこにいるのだろう。他の部屋を見に行こうとした時、和室に繫がるふすまが開き、一朗が姿を見せた。

薄毛とは無縁の豊富な白髪。人に見られることを意識したような、ぴんと伸びた背筋。喜寿を迎えたとは思えないほどの血色の良さ。血筋なのか、北条家の人間は、歳を重ねても誰もが若々しさを保っている。うらやましいな、と敏江は素直に思った。

一朗は手にしていた本を閉じ、「来ていたのか」と老眼鏡を外した。

「あの、そろそろ夕食のお時間ですが」

「ああ、そうだったか。つい、本に夢中になってしまった」

照れ笑いを浮かべるでもなく、一朗は淡々と喋る。

「そちらは、千亜紀さんが持って来られた本ですか」

「いや、あれはまだ封も切ってない」

一朗が表紙をこちらに向ける。『世界で一番美しい元素図鑑』というタイトルが目に飛び込んでくる。

「それは……」

「三朗に借りていたものだ。ずっと忘れていてな。今日になって、積んでいた本の中から出てきた。あいつがしつこく勧めるものだから仕方なく受け取ったが、なかなかいい本だ」

「……そうですね、私もそう思います」

三朗は、この世に存在する元素を事細かに解説した、この図鑑が大のお気に入りだった。暇を見つけては、「この元素を知っているかな？」と、子供のようにページを開いて解説をしてくれた。科学の素人である敏江に、元素という存在の素晴らしさを教えたくて仕方なかったのだろう。

往時の記憶がまざまざと蘇《よみがえ》り、胸が痛くなるほどの郷愁が敏江の体の中を吹き抜けていった。眦《まなじり》にわずかに滲んだ涙をそっと拭い、敏江は感傷を打ち消すように、「あの、信太さんはどちらに？」と尋ねた。

「ついさっき、『帰る』と言って出て行ったが」

「でも、食事の席にはいませんでした」

「それはいかんな。外に遊びに出たのかもしれない」

「じゃあ、千亜紀さんに言って、みんなで探しましょうか」

「うむ、その方がいいだろう」

こんな時間に、いったいどこに行ったのだろう。困ったことになったと思いながら、敏江はリビングから廊下に出た。

「――わあっ！」

横からいきなり大声を浴びせかけられ、「ひゃっ」と叫んで敏江は廊下に倒れ込んだ。肘がぶつかった衝撃で、本の山が派手な音を立てて崩れ落ちた。

したたかに打ち付けた腰の痛みに顔をしかめながら立ち上がると、洗面所に繋がるドアの向こうに、不満顔を浮かべた北条信太の姿があった。

「なあんだ。おじいちゃんだと思ったのに」

「……またイタズラか。くだらないことはやめなさいと言っただろう」

廊下に出てきた一朗が、怒りを押し殺した視線を孫に向ける。

「だって……おじいちゃん、全然びっくりしないから」

「この歳になると、大抵のことでは驚かなくなる。次に同じことをしたら、千亜紀に言って叱ってもらうぞ」

母親の名前を出され、信太はしゅんとなった。

「小学校で、驚かせあう遊びが流行っているらしい」

状況が飲み込めずに戸惑う敏江にそう説明して、一朗は眉を顰めた。同意を求められているのだと察知し、「困りましたね」と敏江は頷いてみせた。

「さ、七時をずいぶん過ぎてしまった。あまり皆を待たせるのも忍びない」

信太を促し、一朗が玄関に向かおうとする。

「あの。この本の片付けは……」と、敏江は二人に声を掛けた。

「あとでワシがやる。信太も手伝いなさい」

「えー」と、信太はわざとらしく頬を膨らませる。不満顔は姉の涼音にそっくりだった。

「いえ、崩したのは私ですので、私にやらせてもらえませんか」

「……その必要はないが」

「いいじゃんいいじゃん、そうしようよ」

ここぞとばかりに信太が声を上げながら飛び跳ねる。

一朗は「静かにしなさい」と孫をたしなめてから、「敏江さんがそう言うなら、任せるとしよう。ただし、やるのは食事のあとでいい」と言って、信太の手を取って部屋を出て行った。

敏江は廊下に散乱した本の表紙に目を落とした。少し押し付けがましかっただろうか。だが、できる仕事はなるべく引き受けて、一朗に好かれる努力を続けなければいけない。

姻族関係終了届は出していないが、三朗亡き今、敏江は北条家の中では明らかに浮いた存在だった。北条家では、一朗の意思が何より優先される。出て行けと言われたら、おとなしく従うしかない。

それなりに蓄えがあるので、ここを出ても生活をすることはできる。だが、敏江は少しでも長くこのマンションに——三朗の記憶が残る、このアルカディア三鷹に住み続けたいと願っていた。

愛する人を失い、ほとんど抜け殻になってしまった今の自分。いずれは薄れていくものだと分かっていても、過去にすがる以外に生きがいを見出せずにいる。

これじゃあ、遺産にこだわる千亜紀さんのことを悪くは言えないな——。

廊下に佇んだまま、敏江は一人苦笑した。

花奈、脅迫状について推理を巡らせる　十一月二十一日（水）①

午前九時前。重度の寝不足を抱えたまま、わたしは大学にやってきた。体調はもちろん最悪で、九九すら間違えてしまいそうなほど頭がぼんやりしている。

生協の前を通り過ぎ、十字路を右に曲がって、教育棟が並ぶまっすぐな道に入る。そろそろ始業時間が近い。講義へと急ぐ学生がわたしを追い越し、教育棟に次々と駆け込んでいく。授業から遠ざかっているせいか、その慌てっぷりが無性に懐かしくなった。

ひと気が消えた通りを、一人で歩く。レンガタイルで舗装された歩道は、赤や橙や黄に色づいた落ち葉で彩られている。絵心のないわたしでも、思わず水彩画を描きたくなるような、秋らしい光景だ。

歩道の突き当たりで左折し、教育三号棟と四号棟の間の細い道を抜けると、右斜め前に研究四号棟が見えてくる。

わたしは足を止め、化学実験室がある二階を見上げた。ただでさえ不器用で、しょっちゅう失敗をやらかしているのに、果たしてこんな状態で実験ができるだろうか。

夜更かしをするつもりはなかった。昨夜もいつもと同じように、日付が変わるくらいの時間にはベッドに入った。しかし、いくら寝ようとしてもなかなか寝付けず、結局三時間ほどしか眠れなかった。

不眠の原因は明らかすぎるほど明らかだった。昨日、智輝さんの手によって届けられた脅迫状。その存在が、わたしの心の大半を占領していた。

殺す、とまで言わしめるような動機。気がつけば、わたしはそればかり考えている。

恨みを買う人は、買うなりの人間関係を築いているものだ。通り魔殺人でもない限り、殺意を持つに至る交流——愛憎や裏切りや金銭トラブル——があるはずなのだ。だが、わたしには、そんな付き合いをしている相手がいない。不自然なのだ、どう考えても。

だが、現実にこうして手紙を受け取ってしまった。とにかく、周囲に変調を悟られないように、いつも通りに実験をやらねばならない。ため息をついて、わたしは研究四号棟に向かった。

今日の最初の作業は、構造解析だ。

ある物質を初めて作った時、目的の化学構造と合致するかどうか確かめるため、わたしたちは必ず解析を行う。解析は主に二つの手段による。純度と分子量は液体クロマトグラフ質量分析《ＬＣ－ＭＳ》によって測定し、化学構造は核磁気共鳴《ＮＭＲ》法によって決定する。

ＬＣ－ＭＳ用のサンプルはメタノール、ＮＭＲ用のサンプルは重クロロホルム。適切な溶媒に化合物を溶かし、それぞれ専用の容器に入れる。それを手に、わたしは地下にある測定室に向かった。

どちらも原理はそれなりに複雑なのだが、測定自体は簡単で、サンプルを所定の位置にセットし、いくつかのパラメーターを入力後、分析装置に接続されているパソコンの画面の「ＲＵＮ」アイコンをクリックするだけでいい。

結果が出るまでには少し時間がかかる。その間に実験の準備をしようと思い、二階の実験室に戻ることにした。

階段を上がりきったところで、わたしは足を止めた。実験室の前で、智輝さんと相良さんが立ち話をしている。わたしに気づき、「やあ」と智輝さんが手を挙げる。動揺を顔に出さないように意識しつつ、わたしは二人に近づいた。

「どうかされたんですか」

「うん、そろそろ新しい評価系が完成しそうだから、化学チームの人に説明をしようかと思って」

「タイミングが悪い」相良さんは腕組みをしている。「結崎がいる時に来いよ」

「うっかりしてたよ。水曜日の一時限目は、国試対策の講義があるんだったね」

「二度手間になるし、全員が揃ってから説明を聞きに行く方がいいな」

「僕は別に何度話しても構わないけど。ま、しょうがないから戻ろうかな」

智輝さんが笑顔でその場を離れかける。わたしは「あの」と声を掛けた。

「先に、個人的に聞かせてもらっていいですか。今、ちょうど測定待ちで、時間が空いているんです」

それは事実ではあったが、あくまで口実にすぎなかった。智輝さんと二人で話がしたい――頭の中はその気持ちでいっぱいだった。

「そうなんだ。じゃあ、先に伊野瀬さんに説明しようか。上の会議室でやろう」

「はい。お願いします」

わたしはじんわりと喜びを噛み締めながら、上階に向かう智輝さんの隣に並んだ。

数歩進んだところで、足音がわたしたちを追い掛けてきた。振り向くと、相良さんがすぐ後ろにいた。

「ついでだ。俺も出る」

「あ、そう。別にいいけど」

智輝さんはあっさり申し出を受け入れてしまう。勇気を出して、智輝さんと二人っきりになれるチャンスを作ったのに。恨み言を呑み込み、黙って三階に上がる。

廊下の色合い、部屋の配置、窓の並び。基本的な構造はどのフロアも同じだが、漂っている臭いが違う。化学物質を日常的に扱っているせいだろう、やはり二階は薬臭い。それと比較すると、ここはほとんど無臭だった。

ふいに相良さんが廊下の途中で立ち止まり、薬理の実験室のドアに目を向けた。

「ここで例のウイルスを扱ってるのか」

「いや、通常のウイルスだけだね。施設レベルでいうと、ここはＰ１。今回作ったウイルスは、Ｐ３の部屋で取り扱うことにしてるよ」

「１と３はどう違うんでしょうか」

会話に加わろうと、わたしは質問を挟み込んだ。

「P1はまあ、普通の実験室だね。生物系の実験に必要な設備がありさえすれば、特別な規制はなし。で、レベルが2になると、安全キャビネットっていう、換気装置付きの作業台が必要になる。あと、部屋に入る時に白衣の着脱をすることになってる。これが3になると、一気に規制が強くなるんだ。実験室内の空気が外に漏れないように、部屋を陰圧に保たなくちゃいけない。それと、更衣室を独立させる必要もある。更衣室では、内と外の扉は同時には開かないシステムになっている。靴も作業着もそこだけで使用するものに替えなくちゃいけない。……って感じで、結構大変なんだよ」

念入りだな、と相良さんが唸ると、智輝さんは当然とばかりに強く頷いた。

「扱うのはヒトに感染しうるウイルスだからね。実験時の服装も、バイオテロとかで使われる特別なやつにしてるよ。万が一作業者が感染して、ここからパンデミックが始まったりしたら、エライことだからね」

「下手すると、キャンパスごと隔離されちまうな」

相良さんは口元を歪めた。どうやら笑っているらしい。早く漏洩《ろうえい》してくれ、と言わんばかりの、禍々しい表情。そのまま一切演技をすることなく、映画のマッド・サイエンティスト役をこなせそうだ。

「そんなことは起こらないから。変なこと言わないでくれよ」

笑って、智輝さんが会議室に入っていく。大型のテーブルが一つ、その周りに椅子が十脚程度。わたしと相良さんは、智輝さんと向き合う形で席に着いた。

「さっきも少し話したけど、説明したいのは、今回作った新型のウイルスのことなんだ。ちなみに、僕たちは超耐性インフルエンザウイルス、って呼んでる」

相良さんが顎に手を当て、ふむ、と呟く。

「それは、既知のエクスフル耐性ウイルスとどう違うんだ」

「エクスフルに対する耐性はもちろんなんだけど、他のインフルエンザ治療薬についても、強力な耐性を持つように改変したんだ。既存の薬剤はすべて効かない」

「それは」相良さんが表情を険しくした。「鳥インフルエンザのような、ヒトに対する高病原性を獲得したってことか」

「それはなんとも言えないね」

「なんだ、えらく無責任だな。作った本人だろうが」

「薬剤耐性と毒性は相関しないから。ヒトで試さないと分からないんだよ」

相良さんが「そういうことか」と頷き、こちらに視線を向けた。「……付いて行けているか？」

「あう。その、それなりになんとか……なっていると……思います、けど」

「……頼りない返事だな。おい、北条。もう少し詳しく説明してくれ」

「ＯＫＯＫ。ええっと、まず、インフルエンザウイルスにはＡ、Ｂ、Ｃの三つのタイプがあるんだ。このうち、最も脅威となるのはＡ型とされてるね。二十世紀初頭に猛威を振るったスペインかぜもそうだし、三年前の新型インフルエンザ騒動もこっちのタイプ。で、そこからさらに細かく分類するんだけど、その時に、ウイルスの表面——エンベロープと呼ばれる部分に出ている、ノイラミニダーゼとヘマグルチニンという二つのタンパク質に注目する。ノイラミニダーゼはもちろん知ってるよね」

「はい。わたしたちがターゲットにしているタンパク質ですから」

「うん。この二つのタンパク質には、それぞれ構造が違う亜種が存在する。サブタイプ、ってヤツだね。タンパクの頭文字である『Ｈ』と『Ｎ』をとって、Ｈ１Ｎ１とか、Ｈ７Ｎ３とか呼ぶ。聞いたことあるよね？　この記号の組み合わせが、ウイルスの特性を表しているんだ。その中で、ヒトへの感染の可能性があって、かつ高病原性が認められているのはＨ５Ｎ１という型だけ。だから、今回はそれを作ったわけだけど、同じ型であっても、遺伝子の微妙な差で性質が違ってくる。だから、『ヒトに対して、確実に感染力が強くなった』とは言えないし、『命を脅かすほど毒性が強くなった』とも言えないいんだ」

「結局、よく分からん、ってことだな」相良さんはそう結論づけた。「つまり、極端な話、ここで作ったウイルスが世界を滅ぼす可能性すらあるわけだ」

「えっ……」

すぐそばで死神に魅入られたウイルスが誕生し、自分の足元から世界が終わっていく。そんなシーンを想像してしまい、背筋が寒くなった。

「大げさだなあ。伊野瀬さんが怖がってるよ」と智輝さんは苦笑する。「そんなに簡単にヤバいウイルスは生まれないって」

「……そうなんですか？」

「だって、新型ウイルスなんて、世界のあちこちで数え切れないくらい誕生してるんだよ。致死性が高いやつがしょっちゅう現れてたら、人類はとっくに絶滅してるはずじゃない。相良が誇張して言っただけだよ」

「ふん」相良さんは拗ねたように視線を逸らし、椅子に背を預けた。「とにかく、新しい実験系ができたことは分かった。そのウイルスを使った実験を、今後進めていくんだな」

「うん。まずはこれまでに見つかってる、高活性阻害剤を評価してみる。通常のウイルスに効いても、こっちに効くかどうかは分からないからね」

「アッセイが、二段階になるんですね」

「そうだね。ノーマルウイルス、超耐性ウイルス、の順番に評価をするよ」

これで、ゴールがますます遠くなった。普通のインフルエンザウイルスに効かない薬剤は次の段階には進めないのに、わたしは最初のハードルをクリアした化合物を持っていない。一方、結崎さんの化合物には、エクスフルを超えているものがいくつもある。

相良さんがちらりとわたしを見て、小さく嘆息する。

「超耐性の方で評価したい化合物は、現時点でだいたい二十個くらいだな。ただ、構造に偏りがあるのが気になるが」

「最初はそれでいいんじゃない。いいものが出てくれば、そっちもちゃんと評価するよ」

「それをクリアしたら、最後に動物実験をするんだったな」

「製薬企業の方でね。まだ話が付いてないけど、向こうにコストを強いるわけだから、そんなに何回もできないだろうね。最強化合物で効果を見る、って感じじゃない」

「……分かった。そのつもりで化合物を準備する。どのくらいの量が必要なんだ」

「マウスは体が小さいからね。投与回数とか期間にもよるけど、数十ミリグラムもあれば、とりあえず効果は見られるんじゃないかな」

「それなら、再合成も簡単だな。おい、伊野瀬。候補に選ばれたのが結崎の化合物でも、合成は手伝えよ。チームなんだからな」

結崎さんの顔が脳裏をよぎり、一気に気分が沈む。だが、わたしは不満が顔に出ないように、「分かっています」と神妙に頷いた。誰の化合物であれ、智輝さんと同じプロジェクトに関わっている以上、わたしは自分の役割をきちんと果たすつもりでいる。

「説明はこんなところだね。素晴らしい化合物が出てくることを期待してるよ」

「せいぜい祈っていてくれ」

席を立ち、部屋を出ようとしたところで相良さんが立ち止まった。座ったままのわたしを不思議そうに見ている。

「どうした、伊野瀬」

「今のお話で、少し分からなかったところがあったので、質問しようかと」

「……そうか。俺は先に戻るからな」

ドアが閉まり、会議室に束の間の静寂が訪れる。とっさの嘘を見破られなかったことに安堵しながら、わたしは居住まいを正した。

「……質問じゃなくて、相談なんです」

智輝さんが、うんうん、と繰り返し二度頷いた。

「分かってるよ。昨日の、脅迫状のことでしょ」

「はい。……一晩じっくり考えてみたんですが、心当たりがなくて」

「警察に連絡はしてないの？」

「少し迷ったのですが、あまり大ごとにしたくなくて。具体的な被害もないですから」

「騒ぎを大きくしたくないって気持ちは分かる。でも、『何か』が起こってからじゃ遅いからね。とにかく用心しなくちゃいけないよ」

智輝さんは長年飼っていたペットを亡くした時のような、沈痛な面持ちを見せた。自分のことを本当に心配してくれているのだと思うと、胸が熱くなった。

「それにしても、誰が犯人なんだろう」

智輝さんは腕を組み、首をかしげた。

「実は僕は昔から推理小説が好きでね。大学生の頃はそっち系のサークルに所属してたんだ。だから、不謹慎な言い方だけど、ちょっとワクワクしてる」

「はあ……」

意外な趣味と言うべきだろう。智輝さんは「それでね」と楽しげに続ける。

「学内便だから、差出人は当然、大学関係者だ。そこからさらに絞り込もうと思って、郵便担当の人に例の封筒について聞いてみたんだ。ところが、そんなものを配達した覚えはない、って言われちゃってね。つまり、犯人が直接研究室に侵入して置いていった、ってことだよね。考えてみると、確かにチャンスはあった。薬理チームでミーティングをやってた関係で、午後一時過ぎから四時前までは、事務スペースは完全に無人になっていた。だから、その時間帯に封筒が届けられたと考えるのが妥当だろうね。犯人を限定するのにはあまり役に立たない情報だけど」

「そう、ですね……」

研究四号棟には十以上の研究室があり、学生と職員の数を足せば、百人近い人間が同じ建物内にいる計算になる。しかも、特別なセキュリティが施されているわけではないので、他の建物どころか、全世界の人間を容疑者に含めることも不可能ではない。アリバイの面から犯人を特定することはほぼ不可能だろう。

「……しかし、不思議だなあ」

智輝さんが天井を見上げて呟く。

「どうして、僕の机に伊野瀬さん宛の脅迫状を置いたりしたんだろう。これって、意味不明だと思わない？」

「たまたま無人の部屋があったから、そこに置いたのではないでしょうか」

「うーん、どうかなそれは。だって、ターゲットじゃない人間が勝手に開けて中を見るかもしれないでしょ。文面を見て、握り潰す可能性だってある。リスクを考えれば、直接伊野瀬さんに渡すべきだと思うんだけどね。……もしかしたらその辺りに、犯人を特定する鍵が隠されてるのかも」

智輝さんは予想以上の真剣さで推理に取り組んでいる。緊張で高まった鼓動を持て余しながら、わたしは「あの、北条さん」と口を挟んだ。

「個人的には、犯人が分からなくても構わないと思っているんです。ただの嫌がらせなら、無視すれば済むことです。むやみに刺激したら、本当に……襲われるかもしれません。わたしじゃなくて、北条さんが狙われる可能性も……」

「うーん。僕は犯人捜しは必要だと思うよ。見えない相手に怯《おび》えたくはないしね。でも、被害に遭ってるのは伊野瀬さんなわけだし、軽々しく首を突っ込むのは良くないかな」

「……いえ、こうして話を聞いてもらえるだけで、すごく……落ち着きます」

わたしは正直に自分の想いを伝えた。耳が熱くなっているのがよく分かる。

「それは光栄だね。僕でよければ、いくらでも相談に乗るけど」

「ご迷惑じゃありませんか」

「そんなこと。これも何かの縁……っていうと変だけど、乗りかかった船っていうのかな、脅威が去るまでは力になりたいと思うよ」

「……ありがとう、ございます。個人的に、連絡をしてもいいですか？　電話とか、メールとか」

「もちろんもちろん。ちょっと待ってて、自分のケータイを取ってくるから」

善は急げとばかりに、智輝さんは駆け足で部屋を飛び出していった。

脅迫状に感謝したくなった。智輝さんとたくさん喋れた。ホットラインもできた。やればできるのだと、自分を褒めてやりたかった。

暴れ続けている心臓を落ち着けるために、わたしは胸に手を当てた。

これからどうすればいいのか。自分だけでは、正しい判断を下せる自信がなかった。

白衣のポケットに入れっぱなしにしていた携帯電話を取り出し、アドレス帳を開く。果たして、こんな相談を受け付けてくれるだろうか。かなり不安ではあったが、智輝さんの他には、頼れそうな相手は彼女しかいない。

——とにかく、直接会って話をしてみよう。

わたしは小さな液晶画面に映し出された、早凪さんの電話番号を見つめた。

花奈、脅迫状について相談する　十一月二十一日（水）②

わたしはすぐに早凪さんに連絡を取り、夕方に事務局を訪問する約束を取り付けた。それまでは、いつもと同じように実験を続けることにした。

午後、研究室から学生一人ひとりに貸与されているノートパソコンに、智輝さんからのメールが届いた。午前中に実施した、抗インフルエンザ活性試験の結果だった。新しい実験系ではなく、以前から定期的に行われているものだ。

まだ化合物Aが完成していないので、わたしの提出物はなし。結崎さんが合成した化合物は、相変わらず活性が強い。エクスフルを軽く凌駕《りょうが》している。

こんなもの、見ても落ち込むだけだ。ファイルを閉じ、席を立ったところで、部屋を出ようとしていた結崎さんと目が合った。

彼女は一瞬眉根を寄せてから、顎でドアをしゃくってみせた。無視して執拗に責められるのも嫌だったので、おとなしく従うことにした。

女子トイレに入り、周りに誰もいないことを確認してから、結崎さんはわたしに向き直った。

「アッセイ結果、見たでしょ」

「はい。わたしは今回は出せなかったので、ちらっと確認しただけですけど」

「相変わらず、情けないよね。ずっと実験だけをやってるのに、全然結果が出せてないし」

「そうですね。わたしの力不足です」

自分でも驚くほど、スムーズに受け答えができている。結崎さんの機嫌を損ねないようにと、いちいち会話の内容を吟味せずに済んでいるからだ。ただ自然に任せ、思いついたことを喋る。それがいかに気楽なことだったのかと、感動すら覚えていた。

わたしの態度に違和感を覚えたのか、結崎さんは気味が悪そうに目を細めた。

「新しい評価系ができたって話、さっき聞いて来たよ。私一人でね」

「そうですか」

「そっちは相良さんと午前中に聞いたらしいね。その時に、ほうじょ……」いったん口を噤み、彼女は言い直す。「……智輝さんと二人っきりで話してたんだってね」

「……どうしてそのことを？」

「薬理チームにいる友達が教えてくれたんだよ。てゆーか、それはどうでもよくって。二人で何の話をしてたわけ」

「大したことはないです。実験系について、質問をさせてもらっただけです」

「嘘くさっ！」結崎さんが漫才師のツッコミのように短く叫ぶ。「それってただの口実でしょ。ただ、智輝さんと一緒にいたかっただけのくせに」

「……否定はしません」

わたしは正直に答えた。もちろん、脅迫状の件はおくびにも出さない。

「あんた、勘違いしてるでしょ。智輝さんがあんたなんか相手にするわけないでしょ。百パーセント無理だから」

「……そうかもしれません。でも、諦めないと決めたので」

「うるさいっ！」

結崎さんはいきなりトイレの壁を蹴り飛ばした。

乾いた音が室内に響き渡り、あとには虚しさを湛えた静寂だけが残る。

結崎さんはわたしを見据えたまま、ただ呼吸を繰り返している。彼女の双眸からは、陽炎《かげろう》のように敵意があふれ出していた。

「――おやおや、これはどういう状況なのかにゃ」

耳朶《じだ》に触れる、気合の抜けた声。振り返ると、鏡餅のように二重になった御堂さんの顎がドアの隙間から見えていた。

「ずいぶん大きな声だったね」

そう言って、御堂さんは遠慮なくトイレに入ってきた。

「これは、別に……」と結崎さんが首を横に振る。

「あたしの目には、花奈っぺをイジメてたように見えたけど」

すべてお見通しだと言うように、御堂さんは笑みを浮かべた。もしかすると、結崎さんが声を荒らげる前から、こっそり様子をうかがっていたのかもしれない。

「全然、そういうんじゃないんです。ちょっとディスカッションが白熱して……」

結崎さんはいつもの、誰にでも好かれる「彼女」を取り戻そうと必死になっていた。だが、御堂さんは結崎さんの言い訳を「もういいから」とあっさり切り捨てた。

「とにかく、つまんない揉《も》めごとは止めてもらえるかな。正義感を振りかざすつもりはさらさらないけど、これでも一応、研究室の学生じゃ、あたしが最年長だから」

「すみません、誤解させてしまって」結崎さんはぎこちない笑顔を浮かべた。「御堂さんが心配しているようなことはないですから」

「あっそう。なら、そこをどいてくれるかな。花を摘みに来たんだよ、あたしはさ」

個室のドアの前に立っていることに気づき、結崎さんが慌てて脇に避ける。潮時と判断したのか、彼女はそのままトイレを出て行った。

「やれやれ。あれが我が研究室のヒロイン様の本性とはね。演技がお上手というか、素晴らしい猫かぶりというか。女は怖いね、全く」

自分の性別を棚に上げつつ、御堂さんは苦笑してみせた。

「あの、ありがとうございました」

「いや、お礼を言われるほどのことはしてないよ。ここに来たのも偶然だし。感謝するなら、どこかにいる神様にでもしてあげてちょ」御堂さんは慈しむようにわたしの頭を撫でてくれた。「ほんで、イジメの原因は何なのさ」

「……すみません、あまり詳しくは言えないんです」申し訳なさを感じながら、わたしは目を伏せた。「人間関係、とだけ」

「そっか。余計にこじれるかもしれないから、今は深入りはしないけど、危険を感じたらすぐに相談するんだよ」

「はい」とわたしは頷いた。御堂さんの気遣いが心に沁みた。

午後四時前。相良さんの協力もあって、予定より数日早く化合物Aが完成した。ただし、これは終わりではなく、始まりにすぎない。これからは、途中で得られた中間体を利用して、様々なパーツを組み込んだ類縁化合物を合成することになる。

あまり時間がないのですぐにでも合成に取り掛かりたいが、早凪さんと約束した時間が迫っていた。わたしはきりの良いところで手を止め、実験室をあとにした。

研究四号棟から出てみると、辺りが妙に暗くなっていた。全天を覆う、黒々とした雲が太陽を覆い隠してしまっている。今日は一日晴れだと天気予報で言っていたのに。嫌な予感がする。晴れ間の見えない今の曇天に似た、不幸な未来が自分に迫っている——そんな気がしてならなかった。

弱気になっちゃダメだ――。

わたしは自分を鼓舞するように頬を叩き、歩く速度を上げた。

広場を横切り、事務棟へ。そこで、前回は結崎さんに尾行されていたことを思い出した。

エレベーターの前で立ち止まり、振り返ってロビーを見渡す。怪しい人影は見当たらない。

ほっと安堵した時、隣のエレベーターのドアが開く音がした。

視線を向けると、六十代と思しき女性が外に出てきた。グレーのパンツ、胡桃《くるみ》色のツイードジャケット、白いストール。淑女というのだろうか、女性には、なんとなく上流階級的な佇まいがあった。

ふと、彼女と視線がぶつかる。あれ、と既視感が脳裏をよぎる。この人と、どこかで会ったことがあるような気がする。しかし、思い出せない。

そうこうするうち、彼女はしずしずと去っていってしまった。

痒《かゆ》いところに手が届かないようなもどかしさがあったが、早凪さんを待たせるわけにはいかない。わたしは彼女が出てきたエレベーターに乗り込んだ。

五階に到着する。誰にも見られていないことを確認してから、恋愛相談事務局のドアを開けた。

早凪さんは、自分の席で書類をまとめていた。隣にいた鬼怒川さんがわたしに気づき、「あっ」と早凪さんの肩をつつく。

早凪さんは「時間ぴったりだね」と席を立ち、これまでと同じように、面会室に案内してくれた。さすがに学習したのか、今回は鬼怒川さんが部屋に入ってくることはない。

「何、相談したいことって」

「そのことをお伝えする前に、教えてほしいことがあるんです。北条さんの片思い相手は判明しましたか」

「いや、申し訳ないけどまだなの。結構聞き込みをやってるって話だけど、かなり難航してるみたい。珍しいんだよ、こういうことは。彼、あんまりプライベートなことを周りに話してないらしくって。私もイライラしてるけど、自分の担当じゃないから、動きようがないんだよね」

「……わたしに、まだチャンスはあるでしょうか」

「それはあるんじゃないの。あ、もちろん気休めじゃないよ。自分でどう思ってるか分かんないけど、花奈ちゃんはすごく可愛いもん」

わたしは首をかしげた。本気で言っているのだろうか。

「あの、容姿を褒められたのは、生まれて初めてなのですが」

「それはたぶん、褒めてくれる人が周りにいなかっただけ。見る人が見れば、絶対良さに気づくと思うよ。だから、北条智輝さんが花奈ちゃんと付き合う未来も充分にありうる、って理屈」

さすがに相談員をやっているだけあって、切り返しがうまい。自分も捨てたものではないと、根拠もなく信じそうになった。早凪さんなら、きっと、脅迫事件についても、有用なアドバイスをくれるに違いない。

わたしは覚悟を決めて、例の封筒をテーブルに置いた。

「ん？　なにこれ」

「相談したいことというのは、この手紙のことなんです」

どれどれ、と中身を取り出し、早凪さんは絶句した。

「……ずいぶん、ヤバいことになってるじゃないの」

「ええ。わたしも、そう感じています」

結崎さんが智輝さんに想いを寄せていること。彼女との間に諍《いさか》いが起こっていること。脅迫状の件で智輝さんに相談したこと。わたしはこれまでの経緯をすべて伝え、事件に対する自分の考えを早凪さんに打ち明けた。

十一月二十一日（水）

悔恨

敏江は、今日も恋愛相談事務局を訪れていた。帰宅時に電車が遅れたため、アルカディア三鷹に戻った時には、午後六時を少し過ぎてしまっていた。

以前に中原から贈られたツイード素材のジャケットを脱ぎ、ひと息つく。

夕食まであと一時間もない。だが、慌てる必要はない。午前中に作ったカレーがあるので、それをメインとして出すことで調理時間を大幅に短縮する。コンロに火をつけておいてから、手早く着替えを済ませ、再び台所に戻る。

それにしても——敏江はコンロの前で嘆息した。午後七時に揃って食事、というルールは本当に面倒だ。こうして外出する日は、時間に間に合うように帰らねばと、そのことばかりが気になってしまうがない。まるで、親に厳しく門限を言いつけられている女子中学生だ。ロッキングチェアーでくつろぐ暇もない。

くつくつと音を立てるカレーを見つめながら、敏江は何度も繰り返した疑問について思いを馳せた。

北条智輝は、誰に片思いをしているのか――？

シンプルなその謎が、敏江の心の底に錨《いかり》を下ろしたまま、意識の表層をゆらゆらと漂い続けていた。

今日、ようやく中原に調査状況を聞けた。だが、残念ながらめぼしい進展はなかった。今のところ、特定の個人と親しくしている様子はないという。こうまで表に情報が出てこないと、彼が恋わずらいをしているという自分の直感が間違っていたのでは、と不安になる。

だが、新しい知見がまるでないわけではない。例えば、智輝に片思いしている相手がいるという事実が判明している。結崎静香《しずか》、そして、伊野瀬花奈。どちらも智輝と同じ研究室に所属している。

結崎静香と会ったことはないが、伊野瀬花奈とは直接顔を合わせている。敏江は伊野瀬花奈の姿を思い起こす。自信がなさげで、おとなしそうな雰囲気を漂わせてはいるが、容貌そのものは悪くない。もっとちゃんと化粧をして、女らしい振る舞いを身につければ、見違えるように魅力的になるだろう。さなぎが蝶になるように、一気に羽ばたく日はそう遠くないのではないだろうか。

考えごとをしているうちに、カレーはほどよく温まっていた。ただ、さすがにこれだけでは物足りない。

サラダを作ろうと冷蔵庫に向かいかけたところで、玄関ドアが開く音が聞こえた。廊下を歩く無遠慮な足音。おそらく、彼女だろう。

やがて廊下に繋がるドアが開き、敏江の予想通り、千亜紀が顔を覗かせた。

「こんばんは、敏江さん」

「どうされましたか」

「ウチの家庭菜園で野菜が取れてましてね。カレーの匂いがしてましたし、サラダに使ってもらえればと思って」

ビニール袋には、ほうれん草とブロッコリーが入っていた。和房が育てた野菜だ。彼のもう一つの趣味は家庭菜園で、自宅のベランダで数種類の野菜を作っている。玄人はだしと言うのだろうか。かなりのめり込んでいるようで、今年の春にはベランダの改装工事までやっている。

野菜のストックはあったが、礼を言って受け取った。茹でて、付け合わせにでも使うことにしよう。

「そうそう、そういえば。さっき、危ないところだったの」

「危ないと言いますと」

「横断歩道で、信号が赤なのに、お婆さんがふらふら車道に出ちゃってね。車が止まってくれたからいいけど、撥《は》ねられやしないかとハラハラしちゃった。敏江さんも気を付けた方がいいんじゃないかしらね」

「……そうですね。ありがとうございます」

なるほど、と敏江は合点した。野菜を持ってきたのはおまけで、千亜紀はその話をするためにここに来たのだ。

敏江は去年の十二月に、買い物帰りに横断歩道を渡っているところを車に轢《ひ》かれた。右足の大腿骨と左腕を骨折し、五カ月間の入院を余儀なくされた。加害者は若い女性で、信号を見落としたのは相手の方だったが、怪我を負ったのは自分だけだった。

その事故が、敏江にとっての悲劇の始まりだった。

同じ年の年末、敏江が病院で年越しをしていたまさにその時刻、アルカディア三鷹のこの部屋で、北条三朗は命を落とした。くも膜下出血だった。

夫の死は、敏江にとって大きなショックではあったが、それより彼女を苦しめたのは、その死が回避できたかもしれない、という事実だった。夜中に倒れ、たまたま訪ねてきた一朗が病院に連絡したのが翌日の昼。発見がもっと早ければ、おそらく助かっただろうというのが医者の見立てだった。

交通事故に遭わずに一緒にいられたなら——そう思うと、どれだけ自分を責めても責め足りなかった。いや、さらに踏み込んで考えるなら、あの事故が三朗に与えた精神的なストレスが、発作に繋がった可能性すらある。

すべて自分のせいなのだ——夫の死から一年近くが過ぎた今でも、敏江は悔恨の森から抜け出せずにいた。

敏江は自分の心境を誰にも明かさなかったが、千亜紀には内面の変化を察知されていた。退院後、敏江が苦しんでいることを知りながら、千亜紀はことあるごとに交通事故や突然死の話を持ち出すようになった。

聞かずに済ませられたらどんなにいいだろう。だが、意地汚くこのマンションに住み続ける以上は、拷問に耐える兵士のように、じっと歯を食いしばるしかない。

少しでも気を紛らわそうと、喋り続ける千亜紀を半ば放置するような形で、敏江はサラダの準備を始めた。

「今日はカレーか」

ふいに聞こえた声に振り返る。一朗が部屋に入ってくるのが見えた。慌てて時刻を確認する。まだ六時四十分だった。

「あの、すみません。まだ準備が……」

「分かっとるよ。ちょっと頼みがあって来ただけだ」

一朗は手にしていた本を胸元に持っていく。黒地に、色とりどりの写真がレイアウトされた表紙。『世界で一番美しい元素図鑑』だった。

「ひと通り読み終わったんだが、もう少し借りておきたいと思ってな。構わないかな」

「ええ、もちろんです。お好きなだけお持ちください」

「うむ。ありがとう。敏江さんにとっては大切なものだろうから、なるべく丁寧に保管することにしよう」

そのやり取りを見て、千亜紀が首をかしげた。

「あら、お父様。わざわざ借りなくても、お買いになればいいじゃないですか。何なら、私が書店に参りますけど」

「……お前は全然分かっとらんな」一朗はやれやれと首を振った。「これはただの図鑑じゃない。三朗の遺品なんだ。同じ本はこの世に二つとない」

千亜紀は「そうですか」と笑顔を浮かべた。厚意を撥ね付けられたのだから、内心穏やかではないはずだ。

「それより千亜紀。信太をなんとかできんのか。この間、イタズラと言って敏江さんを驚かせおった」

「まあ、そうなんですか」

「大声くらいならまだしも、そのうち本に落書きでもするんじゃないかと心配でな」

「言ってはいるんですけどねえ……」千亜紀は頬に手を当てて、自分の責任ではないことをアピールするように深いため息をついた。「私の言うことを聞かないんですよ。そろそろ反抗期ですから」

「甘やかすからそういうことになるんだ。和房くんはちゃんと叱ってるのか」

「あの人は、その、心が優しい人ですから」

千亜紀はそう答えたものの、和房は息子の教育に興味がないだけだ、と敏江は考えていた。関心があるのは推理小説と家庭菜園だけだ。

そもそも、和房は定職に就いていない。小説家を目指していると豪語しているが、執筆しているところを見た記憶はない。野菜育ての趣味を活かして農家になった方が、よほど実入りはいいだろう。

「そもそも、お前はだな――」

ちょうどいい機会だと思ったのか、一朗は千亜紀にあれこれと注文を付け始めた。

曰く、「お前も食事を作るのを手伝え」とか、「いつまでここに住むつもりなのだ」とか、「専業主婦のくせに家事をやってない」とか、声を荒らげはしないものの、内容はかなり辛辣なものだった。

敏江は一朗の訓話をＢＧＭに、調理を続けた。その間ずっと、千亜紀は父親の小言を神妙に聞いていた。

花奈、大きな愛に勇気づけられる　十一月二十二日（木）①

化合物Ａ周辺誘導体の合成は着実に進んでいる。昨晩から、相良さんと手分けをして合成を行い、すでに四つの新規化合物を取得した。

アッセイの定期評価は週に一度。次回の提出までに、最低で十五、できれば二十くらいは合成しておきたいところだ。

新たな反応を仕込もうと思い、わたしは電子天秤の前に陣取った。

三センチ角に切った薬包紙を四折りにして、折り目をつけて天秤の皿に置く。そこに、スパーテルと呼ばれる、耳掻きサイズの金属製のスプーンで少しずつ試薬を載せていく。○・一ミリグラム単位での精密な秤量《ひょうりょう》が求められる、わたしの苦手な作業の一つだ。持ち前の不器用さも手伝って、予め計算してあった数値に合わせるのに、五分ほども掛かってしまった。

試薬が載った薬包紙を両手の指先でそっとつまみ、対角線で二つに折る。角のところを、反応用の試験管の口に合わせ、振動を与えて、粉を中に落としていく。

あと少し、あと少し……。

大体加え終わっただろうか。確認しようと薬包紙を開いた瞬間、ふっと手の力が抜けた。摑んでいたはずの試験管はあえなく床に落下し、ぱちん、と乾いた音を立てて、中ほどから真っ二つに折れてしまった。もちろん、せっかく量った試薬も台無しだ。

わたしはマスクを付けたままため息をついて、床に落ちた試験管とガラス片を拾い集めた。実験以外のことに気持ちを取られすぎているせいだろう。ここのところ、集中力が長続きしなくなっている。

一度、休憩を挟んだ方がいい。わたしはゴム手袋を外し、廊下に出た。

白衣のポケットからなにげなく携帯電話を取り出したところで、心臓がどきりと反応した。智輝さんからメールが届いている。

〈お疲れ。例のアレ。何か変化はあった?〉

たったそれだけの、短い文章だったが、「例のアレ」という符丁に、わたしは嬉しくなってしまった。智輝さんと秘密を共有していることが誇らしく思えた。

わたしはすぐに返信をした。

〈相談したいことがあります。どこかで、二人で会えませんか〉


「――で、相談って？」

一時間後。わたしは二階の会議室で、智輝さんと向かい合っていた。

「今朝、大学に来たら、これが机の上にありました」

わたしは封筒をテーブルに置いた。前回、智輝さんが受け取ったのと同じ、何の変哲もない茶封筒だ。

「どれどれ」智輝さんは封筒を手に取り、じっくり観察する。「表にも裏にも、何も書いてないね。この前のは、伊野瀬さんの名前があったのに」

「もう、必要ないと判断したんじゃないでしょうか」

「直接届けたから？　ってことは、僕は配達夫失格の烙印を押されちゃったのかな」

若干おどけたように言って、智輝さんが封筒の中を覗き込む。

「あれ、空っぽだ。最初から何も入ってなかったの？」

「いえ、手紙と、あと、こんなものが」わたしはサンプル瓶を取り出した。中には、実験に使う注射針が入っている。「針はむき出しで封筒に収められていました」

「うわ、これは危ないね。指を刺したりしなかった?」

「はい。持った感触で、何かが入っていることには気づきましたから」

「それはよかった。で、手紙は?」

「ここにあります。前と同じく、赤のボールペンで書かれているみたいです」

智輝さんに三つ折のコピー用紙を手渡す。〈天に星が満ち、地に風が吹いた。いよいよ、裁きを下す時が来た。今日がお前の命日になるだろう〉。今回の脅迫状の文面だ。

「なんだか文学的だね。封筒が置いてあるのに気づいたのは、朝だったんだよね」

「はい。昨日、帰る時にはありませんでした」

「つまり、『今日』というのは、二十二日って意味だよね。裁きっていうのは、どういうことなんだろう。封筒に入ってた針のことかな」

「分かりませんが……ただ、この針には細工がしてあるみたいです。先端に、何かが塗られているように見えます」

サンプル瓶を目の前にかざし、智輝さんが大きく頷く。

「確かに、先端一センチくらい、光沢が違うね。分析はしてみた?」

「いえ、まだです。一応試してみるつもりですが、特定するのは難しいかもしれません。分子量が大きければ、MSで検出できますが、低分子の毒物、例えば、青酸カリウムなんかだと、小さすぎて無理です」

「しょうがないね。ウチにはそこまでの分析技術はないから。下手にいじって証拠を無くしちゃうといけないから、このまま保管しておいた方がよさそうだね」

智輝さんは頭の後ろで手を組んで、それにしても、と呟いた。

「どうも不可解だなあ。犯人は何がしたいんだろう。脅迫状を送って、伊野瀬さんを怖がらせようとしてるのかな」

「……あの、なにか、気になることでも」

「明確な根拠はないけど、どうも、本気で危害を加えようとしているようには思えなくてね。脅迫をすれば、相手は当然警戒する。警察に連絡が行くかもしれない。護衛が付けば、襲撃は難しくなる。不意打ちをする方がずっと確実だ。となると、物理的な攻撃より、精神的な攻撃に主眼があるように思えてくる」

「この手紙に書かれている予告は、ハッタリにすぎないと？」

「僕の常識で言えば、ね。ただ、僕は脅迫状を送ったことがないから、犯人の心理を正確に読み切れるとは思えないけど。相手が、僕たち一般人には全く理解できない行動原理で動いてる可能性もある。そうなると、手紙から今後の展開を予測するのはほとんど不可能だね」

わたしは膝の上で両手をぎゅっと組み合わせた。

「……これから、どうすればいいんでしょうか」

「相手の意図が分からない以上、最悪の事態を想定して動くべきだと思うんだよね。警察に連絡してみたらどうかな」

「問題を大きくしたくはなかったのですが……あとで、一度電話をしてみます。応じてくれるかは、分かりませんが」

「まあねえ。ストーカーに付きまとわれてたのに、警察が動かなかったばっかりに殺されたって女の人もいるくらいだし、警察の力は当てにしない方がいいかもね」

「わたしも、そう思います。少なくとも、今日すぐに来てくれるとは思えないです」

「でも、さすがに、犯人も昼間は手を出せないと思うんだよね。ほとんどの時間は実験室にいるし、食事で外に出たとしても、それなりに人の目があるし。となると、何かをやるとすれば、帰宅のタイミングを狙うんじゃないかな」

「……そうですね。ありうると思います」

ウチのキャンパスには、非常に緑が多い。その気になれば、襲撃できるポイントをいくつも見出すことができるだろう。

「今日は、何時ぐらいまで実験をやるつもりなの？　早めに帰った方が……」

「できればそうしたいです。でも、今は実験が忙しいですから。正当な理由がないと、早退するのは難しいんじゃないかと」

「そっか。相良に全部説明すれば簡単に解決しそうなんだけどな」

「それは……できれば避けたいです」

果たして、相良さんがわたしを守ろうとするだろうか。実験の下手な学生に興味はないから、どうなっても別に構わない――そう言われたとしても、わたしは驚かないだろう。

「無闇に喋れないし、しょうがないよね。僕でよければ、途中まで送って行こうか？　伊野瀬さんの家って、大学の近く？」

「はい。キャンパスの西側の住宅街に住んでいます。大学の正門からだと、徒歩で七分くらいでしょうか」

帝國薬科大学は最寄り駅から遠く、非常にアクセスが悪いため、キャンパスの周囲には学生向けのアパートがいくつも建ち並んでいる。その内の一つ、女性向けの賃貸アパートにわたしは住んでいる。

「分かった。じゃ、帰る前に連絡くれるかな。たぶん、今日はかなり遅くまでいるから」

「すみません、ご迷惑をお掛けして……」

「いいんだよ。状況が状況だし、これくらいどうってことないよ」

「あの、ちなみに、なんですが」わたしは智輝さんを上目遣いに見つめた。「一緒に帰ったりしたら……誤解されませんか」

「ん？　誤解って何のこと？」

「お付き合いしている女性がいらっしゃったら、怒らせてしまうかと思って……」

勇気を振り絞ったわたしの言葉を聞いて、智輝さんは声を上げて笑った。

「心配いらないよ。僕には、そういう相手はいないから」

「そうなんですか。……意外です、すごく」

「そんなに驚くようなことかな。相良だって彼女いないんだよ」

「相良さんは、なんとなく雰囲気が怖いですし、納得できるんです。でも——」わたしはそこで視線を落とした。「北条さんは、とても……かっこいいので」

どさくさに紛れて言ってしまった。壊れてしまうのでは、と心配になるくらい、心臓が激しく鼓動を刻んでいる。

「ちょっと照れ臭いけど、うん、ありがとう。お世辞じゃなくて、褒め言葉として受け取らせてもらうよ」

恐る恐る目を上げると、智輝さんは嬉しそうに笑っていてくれた。迷惑だとは思われていない。それだけで、わたしは泣きそうになってしまった。

話を終えて廊下に出ると、教授室の前に人影が見えた。蔵間先生と相良さんだった。ずいぶん深刻そうな表情で何かを話し合っている。

「どうしたんだろう」と、智輝さんが二人に近づいていく。流れで、わたしは彼のあとをついていく格好になった。

「何かあったんですか」

智輝さんが声を掛けると、二人が同時にこちらを振り向いた。

「ああ、ちょうどいいところに」と蔵間先生。「北条くんの耳にも入れておいた方がいいって、話をしてたところだったの」

「実験で、トラブルが起きたんでしょうか」

智輝さんは天井を見上げた。三階にある、薬理実験室の様子を心配しているのだろう。

「そういうんじゃないんだ」と相良さんが首を振る。「もっと物騒な話だ」

「さっき、事務課の人から連絡があってねえ。なんでも、昨日の夜、キャンパス内で不審な人物が目撃されたらしいのよ」

智輝さんが横目でわたしを見る。

「……具体的にはどの辺りだったんですか」

「研究四号棟のすぐ近くだったみたいねえ。時刻は、午後十一時くらい。向かいの教育四号棟の陰から、こっちの建物の様子をうかがってたって」

「寄せられた目撃情報によると、黒のパーカーを着ていて、フードを目深にかぶっていたそうだ」相良さんが、まるでベテラン刑事のような口調で説明を加える。「年齢、性別ともに不明だ」

「うーん」と智輝さんが唸った。「それ、誰が目撃したんですか」

「匿名の電話があったんだって。だから、情報の出処は不明。でも、真偽はともかく、注意をするに越したことはないでしょう」

蔵間先生は、いつになく真剣な表情でわたしを見ていた。まるで、わたしがピンポイントで狙われていると知っているかのようだ。

「なるべく早く帰宅する。それが無理なら、二人一組で。そういう対応を心掛けるようにしましょう。特に、女の子には注意を払ってあげてねえ。相良さんは化学チームの学生さんに、北条さんは薬理チームの学生さんに、ちゃんと伝えるように」

蔵間先生の言葉に、相良さんと智輝さんは揃って、「はい」と頷いた。

三人の緊迫した様子に、わたしは心の中で不安が膨れ上がっていくのをまざまざと感じていた。

午後、わたしは状況説明のために、早凪さんの元を訪れていた。

昨日から今日に掛けて起こった出来事について、研究室の人たちの対応を含め、なるべく詳細に伝える。

「不審人物の目撃情報は、信憑《しんぴょう》性がある。蔵間先生は、そう認識してるわけね」

「そのようです。一人で帰らないようにと、強く念を押されましたから」

「ふむ。で、肝心の北条智輝さんとは、ちゃんと話をしてるんだよね」

「はい。帰りに送ってもらう約束を取り付けました。……あと、これは偶然ですけど、話の流れで、付き合っている人がいないという言質《げんち》も得ました。さすがに、片思い相手の名前までは訊き出せませんでしたけど」

「そんなキワドい話題まで？　やるじゃない」

「いえそんな。狙ってたわけじゃないですから」

「花奈ちゃん、才能あるよ。卒業したら、ここで相談員になったらどう。基本給プラス歩合制だから、依頼をこなせばこなすほどお給料が上がってくよ」

わたしは首を横に振った。

「わたし、恋愛経験がないんです」

「そんなの気にしなくていいんだよ。恋愛経験より真摯《しんし》な姿勢の方が大切だし。この大学は内気な子が多いから、花奈ちゃんみたいな優しい雰囲気の方がうまくいくんじゃないかな。ここのOGなら相手の状況も理解しやすいし、親身な対応ができるでしょ。うん、やっぱり花奈ちゃんなら、引く手あまただと思う」

ずいぶん熱心に誘ってくれている。求められることは嬉しかったが、断るのが辛くなるので、ほどほどのところで止めてもらうことにする。

「……あの、早凪さん。残念ですけど、就職が決まってますので」

「そっか、修士課程の二年生なんだっけ。どこに就職するの？　やっぱり製薬企業かな」

「はい。関西に研究所がある、『旭日製薬』という会社で働かせてもらいます」

会社の名前を聞いた瞬間、早凪さんが目を見開いた。

「……そこって、あれでしょ。エクスフルを作った」

「そうです」

科学とは縁のない生活を送っている早凪さんでさえ、すぐに薬剤の名前が出てくる。これはかなりすごいことだ。一時期、ニュースで報道されまくっただけのことはある。

エクスフルより売れている薬はいくつもあるが、そこまで有名な薬剤はない。ブロプレス、ディオバン、リピトール。この辺は、知っている人を探す方が難しいだろう。アルツハイマー型認知症治療薬のアリセプトならもう少しマシだろうが、知名度でエクスフルに勝てるとは思えない。それだけ、エクスフルが世間に与えたインパクトは大きかった。

智輝さんの大叔父である、北条三朗さんが創り出した薬剤。三朗さんと会って、仕事の話を聞けたことは、もしかすると、ノーベル賞受賞者と面会できたのと同じくらい貴重な経験だったのかもしれない。

三朗さんがわたしたちの研究室の見学に来たのは、昨年の五月のことだった。三朗さんは旭日製薬を定年退職後、東京に引っ越してきていたのだが、仕事漬けの毎日が終わり、ずいぶんと暇を持て余していたそうで、兄の孫――続柄上は姪孫《てっそん》と言うそうだ――である智輝さんの様子を見に、ウチの研究室を訪れたという話だった。

あとで智輝さんに聞いたところによると、三朗さんはちょっと変わった人物だったようだ。何十年も会社の独身寮に住んでいたとか、土日も欠かさず出勤していたとか、そういうエピソードもそれなりに彼の人となりを物語っているが、何より強く印象に残ったのは、三朗さんが最初から最後まで合成研究者であり続けた、ということだった。

就職活動をする中で、わたしもそれなりに製薬企業での仕事というものを知った。研究者として入社した人でも、普通は四十代半ばで一般職から管理職に昇格する。管理職は、部内のプロジェクトの進捗を管理し、適切に人材を配置、指導する立場であって、もはやフラスコ片手に実験をすることはないそうだ。

ところが三朗さんは違っていた。合成実験に携わり続けたいという理由で、管理職への昇格を頑なに断り続けたのだ。これは異例のことらしく、社内でも話題になっていたようだ。おそらく、周囲にはそのスタンスを揶揄する人もいただろうが、それでも三朗さんは研究者として生きる道を選んだ。それだけ、薬を創り出すことに生きがいを感じていたのだ。

「……あっ」

ふいに、心の片隅に引っ掛かっていた疑問が解消した。

昨日、恋愛相談事務局に行く途中、事務棟のエレベーター前ですれ違った老女。

そうだ。彼女は、三朗さんが見学に来た時に付き添っていた人だ。わたしは彼女とは言葉を交わしていないが、優しそうな奥さんだな、と感じたことをよく覚えている。

連鎖的に、ある可能性が脳裏に浮かぶ。早凪さんが言っていた、恋愛相談を持ち込んだ親戚。三朗さんの奥さんがウチの大学の事務棟にいた理由を考えれば、答えは明白だ。おそらく、彼女が、智輝さんの片思いの解決を依頼した張本人なのだ。昨日の来訪は、調査の進捗状況を聞くためだったのだろう。

そこまで考えを巡らせた時、早凪さんがずっと黙り込んでいることに気づいた。物思いに耽っているのか、テーブルの上で組んだ手を見つめている。

「あの、早凪さん。どうかしたんですか」

はっと我に返り、彼女はいつもの笑顔を見せる。

「……ん、ああ。ごめん、ちょっと考えごとしてた。実は、旭日製薬の関係者に知り合いがいてね。その人のことが思い出されちゃって」

「そうなんですか」

そういえば、ここには何度も来ているが、早凪さんのプライベートについては全然知らないままだ。どうやって相談員になったのか。それまではどうしていたのか。分からないことばかりだ。

わたしがそれらの疑問を口にすると、「花奈ちゃんみたいに立派な学歴はなくって。というか、むしろ最悪レベル」と早凪さんは苦笑した。

「私、あんまり頭良くなくってね。普通……よりは若干レベルの低い高校を出て、で、なんとなく大学受験をして、見事に失敗しちゃって」

「それは……大変でしたね」

「気を遣わなくていいよ。全然勉強不足だったし、受験を舐めてただけ。でも、当時はそんなことも分かってなかったんだろうね。すっかりやる気をなくしちゃって、ニートになっちゃった。家事手伝いをするでもなく、朝から晩までテレビを見て、親が作ってくれるご飯を食べて、お風呂に入って寝て。そんな生活を送ってた」

意外な告白だった。今の早凪さんは、社会人としての経験の豊富さを全身から漂わせている。とても、自宅でだらだらと生活していた過去を持つ人とは思えなかった。

「そのあとは、どうされたんですか」

「結局、三年くらいはそんな風に暮らしてたっけ。私はずっとこのままでもいいや、って思い始めてたけど、親はそうじゃなかった。たまたまウチの親がここの局長と知り合いでね。どうしましょう、って相談したみたい。で、恋愛相談事務局の相談員になるように言われたの。それが、二〇〇五年の四月。ちょうど事務局を開設したばかりで、マニュアルすらない状態だったっけね」

「そうだったんですか。大丈夫だったんですか。ずっと自宅にいたのに、いきなり相談員なんて」

「大丈夫じゃないよお」けらけらと早凪さんは笑う。「相談どころか、電話の受け答えもろくにできなかったもん。周りには、探偵事務所とか興信所から来た人が多くて、みんなちゃんと仕事をしてたから、一層惨めでね。親に何回も泣きついたよ。早く辞めたいって」

早凪さんの過去を聞くうちに、親近感がふつふつと湧いてきた。実験が下手で、迷惑ばかり掛けているわたし。仕事のやり方が分からず、周囲から浮いていた早凪さん。研究者と相談員という違いはあっても、情けない経験をしたという共通点があると分かっただけで、心の距離がぐっと縮まった気がした。

「……どうして、辞めなかったんですか」

「そうだね。一つは、局長が怖かったから、かな。あの人、ズル休みをしたら家に乗り込んでくるんだよ。しかも、内閣府で幹部だったくらいだから、ものすごく弁が立つ。相づちすら受け付けないくらいのマシンガントークでお説教されたら、逆に家にいるのが怖くなっちゃった。まだ恋愛相談事務局にいた方がマシだったね」

「一つは、ということは、他にも理由が？」

「うん。もう一つは、学生さんたちがいとおしくなったから」

「……いとおしい、ですか」

「私は大学受験に失敗した人間だから、キャンパスライフにはすごく憧れがあった。……うん。今なら分かる。たぶん、私は学生さんに嫉妬してた。楽しくて、笑顔に囲まれた生活を送ってるんだと思って、勝手に腹を立ててた。でも、実情は違ってた。ここに相談に来る人は、全然楽しそうじゃない。自分じゃどうしようもない恋愛の問題を抱えて、身動きが取れなくなってる人ばっかり。彼らの話を聞いてて思ったんだ。あなたたち、なんてもったいないことしてるの、って」

早凪さんは、子供を見守る母親のような優しい表情で語る。

「サークル活動とか、著名な先生の講義とか、ボランティア活動とか。ここには、学生の間じゃないと手に入れられない、時間限定のイベントがあふれてる。それが、恋愛の悩みで台無しになったら悲しいじゃない。苦しみを解き放って、早く自分のやりたいことをやらせてあげたい。……偉そうな言い方になっちゃったけど、そんな想いが、本当に唐突に、自然に芽生えちゃったんだ。それからだったね。真面目に相談員として働くようになったのは」

「そう、だったんですか……」

早凪さんを支える行動原理。それは、わたしたち全員に向けられた愛から生まれたものだった。こうして、まっすぐで純粋な思いを目の当たりにすると、自分の腑甲斐なさがますます身に沁みた。

わたしが自分の苦悩を伝えると、早凪さんは「いいんだよ」と笑ってくれた。

「とにかく花奈ちゃんは、北条智輝さんとのことだけ考えて。他のことは、心配しなくていいから。今日の帰り、二人きりになれるでしょ。チャンスなんだから、頑張って！」

早凪さんがわたしを励ましてくれる。それだけで、わたしの心に勇気が湧いてくる。

——きっと、すべてがうまくいく。

根拠もなく、奇跡のような未来を信じられそうな気さえした。

花奈、犯人と対峙《たいじ》する　十一月二十二日（木）②

午後十時を少し回った頃だった。事務スペースで化合物の分析データをまとめていると、相良さんがふらりとやってきた。すでに帰宅していたり、測定室に行っていたりで、周りには誰もいない。

「まだ帰らないのか」

「すみません、新規化合物の精製が終わるまで、と思っていたら、こんな時間になってしまいました」

「蔵間先生に言われただろう。なるべく早く帰れって」

「はい。資料を綴じたら、すぐに帰ります」

相変わらず、相良さんの口調はきつい。

緊張してしまうので早く出て行ってほしかったが、なぜか相良さんはわたしの周りをウロウロし始めた。ブラインドを開けて窓の外を見たり、学会のポスターの前で佇んだり、自分の事務机の配置を微妙に修正したり。明らかに不自然だ。

「どうかされましたか」

怪訝な空気が混ざらないように注意しながら、わたしは相良さんに声を掛けた。

「ん、どうということはないんだが」白衣のポケットに手を突っ込んで、相良さんは天井を見上げながら言う。「ほら、一人で帰らないようにって、お達しが出てただろう」

「はい。不審者が出るからですよね」

「ちゃんと分かってるじゃないか。で、ちなみに、伊野瀬は誰と帰るんだ」

「えっと、それは……」

「ああ、もしかして、御堂に頼むつもりなのか。確かにアイツは関取クラスの迫力の持ち主だが、今日はダメらしいぞ。さっき会った時に聞いたんだが、今日はまた計算室に泊まるそうだ」

「そうなんですか。でも、大丈夫です。北条さんにお願いしましたから」

そう答えた瞬間、相良さんの体が貧血を起こしたようにぐらりと揺らめいた。

「あの、大丈夫ですか。ふらついてるようですけど」

「……いや、多少疲れてるだけだ」

相良さんが大きく息をついた。

「北条が付いてるんなら、安心だ。あまり遅くならないようにするんだぞ」

相良さんはぶっきらぼうな口調でそう言って、部屋を出て行った。

すると、相良さんと入れ替わりになる形で、智輝さんがドアの向こうからひょいと顔を覗かせた。さっきわたしが送った「帰ります」メールを見て、迎えに来てくれたのだ。

「廊下で相良とすれ違ったけど、何かあったの？」

「いえ、特には」

「心当たりはない？　なんだか、妙に表情が暗かったよ。声を掛けても無視して行っちゃうし。実験、うまくいってないのかな」

「そんなことはないはずですが」合成は順調そのものだ。「あの、少しだけ待ってもらえますか。すぐに支度をしますから」

「いいよ。廊下で待ってる」

ドアが閉まると、事務スペースは静寂に包まれた。二人きりの夜道。ドキドキする。大丈夫、と言い聞かせる。慌てなければ、ちゃんと喋れる。

わたしは意を決し、バッグを手に取って立ち上がった。

智輝さんと並んで、玄関から外に出た。夕方、少し雨が降ったが、今は止んでいる。雲は消え、濃紺の夜空にはいくつも星が瞬いてた。かなり冷え込んできていたので、わたしはマフラーをしっかり首に巻きつけた。

「不審者がいたのって、あの辺りかな」

智輝さんが教育棟の方を指差す。釣られて視線を向けたが、青白い街灯の光が届く範囲に人影はない。

通い慣れているので普段はさほど気にならないが、改めて意識してみると、思った以上に暗がりが多い。うっかり歩道から外れたら、すぐに全身がすっぽり闇に覆われてしまうだろう。隠れられる場所は無限にある。

わたしはぶるりと首を振った。

「変な人が出る前に、帰りましょう」

「そうだね。寒いし、暗いし、ひと気はないし。こんなところにいたがるのは、お金のないカップルくらいのものだよね」

智輝さんは色々な解釈ができそうな冗談を言った。わたしに親近感を持ってくれている証拠だろうか。わたしは口元を緩めて、智輝さんと並んで歩き出した。

「すみません、こんな時間になってしまって」

「いや、いいんだよ。正直、仕事が山積みでね。これでも普段よりはかなり早い。だから、むしろ伊野瀬さんには感謝してるよ」

「帰る口実になったからですか？」

「周りっていうより、自分に対する、ね。ダメだね。ワーカホリック的思考っていうのかな、遅くまで大学にいないと落ち着かなくって」

「それだけ忙しいってことじゃないですか。薬理の仕事の方が大変そうに見えます」

「そうかな。相良は相良で忙しそうだけどね。知ってる？　彼、次に取り組むテーマを必死で考えてるんだよ、今」

「そうなんですか。それは……知りませんでした」

相良さんは普段通りにわたしの実験を手伝ってくれている。わたしは何も聞いていないが、言われてみれば確かに、相良さんはかなり遅くまで研究室に残っている。わたしより早く帰るところなど、一度も見たことがない。

わたしが知らなかった、相良さんの水面下での努力。自分の無関心ぶりを指摘されたようで、智輝さんに話し掛けるのが少しためらわれる。

そっと横目で様子をうかがうと、智輝さんはわたしを見ていた。冷たかった頬が、ぽっと熱を帯びる。

「伊野瀬さんは、相良のことが苦手。……違う？」

「あう。いえ、それは、その……」

「隠さなくていいよ。アイツ、目つきも態度も悪いからね。学生時代から女の子受けは良くないんだ」

「……分かる気がします」

「やっぱり？　でも、人気はないけど、根はいいヤツなんだ。だから、もう少し優しく接してあげてほしいな。なんていうか、姉が弟を見守るような感じでさ」

「でも、わたしは怒られてばっかりですから……」

「そっか。いきなり気持ちを切り替えるのは難しいかな」

智輝さんは苦笑して、それっきり黙ってしまう。

静かだった。聞こえるのは、わたしと智輝さんの不揃いな足音だけ。

建物と建物の間の細い道を通り抜け、教育棟が建ち並ぶ通りを西へ。数十メートル先、左手にサークル棟と生協が見えている。サークルの活動時間も、生協の営業時間も、午後九時まで。双子のようによく似た形の二つの建物は、今はすっかり闇に閉ざされている。

わたしたちは無言のまま歩を進め、ぼんやりと光を放つ、生協の脇の自販機コーナーを通り過ぎた。

もうすぐ十字路に差し掛かる。右に曲がれば事務棟や広場がある北部エリアに、左に曲がれば正門方向に、直進すれば深い森に包まれた薬用植物園に出る。

胸が高鳴っている。わたしはかじかんだ手をダッフルコートのポケットに入れ、何度か開いたり閉じたりしてから、足を止めた。

「あのっ」

叫ぶように呼び掛ける。少し先を歩いていた智輝さんが振り返る。

「どうしたの？」

その時だった。

わたしのすぐ後ろで、枯葉を踏む音が聞こえた。

背筋を冷たいものが走り抜けた。悪寒に肩を押されるように、わたしは智輝さんの方に足を踏み出していた。

次の瞬間、背中で風切り音がした。

わたしは右足で踏ん張って、体の向きを一八〇度回転させた。

最初に目に入ったのは、街灯の光を受けて輝く、銀の棒だった。

凶器を持つ人物に目を向ける。黒いパーカーに、黒いズボン。謎の襲撃者は、目撃情報にあった通りの姿をしていた。白いマスクに、目深にかぶったフード。完全に顔は隠されている。男性か女性か、それすら判別できない。

智輝さんが、かばうようにわたしの前に立った。

「どういうつもりですか」

襲撃者は答えない。肩を上下させながら、ただ呼吸を繰り返している。

「彼女に危害を加えるつもりなら、それ相応の対応をさせてもらいますが」

智輝さんが携帯電話を取り出した。それを見た襲撃者は、こちらに背中を向け、無言でいきなり駆け出した。

思ったより動きは鈍い。今にもバランスを崩して倒れそうな、危うさを感じさせる走り方だ。それだけ必死なのだろう。相手の焦りがこちらまで伝わってくる。

「——待てっ！」

智輝さんが襲撃者のあとを追って走り出す。何も考えずに、わたしは反射的に智輝さんの左手の袖を摑んでいた。

「うわっ」

ずるっ、と何かがこすれる音が聞こえ、わたしの目の前で、智輝さんの体が地面に対して斜めに大きく傾いた。智輝さんは受け身も取れずに、そのまま背中から歩道に倒れ込んでしまった。

智輝さんは、星を見上げるように仰向けになったまま動こうとしない。大変なことをしでかしてしまった、という実感が、わたしの指先を震えさせる。わたしはよろよろとその場にしゃがみ込み、「……大丈夫ですか」と恐る恐る声を掛けた。

「ごめん……ちょっと、待って。あちこち痛くって……」

智輝さんは背中が汚れるのも構わず、アスファルトに寝転がって目を閉じている。彼の足元に、雨で濡れた透明なビニール袋が落ちている。あれを踏んで足を滑らせたのだろう。

一分近くじっとしていただろうか。ようやく体を起こそうとしたが、途中で「いてっ」と顔をしかめて、智輝さんはまた地面に倒れ込んでしまった。

「あ……あの、救急車、呼びましょうか」

「いや、その必要はないよ」智輝さんは左手を使って、慎重に身を起こした。「右手を地面に突いたら痛みが走ったんで、びっくりしただけだよ」

「あう、あの、もしかしたら、お、折れてるんじゃないですか」

「うーん、それはないと思うけど」と、智輝さんは肘をさする。「それより、さっきのヤツはどうなったの」

「逃げて行きましたけど……」

わたしは首を巡らせ、周囲を見回した。

何度も目を凝らしたが、辺りには街灯の光の届かない深い闇が広がっているばかりで、どこにも襲撃者の姿を見つけることはできなかった。

第三章

十一月二十三日（金・祝）

異変

勤労感謝の日の朝。敏江は早い時間から台所に立っていた。土日と祝日は、家族揃って朝食を取る。一朗と三朗が決めた、北条家のルールの一つだった。

朝食は午前八時からで、一朗の好みに合わせて和食と決まっている。炊きたての白米、わかめと豆腐の味噌汁、アジの開き、ほうれん草のおひたし、砂糖を入れない出し巻き卵。定番中の定番メニューが食卓に並ぶ。

一朗には従順な千亜紀、食事に無頓着な和房、イタズラ以外は比較的おとなしい信太、あまり和食が好きではない涼音、そして家長の一朗。喜んで、という感じではないにせよ、その日もきちんと全員が食卓に顔を揃えていた。

午前九時。食器を洗い終え、敏江はようやく一息つくことができた。

リビングに設置しているロッキングチェアーに腰を下ろし、ベランダの向こうの青空を眺めながら、陽の光で体を温める。唯一、気持ちが安らぐ時間だった。

膝を手でさすりながら、敏江は目を閉じた。瞼の裏に、智輝の姿が現れる。

彼の恋愛模様に何か進展はあっただろうか。ふと気づくと、そのことばかり考えている自分がいた。依頼者として、一刻も早く答えを知りたかった。

智輝の片思い。伊野瀬花奈という存在。智輝の周囲の人々――。

物思いに耽るうち、敏江は眠りに落ちかけていた。だが、入眠を邪魔することを狙ったようなタイミングで、玄関のチャイムが鳴り響いた。

敏江は眉根を寄せながら立ち上がり、リビングを出た。玄関には、一朗の姿があった。

「敏江さん。前に頼んでおいた掃除はどうなっている」

「掃除……あ、申し訳ありません。忘れていました」

言われて初めて思い出した。数日前に、同じフロアにある書庫の掃除を言い渡されていたのだった。

「まあ、立ち入るのはワシだけだから、それほど汚れてはおらんだろうが、たまには床を掃いた方がいいかと思ってな。悪いが、やってもらえないかね」

「はい。すぐにやらせてもらいます」

敏江の素直な返事に、一朗は満足げに頷いた。

「千亜紀は仕事が雑だからな。その点、敏江さんなら安心だ。よろしく頼む」

午前九時半。敏江は柄の長いフロアモップを手に、書庫に向かった。

書庫の玄関は小部屋になっていて、壁際に三段ボックスが置かれている。室内は土足厳禁だ。サンダルを脱いで三段ボックスに収め、備え付けのスリッパに履き替えた。

玄関ドアの向かいの重厚な扉を、一朗から借りた鍵で慎重に解錠する。基本的に、書庫は立入禁止だ。一朗が可愛がっている信太でさえ入ることは許されていない。

重い扉をゆっくりと引く。中は真っ暗だが、匂い立つ古書の香りが、蔵書数の多さを如実に物語っていた。

壁のスイッチを押すと、ぱっと明かりがともる。少し光の色合いが違う気がするのは、本へのダメージを防ぐために、紫外線防止型の蛍光灯が使われているからだろう。

玄関に向かって側面を向ける形で、ずらりと書架が並んでいる。

敏江は棚と棚の間の通路に足を踏み入れ、フローリングの床を掃き始めた。通路の手前から奥に向かって、撫でるように、丁寧に床にモップを這《は》わせる。

棚を回り込み、次の列へ。一朗が言っていた通り、床はほとんど汚れていないようだったが、引き受けたからにはきちんと済ませようと思い、敏江は手を抜かずに作業を続けた。

それにしても……。

敏江はふと立ち止まり、本棚を埋める無数の背表紙を眺めた。その棚は歴史小説用のスペースらしく、江戸時代を舞台にしたと思《おぼ》しきタイトルの文庫本が並んでいた。よくこれだけ集めたものだと感心する。

　そこで敏江は、一冊だけ、本棚からわずかにはみ出ている本があることに気づいた。

　なんとなく気になって引き出してみると、聞いたことのない作家の、聞いたことのない題名の文庫本だった。本を丁寧に扱う一朗には珍しく、表紙の縁がボロボロになっている。何度も繰り返し読んだのだろう。

　そんなに面白い物語なのだろうか。興味を引かれ、おもむろにページを開くと、中から一葉の写真がひらりと舞い落ちた。

　白黒の写真だ。中学生と思しき学生服姿の少年と、すらりとした若い女性教諭が、黒板の前に並んで立っている。学校の中で撮影されたものらしい。写っている少年はあどけない表情をしているが、一朗の面影があった。六十年以上前の写真のようだ。

　一方の女性の顔にも、なんとなく既視感がある。少し考えて、敏江はその答えに思い当たった。何のことはない。自分に似ているのだ。といっても、顔の作りに似た部分があるだけで、全体的な雰囲気は全く違う。

　なぜこんな写真が本に挟まっていたのか。気づかず、うっかり入れっぱなしにしてしまったのだろうか。

敏江は本棚をじっくり観察した。この文庫本が収められていたところだけ、棚に積もった埃が薄くなっている。頻繁にこの文庫本を引っ張り出している証拠だ。本を開けば、写真が入っていることには気づくはずだ。ということは、意図的に写真を隠していたと考えられる。しかし、わざわざ人目を避ける理由が分からない。よほど他の人間に見られたくないということだろうか。

敏江は首をかしげた。その時、人の叫び声を聞いた気がした。

耳を澄ませると、続けざまに、微かに物音が聞こえてきた。何かが崩れた音のようだったが、それきり、もう何も聞こえない。

息を詰めて左右を見回したが、本棚の様子に変化はない。どうやら、音の出どころは書庫内ではなさそうだった。

敏江は文庫本を元の位置に収めてから、掃除を再開した。しかし、どうにも今の音が気になる。ここはマンションの最上階の角部屋で、直下の部屋は空室になっていたはずだ。幻聴でなければ、音の出どころとして考えられるのは隣室――一朗の部屋だけだった。

敏江の脳裏に、自室で倒れて帰らぬ人となった、三朗の姿が思い浮かんだ。

もしや、発作を起こして――？

慌てて足を踏み出した瞬間、膝に激痛が走った。敏江は「くっ」と呻《うめ》いて、その場にしゃがみ込んだ。交通事故の後遺症だ。軽い運動や立ち仕事であっても、少し無理を重ねればすぐに影響が出る。敏江は忌々しい思いで膝を撫でた。

子供をあやすようにしばらくさすり続けているうちに、なんとか痛みが収まった。機嫌をうかがうように慎重に立ち上がり、敏江は書庫を出た。

スリッパからサンダルに履き替えていると、隣室から声が聞こえてきた。千亜紀の声のようだが、どうも様子がおかしい。何かを叫んでいるようだ。

敏江はドアを開け、急いで外に出た。廊下に人影はなかった。隣室の前まで小走りに移動し、「どうかしましたか」と扉に向かって呼び掛けた。

すぐにドアが開き、中から信太が顔を覗かせた。

信太は真っ青になって、怯えたように敏江を見上げている。

「何かあったの？」

「分かんない。自分の部屋にいたら、お父さんとお母さんが外に出て行ったから、付いてきたの」

「二人は、この中に？」

信太が答える前に、部屋の奥から「お父様っ！　お父様っ！」と千亜紀が必死に繰り返す声が聞こえてきた。異変が起こっているのは明らかだった。

信太の脇をすり抜けて廊下に上がる。リビングの入口には、和房の姿があった。彼はこちらに背を向け、その場に立ち尽くしている。

「何があったんですか」

近づき、声を掛けて驚く。振り返った和房の手には、デジタルカメラがあった。和房は敏江の全身を上から下までざっと撮影してから、無言で道を譲った。

横目でカメラを気にしつつ、敏江はリビングに足を踏み入れた。

室内の様子は、数日前に見た時から一変していた。

ベランダに面したガラス戸の前に積まれていた本の塔が崩れ、文庫本や単行本が床に散乱していた。崩れた本の下には、うつ伏せに倒れた一朗がいた。頬をフローリングに押し付け、強く目を閉じ、苦しげな表情を浮かべている。千亜紀は一朗のすぐそばにひざまずき、右手を握って呼び掛け続けている。

「お父様っ！……ああ、敏江さん」

「倒れられたんですか」

「分からないの。私が駆けつけた時にはもう、こうなって……」

千亜紀は壊れた人形のように首を横に振るばかりだ。

「とにかく、救急車を呼ばないと」

「もう呼んだよ」

敏江が振り返ると、目の前にデジタルカメラを構えた和房がいた。彼は意識を失った義父の全身を舐めるように撮ってから、崩れた本やガラス戸の周囲を撮影し始めた。

——何なの、この人……。

その、あまりに場違いな行動に、敏江は両腕の産毛が怖気立《おぞけだ》つのを感じていた。


数分後に駆けつけた救急隊員の手によって、一朗は意識を失ったまま病院に運ばれた。

診断結果はすぐに出た。転倒した際に頭部を強打し、脳震盪《のうしんとう》を起こしているという。発作のたぐいではなく、致命的な容態ではないが、二、三日は絶対安静だと言い渡された。医師の話によると、一朗の額には内出血の痕——いわゆるたんこぶができていたとのことだった。何かを踏んで足を滑らせ、前のめりに床に倒れ込んだのだろう、というのがその医師の見立てだった。

入院の手続きは千亜紀が整えた。ここぞとばかりに献身的に動き、特にすることもないのに、娘の涼音と共に、今も病室に詰めている。最大のアピールチャンスと捉えているのだろう。

敏江は気疲れを感じ、病院のロビーのソファーにぼんやりと腰掛けていた。千亜紀や涼音に邪魔者扱いされるので、病室には入れない。しかし、今はまだ——変事に伴う高揚感が薄れるまでは、現場であるマンションには戻りたくなかった。

目を閉じると、床に倒れ伏した一朗の姿が自然と蘇る。

運命のあの日、夫もあんな風に倒れていたのだろうか——。

一朗と三朗を頭の中で重ね合わせようとしている自分に気づき、敏江は自己嫌悪に囚われた。あまりに縁起が悪すぎる。

平和な休日だったはずなのに、どうして……。

敏江は厭世的《えんせいてき》な気分になりかけていた。またた。また、北条家の人間に、不幸が訪れてしまった。自分がこの家に来てから、ろくでもないことばかり起こっている。もしかすると、自分は疫病神だったのではないか。そんな、馬鹿げた妄想が思い浮かぶ。

「——敏江さんっ」

呼び掛けられ、敏江は顔を上げた。病院の玄関で、智輝が手を挙げていた。

「一朗じいちゃんが倒れたって聞いたんだけど」

「そうなんです。自分の部屋で、転んでしまったみたいで」

敏江は智輝に事情を説明した。命に別状はない、と伝えても、彼は険しい表情を崩そうとはしなかった。

「大丈夫かな。年が年だし、深刻な後遺症が残らなければいいけど」

「意識が戻りさえすれば、心配はいらないということでしたが……」

「先のことは分からないよ」智輝はもどかしそうに頭を掻いた。「ちょっとしたきっかけで、坂を転がり落ちるみたいに、一気に老け込むこともあるから」

まさに自分のことだな、と思ったが、敏江は口にするのを自重した。自虐的な台詞を吐いて、さらに雰囲気を暗くしたくはなかった。

「転んだって話だけど、何があったの」

「よく分からないんです。リビングに積んである本に足を引っ掛けたのか、それとも、床の本を踏んで滑ってしまったのか……」

「そっか。まあ、意識が戻ってから、本人に教えてもらえばいいか。一朗じいちゃんとは会えるの？」

「ええ。家族以外は面会謝絶ですが、智輝さんなら大丈夫だと思います」

敏江はソファーから立ち上がり、智輝を連れて病棟に向かった。

エレベーターを降りた時、廊下の長椅子に涼音がいるのを見て、敏江は足を止めた。悪し様に罵られることには慣れていたが、智輝の前で無様な姿を曝すことはためらわれた。

そんな敏江の心境に気づく様子もなく、智輝はすたすたと涼音に近づいていく。仕方なく、敏江は彼のあとを追った。

「やあ、涼音ちゃん」

智輝が声を掛けると、涼音ははっと顔を上げた。

「あ、智輝……くん」

「連絡してくれてありがとう。大変だったね。おばさんは中にいるの？」

「……うん」涼音は恥ずかしそうにうつむきながら答える。「息が詰まりそうだから、ここにいたんだ」

ああ、そういえば、と敏江は安堵した。智輝がいるところでは、涼音は借りてきた猫のようにおとなしくなる。幼い頃の自分を知っている相手に突っ張ってもしようがないと思っているのだろう。

機嫌がいいうちに退散した方がよさそうだ。敏江は「あの」と、二人の世間話に割り込んだ。「私はここで失礼します」

「会っていかないの？」と、智輝が不思議そうな顔をする。その横では、涼音がサーベルのような尖った視線を敏江に向けている。

「ええ、家の仕事がありますから」

会釈をして、敏江はその場を足早に離れた。

買い物と洗濯を済ませ、敏江は自宅のロッキングチェアーに体を預けた。

普段と同程度の家事しかしていないのに、ひどく疲れている。そろそろ食事の準備を始めなければならない時間だったが、立ち上がる気力が湧いてこない。

藍色の空をぼんやりと眺めながら揺れに身を任せるうち、敏江はいつしか眠りに落ちていた。

過去の記憶の断片が浮かんでは消えていく浅い夢の中で、敏江は三朗と会話をしていた。

『君と出会えたことは、無上の幸福だ』

『そんなこと……』

『僕の残りの人生を、君と過ごしたい。それだけが僕の望みだ』

『私も、そうであることを祈っています。……でも、三朗さんのいない世界で長生きしても仕方ないですから。できれば、私が先に死にたいです』

『それは困るな。僕の方こそ、君を失う悲しみに耐えられそうにない。何がなんでも生き延びてもらわないと』

『じゃあ、精一杯努力します。だから、三朗さんも長生きしてくださいね』

『もちろんだよ。百歳は超えてみせる』

『できれば、世界記録を更新してください』

『厳しい注文だね。……分かった、やってみる』

三朗が苦笑混じりに答えた次の瞬間、前触れもなく彼の姿が掻き消えていた。

『三朗さん……？』

敏江は夫の名を呼んだ。返事はない。辺りは密度の濃い、真っ白な霧に包まれていた。目の前で手を払っても、視界は全く開けない。

急に恐ろしくなり、敏江はその場にしゃがんだ。どこに行けばいいのか。導き手を失った今、敏江はもはや一歩も動けなくなっていた。

——こっちだよ。

その時、どこかから声が聞こえた。

立ち上がり、左右を見回す。遠くに人影が見えた。智輝が手を振っていた。

よろめくように足を踏み出したが、一歩ごとに膝が激しく痛み、いくらも行かないうちに敏江はへたり込んでしまった。

——大丈夫？

顔を上げると、すぐそばに智輝が立っていた。穏やかな笑顔で、手を差し伸べている。

心に、温かい感情が広がっていく。また歩き出せるかもしれない。敏江はゆっくりと、智輝の手を取ろうとした。

その刹那、敏江は人の気配を感じて目を開けた。

リビングの入口に、和房が立っていた。笑っている。寝姿を見られてしまった。敏江はバツの悪さを感じながら体を起こした。

「……ごめんなさい。まだ、食事の準備はできていなくて」

「事件の謎が解けたよ、敏江さん」

和房はいきなりそう言って、芝居がかった仕草で肩をすくめてみせた。

「単純な事件に見せようとしたんだろうけど、ボクの目をごまかすことはできないよ」

何を言われているのか分からず、敏江は戸惑いながら椅子から立ち上がった。

「あの、すみません、話が見えなくて」

「なかなか演技がうまいね」

和房が笑いながら近づいてくる。嫌悪感が、足元からぞわぞわと這い上がってきた。

恐れが顔に現れるのをこらえ、敏江は不気味な笑顔を浮かべた男を見返した。

「……もっと、分かりやすく言ってもらえませんか」

「事件が起こった時、お義父さんの部屋は、玄関のドアも、ベランダに出るリビングのガラス戸も施錠されていた。つまり、密室状態になっていたんだよ。そして、室内には誰の姿もなかった。誰が見ても、お義父さんが転んで頭を打って意識を失った、としか思えない状況だ。

それが、犯人の思惑だった。あれは、あなたがトリックを使って創り出した、偽りの密室だ」

和房は全身から自信をみなぎらせながら、敏江に人差し指を突きつけた。

「敏江さん。犯人はあなただ」

花奈、無謀な勝負を持ちかけられる　十一月二十四日（土）

土曜日。午前十時過ぎに、新規化合物のアッセイ結果が電子メールで送られてきた。

わたしはいつも以上の緊張感と共に、添付されたファイルを開いた。化合物の構造式の横に、インフルエンザウイルスに対する、阻害活性の数値が並んでいる。

上から順に数値を見ていく途中で、相良さんに「どうだ」と声を掛けられた。わたしは彼に背中を向けたまま、首を横に振った。

「これまでのベストは更新しました。でも、期待していたより……ずいぶん弱いです」

「全部で、何個作ったんだっけな」

「二十六です。ある程度、期待できるものは合成したつもりです」

わたしが八個、残りは相良さんが合成した。全力を傾けた、渾身の化合物たちだ。

「そうか。……このまま続けるべきか迷うところだな。梅檀《せんだん》は双葉より芳し、と言うだろう。良い骨格は最適化する前から、ある程度期待を持たせる結果を出すことが多いんだ」

　そのことわざは初耳だったが、言わんとするところは理解できた。ヒット率が低すぎる。確率から言っても、いいものが出てくるとは思えない。

「別の骨格に切り替えるべきでしょうか」

「それを含めて検討しなきゃいかんだろうな。……しかし、こうも外れ続きだと、さすがに気力が萎えそうになるな」

　わたしは頷いた。失敗の連続ばかりで、プロジェクトへの貢献はほとんどゼロ。智輝さんに認められたい、という目標がなければ、とっくの昔に合成を止めていただろう。

「……俺がこんなことを言ってちゃダメだな」相良さんがため息をついた。「最近、どうも弱気になってるようだ」

　相良さんが弱音をこぼすのを初めて聞いた。どうしたのだろうと、少し心配になる。

「疲れが溜《た》まってるんじゃないですか。北条さんに聞きました。新テーマの準備で忙しいって」

「アイツ、余計なことを」軽く舌打ちをして、相良さんはわたしの隣の席に腰を下ろした。

「まだ、誰にも言うなよ」

相良さんが周囲を見回し、神妙な表情で言った。

「俺は、来年の四月から、奈良にある薬科大学に移ることになっている」

「……じゃあ、新テーマというのは」

「向こうで取り組む予定のやつだ。赴任したらすぐに始められるようにな」

相良さんは自分の手元に目を落とした。

「蔵間先生には世話になったし、できれば出て行く前に、薬の種になるような良い化合物を残していきたい。これからも研究者として生きていく、その基盤になるような実績がほしいんだ。今のプロジェクトは、その最後のチャンスってわけだ。……簡単には諦められない。悪いが、伊野瀬にももう少し付き合ってもらうぞ」

相良さんが大学を去る――。寝耳に水、という感じで、どういうリアクションを取っていいのか判断がつかない。何かを言わなければならない。そう分かっていても、口が動いてくれない。

結局、わたしは気の利いた言葉の一つも贈ることができないまま、「……はい」と頷いたのだった。


計算室を訪れてみると、御堂さんはモニターの前で頭を抱えていた。後ろから見ると、まるで巨大な卵だ。

寝ているのかと思い、そっと横から覗き込む。彼女はちゃんと起きていた。机に置いた紙を思いっきり睨みつけている。

「どうしたんですか」

「……アッセイ結果。めっさヘコまされた」

「ああ、なるほど……」

シミュレーションの結果、化合物Aが優れていると結論づけたのに、実際の抗インフルエンザウイルス活性はイマイチだっただ。それは落ち込みもするだろう。

シミュレーションと、活性評価試験の結果との乖離《かいり》が起きた時、御堂さんは「リアルに負けた」という表現を使う。コンピューター内に構築したバーチャルな空間で行われたシミュレーションが、見事に現実の数値を反映すれば勝ち、できなければ負け。相手は自然だ。強大で傲慢な存在だから、勝てば本気で喜べるし、負ければひどく落胆する。もしかすると、ウチの研究室で一番難しい戦いをしているのは彼女なのかもしれない。

「くっそー。悔しいけど、切り替えていくっきゃないね」

御堂さんはアッセイ結果が印刷された紙を握り潰して、無造作にぽいと投げた。丸められた紙くずは、美しい放物線を描き、部屋の隅にあったゴミ箱に吸い込まれていった。

「また、計算をお願いできますか」

「ああ、言われなくたってやるよ。負けたままで終わらせられますかっての。ただ、このままでいいのか……ちと迷うとこだね」

御堂さんが顎に手を当てる。ふくよかすぎて指がめり込んでいる。

「先に、パラメーターの設定を見直した方がいいかなー」

「と、言いますと」

「化合物とタンパク質とのドッキングシミュレーションでは、計算の前に初期値を設定するんだ。それらしい位置に化合物を配置して、少しずつ動かしていく。山の上から石を転がすのを想像してみてよ。北側の斜面と南側の斜面じゃあ、転がり方が違うでしょ。シミュレーションもそれと一緒だよ。初期値によって結果が変わってくる。もちろん、当てずっぽうで設定するわけじゃなくって、過去の結果に基づいてキッチリ計算はするんだけど、しょせん過去は過去だからにゃあ。想定外のパラメーターの寄与が大きいと、それだけ現実とのズレも大きくなっちまうんだよ」

「なるほど、難しいですね」

「ただ、それもかなりフォローできるようにはなったんだ。ほら、この間ニュースになってたじゃんか。スパコンの一般利用が始まったって。ウチでも使わせてもらえることになってね、ようやく準備が整ったところなんだ」

テレビを見る余裕がなかったのでそのニュースは知らないが、蔵間先生から、シミュレーションの精度が向上する見込みがある、という話は聞いていた。たぶん、このことを言っていたのだろう。

「ということで、設定を練ってから計算をやり直すよ。といっても、あんまりのんびりはしてられないよね。順調に行けば、月曜の朝には結果を返せると思うよ。乞うご期待」

「すみません。よろしくお願いします。合成候補骨格については、あとでデータをメールでお送りします」

「ほいほい。あ、でもさ、大丈夫？　プロジェクトの終わりって、十二月十四日でしょ。あと三週間しかないけど」

「それは……わたしも、時間がないとは思います。でも、最後まで続けるつもりではいます。そう決めたので」

わたしは自分の気持ちを御堂さんに伝えた。すると彼女は「おやあ？」と不思議そうな表情を浮かべた。

「なんか、花奈っぺ、ちょっと雰囲気変わってない？」

「え、そうですか」

「うん。うまく言えないけど、こう……覚悟が固まった人、っていうか。この喩えはどうかと思うけど、戦地に赴く新兵みたいな感じ」

御堂さんの言葉に、わたしは自分でも意外なほど動揺していた。他人からは、そんな風に見られていたのだろうか。

智輝さんへの想いと、恋愛相談事務局への依頼。絶対に外に出さないように、厳重に心に鍵を掛けたつもりだったが、気づかないうちに少しずつ漏れていたのかもしれない。

「もしかしたら、わたしにも、研究者の心構えが身についてきたんでしょうか」

わたしは智輝さんにまつわるいくつかの秘密を悟られないように、適当にお茶を濁すようなことを言って、計算室をあとにした。


午後に入ってすぐ、携帯電話に智輝さんからメールが届いた。会って、少し話をしたい、とのこと。わたしはすぐさま実験を止め、いそいそと三階に向かった。

薬理の部屋に入ると、智輝さんの席のところに、結崎さんの姿があった。わたしに気づき、彼女が敵意のこもった視線をぶつけてきた。

「ああ、伊野瀬さん」

「お体は、大丈夫ですか」

「うん？　何の話？」

「病院に行くために、昨日は早退したと伺いましたが」

「ああ、そのことか。病院には行ったけど、自分のことじゃないよ。祖父が倒れて入院したっていうから、お見舞いにね」

「そうだったんですか。肘が痛いとおっしゃってましたが、そちらは……」

「うん、まだ少し痛むけど、大したことはないよ。軽い打撲、ってところかな」

説明を聞いて安心した。襲撃があったあの夜、わたしのせいで智輝さんは転倒した。もし骨折などしていたら、実験に多大なる支障が出ていたことだろう。

「なあんだ」結崎さんが科《しな》を作って、智輝さんの二の腕に触れる。「早退したって聞いて、心配してたんです。もしかして、襲われたのかな、って」

「襲われた？」と、智輝さんが目を見張る。

「最近、怪しい人がキャンパスに出るって噂じゃないですか」結崎さんはわたしの存在を無視して、まっすぐ智輝さんだけを見つめていた。「だから、事件に巻き込まれたんじゃないかと思って」

「そんなこと。狙われる心当たりなんて、これっぽっちもないよ」

智輝さんの笑顔には、そうだと知って見ないと分からないほど微妙なぎこちなさが含まれていた。結崎さんがあまりに事実に近い発言をしたことに驚いているのだろう。それに気づかなかったのか、結崎さんは楽しそうに智輝さんに話し掛け続けていた。

しばらく様子を見守っていたが、これでは埒《らち》が明かないと判断し、「すみません」と、わたしは二人の間に割って入った。

「ああ、そうだ。伊野瀬さんと話があったんだ。結崎さん、ごめんね」

結崎さんは「えーっ」と不満の声を上げた。

「私がいたら、まずいんですか」

「うーん。ちょっと……どうかな、伊野瀬さん」

「個人的なことですから……」

わたしは横目で結崎さんの様子をうかがった。さすがに悔しそうだ。だが、これ以上居座るのは得策ではないと判断したのか、彼女は「それじゃあ」と、笑顔を置き土産に部屋を出て行った。

他の人はちょうど実験で出払っているのか、事務スペースにはわたしと智輝さんだけが残された。これなら、会議室に移動する必要はないだろう。

「……すみませんでした、ご迷惑をお掛けして」

開口一番、わたしは智輝さんに謝罪した。

「いや、伊野瀬さんが謝ることはないよ。悪いのは、襲ってきた方。そうでしょ」

「それはそうなんですが……」

「あれから、何か変なことはなかった？　脅迫状とか、嫌がらせの電話とか」

「いえ、特には。昨日の夜は、御堂さんと一緒に帰ったんですが、誰も姿を見せませんでした」

「ふうん。襲撃に失敗して、怖気づいたってことなのかな」

智輝さんは腕組みをして、足をぶらぶらと前後に揺すった。

「それにしても、アイツ、なんであんなちゃちい武器を持ってたんだろう。よく見えなかったけど、刃物じゃなくて、細長い金属の棒だったよね」

「そう、だと思います。鈍器という感じでもなかったですし……」

「本気じゃなくて、あくまで脅しだった、ってことなのかな。無差別に襲おうとしたわけじゃなくて、やっぱり伊野瀬さんがターゲットで、本人が通り掛かるまであそこでスタンバってた、と。ずいぶん根気強いね。相当寒かっただろうに」

「……はい。本当に」

「ま、終わったことはいいか。問題はこれからだよね。また脅迫状が届くかもしれないし、懲りずに襲ってくる可能性もある。しばらくは、一緒に帰るようにした方がいいね」

「えっ。引き続き、お願いしても……いいんですか？」

「うん、構わないよ。でも、実験で無理な時もあるから、その時は……そうだね、相良に頼むといいんじゃないかな。凶悪な顔つきだから、犯人も寄ってこないと思うし」

智輝さんが冗談めかした口調で言う。「そうですね」と同意したが、おそらくそのアドバイスが活かされることはないだろうと思った。


薬理の実験室の前で智輝さんと別れ、二階に戻ろうと階段を降りかけたところで、誰かが下から上がってきた。踊り場に現れたのは、結崎さんだった。

「何の話をしてたの」

「大したことじゃありません。実験についての質問です」

「ふん。ホントは実験になんて興味はないくせに。どうせ、智輝さんと一緒にいたいだけなんでしょ」

「……そうかもしれません」

「なに。今日はずいぶん素直じゃない」結崎さんが胡散臭そうに目を細めた。「妙なことを企んでるんじゃないでしょうね」

何も隠していないといえば、もちろん嘘になる。だが、脅迫状と襲撃者の件を打ち明けるつもりはない。「そんなことはないです」と、やんわり彼女の意見を否定した。

「まあいいや。ちょっとした提案を持ってきたんだけど」

結崎さんはにやにやと笑っている。嫌な予感しかしなかったが、一応真意を確かめることにした。

「どんな提案ですか」

「あんたが智輝さんのことが好きなのは分かった。もちろん、わたしも智輝さんのことが好き。だから、勝負をしましょ。負けた方が、彼を諦めるの」

「……どういう勝負をするんですか」

「その質問をするってことは、少しはやる気があるってことかな」

結崎さんは手すりを摑んで、わたしを見上げて言った。

「すごくシンプルな勝負だよ。いま取り組んでるスーパー・エクスフル・プロジェクトで、より強い活性を持つ物質を作った方が勝ち」

「そんな……」

到底承服できない提案だった。同じスタート地点に立っているならまだしも、結崎さんはすでにわたしより数百倍強い物質を手にしているのだ。あまりにこちらが不利すぎる。そもそも、恋愛の問題を研究成果に結び付けるなんて、恋に対しても科学に対しても冒瀆的《ぼうとくてき》すぎる行為ではないか。

受け入れられません——断ろうとしたわたしの機先を制するように、結崎さんが階段を駆け上がり、わたしの胸元に指を突きつけた。

「まさか、断ったりしないよね？　あんた、前に言ったよね。最後まで、化合物を作り続けるって」

「それは……」

「そう言ったってことは、強い化合物を作れる自信があるってことでしょ？　違う？　違うんなら、今すぐ蔵間先生のところに行って、合成を中断するって言いなよ」

結崎さんは暴力ではなく、理屈で攻め込んできていた。言質が取られているだけに、下手に反論することができない。

「自信がないなら、全然断ってもいいんだよ」結崎さんが、聖母のような微笑を見せた。「ただ、考えてみて。研究に貢献できた私と、できなかったあなた。どちらがより、智輝さんに気に入られるか、ってこと」

わたしに対する呼び方が、「あんた」から「あなた」に変わった瞬間、わたしの中で感情が大きく弾けた。それは敬意ではない。明確な侮辱だ。ここで弱気になれば、一気に押し切られる気がした。脳裏に、早凪さんの姿が蘇る。精一杯協力してくれている人がいる。彼女のためにも、引き下がるわけにはいかなかった。

「……分かりました」

わたしは気力を振り絞って、結崎さんを見つめ返した。

「その勝負、受けて立ちます」

結崎さんは一瞬意外そうな顔をしたが、すぐに笑顔になって、「いい度胸だね」と踵《きびす》を返した。「一度口に出したからには、取り消しはきかないから」

わたしは階段を降りていく彼女の背中を見つめながら、声にならない声で呟いた。

度胸なんかじゃない。わたしはただ、自分の努力を無駄にしたくないだけ——。

軟禁　十一月二十五日（日）

敏江たちが、部屋で倒れている一朗を見つけてから、二日が経過した。

一朗は未だに病院にいる。すでに意識は戻っていたが、事件のことについて尋ねても、よく覚えていないの一点張りらしい。そのことを、敏江は千亜紀から聞かされていた。

一朗を襲った犯人だと和房に糾弾されたものの、即座に警察に突き出されることはなかった。ただ、携帯電話と固定電話を奪われ、部屋の外に出ることを固く禁じられていた。

自分の目で見ることはできないが、どうやら鎖のようなものが外からドアに取り付けられているらしく、内側から押しても、わずかに隙間が開くだけだった。最上階は北条家専用のフロアになっており、他の階の住人が立ち寄ることがないため、異変を察して救いの手を差し伸べてくれる者が現れるとは思えなかった。

とはいえ、今の状況は、一朗が退院するまでの一時的な対応だと聞かされている。家長が戻ってきてから、改めて罪を糾弾するつもりなのだろう。

敏江はロッキングチェアーに座り、ぼんやりと空を見上げて時間を潰していた。

智輝の片思いの件について考えてみるが、情報がなければどうにもならない。あれから、中原の調査は進展しただろうか。状況を把握できないのは歯がゆかった。こんなことなら、病院で会った時に智輝に直接問いただせばよかった。

後悔しても、今となってはどうにもならない。敏江は息をつき、目を閉じた。

弱い心は、現在を離れて過去へと——亡き夫との思い出へと飛翔する。

『一目惚れだったんだ』

昨年の六月、出会いからひと月後に、初めて映画に行った時に、三朗に言われた言葉だ。

嬉しいというより、まさかという思いの方が強かったが、何とも思っていなかった老人が、少し気になる男性に変化したのは事実だった。

それからは、敏江自身が信じられないほど、あらゆることが速やかに起こった。

若者同士のカップルのような、未熟で激しい恋愛の駆け引きはなかったが、二人は互いに惹かれ合った。初デートから三カ月後、その年の九月には籍を入れていた。

その迅速さは、敏江と三朗にとっては必然だったのだが、すでにアルカディア三鷹に住んでいた千亜紀たちは、二人の馴れ初めを異常とみなしたらしく、三朗と一緒に生活を始めた直後から、胡散臭そうに敏江を見ていた。滲み出る嫌悪感が明確な悪意に変化したのは、三朗が他界した直後のことだった。

千亜紀や涼音の感情の根本にあるのは、おそらく「恐怖」だ。

彼女たちは、恐れている。三朗を「落とし」たように、一朗までもが色香に惑わされはしないかと、心配でしようがない。一朗と再婚されたら、自分の遺産の取り分が激減してしまう。そうなる前に、なんとか危険分子を排除しようとしているのだろう。

もちろん、敏江はそんなことは一切考えていない。一朗と親しくなるために、アルカディア三鷹に残っているわけではない。ただ、三朗との思い出に浸りたいがために、マンションから離れられなくなっているだけだ。

だが、敏江は自分の気持ちを、北条家の面々に説明してこなかった。理不尽な敵意に耐え、家事を引き受けることで誠意を示そうとした。

それが、この事態を招いたのだろうか……？

敏江は目を閉じ、肺腑にこもっていた空気を吐き出した。亡夫のことを考えていたつもりなのに、いつの間にか現実の方に思考が移っていた。

――敏江さん。犯人はあなただ。

和房の言葉が耳朶の奥に蘇る。

自分は、もちろん犯人ではない。だが、和房の自信を見る限りでは、あれが事故ではないことを確信させる「何か」があったに違いなかった。

その時、どこからか微かに声が聞こえてきた。

敏江は立ち上がり、玄関に向かった。扉がわずかに開いていて、信太が隙間から室内を覗き込んでいる。

視線の高さを合わせるために、敏江はフローリングの廊下に膝をついた。

「どうしたの、信太くん」

「別に、用はないけど、どうしてるかなと思って」

「ずっと、家の中にいるよ」

敏江はなるべく優しく答えた。だが、信太の表情には硬さがあった。怯えているようだ。

「困ったこととか、ない?」

「……ご飯の材料は、まだ大丈夫。ああ、でも、電話ができないのが不便かな」

「電話?　電話できないと、どうなるの」

「知り合いの人がかけてきた時に、出られなくて、向こうが困っちゃうでしょ。怒っちゃうかもしれないし、不思議に思ってここに来ちゃうかもしれない」

「……来ちゃったら、どうなるの」

信太は子供らしい単調な口調で、質問を重ねる。敏江は少し考えて、「外から鍵がしてあるのを見て、びっくりして、警察に言うかもね」と、わざと意地悪く答えた。

信太は「警察」と泣きそうな顔で呟いた。

「そう。そうなると、たぶん信太くんのお母さんやお父さんが困ると思うの。だから……私の携帯電話、取ってきてくれない?」

「ダメだよ。そんなことしたら、おばあちゃん、警察に電話するでしょ。一一〇番」

「しないよ」本当に、するつもりはない。余計にこじれるだけだ。「絶対にしない」

「……絶対の、絶対に?」

「そう。絶対の絶対。信じて、くれない?」

敏江は信太と目を合わせ、思いを伝えるようにじっと瞳を見つめ続けた。

信太はたっぷり三十秒ほど逡巡していたが、やがてこくりと頷いた。

「……分かった。じゃあ、持ってくる」

敏江はありがとうね、と礼を言って、いったんドアを閉めた。

騙すようで気が引けたが、中原局長との連絡手段が確保できたことはありがたかった。彼女に助けを求めるつもりはなかった。気になることは一つだけ。とにかく智輝のことを尋ねよう、と敏江は決めていた。

花奈、挑戦する決意を固める

十一月二十六日（月）

朝、大学にやってくると、自分の机にピンクの付箋が貼ってあった。

〈できた。御堂〉

シンプルこの上ないメッセージだった。頼んでいた計算が終わったのだ。この時間から来ているということは、おそらくまた泊まり込んだのだろう。

計算室に向かうと、予想通り、御堂さんは椅子のベッドで眠っていた。相変わらず冷房がきつい。上着を持ってこようと背を向けた途端、御堂さんが「お、花奈っぺ」と目を覚ました。

「おはようございます」

「うむ。おはようさん。さっそくだけど、計算結果を見てもらおうか」

御堂さんは今まで彼女のお尻が載っていた椅子を差し出してくれた。座るとほんのり暖かい。織田信長と木下藤吉郎のエピソードが脳裏に蘇った。

「今回計算したのは化合物D、E、F、Gの四つと、活性が弱かった化合物A」

「D……ですか？」

Aを使ってシミュレーションをするのは分かる。新たな計算手法で得られた数値を、前回の計算結果と比較するためだ。化合物Aは、計算では良かったが、実際の抗インフルエンザ活性は弱かった。その乖離が、今回の計算で改善されているかどうかを確認しなければならない。しかし、どうして頼んでもいない化合物Dを計算したのか。仮にいい結果が出ても、合成できないと伝えてあるのに。

わたしが怪訝な顔をしていたからだろう。御堂さんは「まあまあ」とわたしをなだめるように両手を軽く挙げた。

「言いたいことはあるだろうけど、ちょいと待ってちょ」

「……分かりました」

ドッキングシミュレーションに関しては、御堂さんに全権がある。彼女には彼女なりの考えがあるのだろうし、理由も聞かずにあれこれ批判するのは失礼なことだ。

「まず、化合物Aね。前の計算では結構いいもの、ってことになってたんだけど、初期構造やら系中の温度やら水の挙動やらを見直した結果、実はそれほどいいスコアにならない、ってことが判明したんだ。つまり、現実の活性を反映した条件ができた、ってこと」

「より、予測精度が上がったということですね」

「データ数が少ないから断言はできないけど、良くなってるとは思う」

御堂さんが丸っこい手でマウスを動かし、別の化合物を画面に映し出す。

「んで、肝心の新規デザイン化合物ちゃんたちだけど。残念ながら、どれもAより弱い、って結果になっちゃった」

「全滅、ですか」

「そう。見事な散り際だったよ」と、御堂さんが目尻を拭うふりをする。

化合物Aよりスコアが悪いということは、仮に合成して評価しても、良い結果が出る見込みは相当低いということになる。期待を込めて送り出したので、かなりショックだった。転入届を提出しに市役所に行ったら、窓口でいきなり門前払いされたような感じだ。新居での生活――新たな化合物の合成はしばらく棚上げにして、化合物のデザインをやり直さねばならない。

「いやいや花奈っぺ。落ち込むことはないんだって」御堂さんが笑顔でわたしの膝を左右に揺さぶる。「新しい計算手法でも、化合物Dはすごくいい結果だったんだから。もう、絶対これはモノホンだよ」

彼女がいそいそと、化合物Dのデータを呼び出す。画面に現れた画像を見ると、確かにノイラミニダーゼと絶妙に相互作用していた。いかにも有望そうだ。活性でエクスフルを凌駕することも不可能ではないだろう。

だが、いくら結果が素晴らしかろうと、根本的な問題は未解決のままだ。まさに、絵に描いた餅。バーチャルな世界から現実に持って来られなければ、何の意味もない。

「……御堂さん。前にも言いましたが、この化合物は」

「合成が難しすぎる、でしょ。あたしは有機化学の知識は乏しいけど、一回言われれば、ひと月くらいは忘れないって」

「じゃあ、どうしてこれを勧めるんですか」

「そりゃ簡単。花奈っぺなら、作れると思うからさ」

御堂さんは当たり前とばかりに、あっさりと言った。からかわれているのだろうか。

「なぜ、そう思うんですか」

「ん。だって、相良さんがそう言ってたもん。『伊野瀬は、合成の天才なんだ』って。いつものヤクザ系の真顔で」

「嫌味だったんじゃないですか。天才的に実験が下手だ、とか」

「それはないと思うけど。相良さんって、そういう、裏でコソコソ悪口を言うタイプじゃないでしょ。腹が立ったらその場でぶちまける。おまけに、オブラートに包むのも苦手。違う？　あたしより、いつも一緒にいる花奈っぺの方が詳しいっしょ」

「……それは、まあ」

確かに、相良さんが誰かを陰で悪し様に罵っているところは見たことがない。文句があれば、本人に直接伝える。しかも、堂々と。ある意味、真面目すぎるのかもしれない。不器用な生き様だと思う。

「あたしはよく知らないけど、なんだっけ……あれ、合成がすごく難しいって言われてた物質。化学版フェルマーの最終定理とか、そんな大仰な呼ばれ方をしてたやつ」

「プランクスタリンのことですか」

「ああそうそう。そのプランクなんとか」

「なるほど、そういうことですか……」

プランクスタリンは、日本近海で取れるヒトデに含まれる物質で、非常に複雑な構造をしている。人工的に化学合成することが極めて困難であることから、発見から五十年間にわたって、全世界の合成化学者の目的であり続けた。

わたしが初めてその化合物に出合ったのは、忘れもしない大学四年生の夏。大学院入試の、有機化学の問題の中で初対面を果たした。

有機化学の問題作成を担当する先生は、学内でも変わり者として知られており、かなり難しい問題を出してくると予想されていた。そのため、講義で使われた教科書の中身をバッチリマスターして、わたしは準備万端で試験に臨んだ。だが、わたしの試験対策はあっさりと砕かれる運命にあった。

問題用紙が配られた瞬間の衝撃を、わたしは未だに夢に見ることがある。わら半紙に印刷された問題は、たったの一問。

〈下図に示す化合物の合成ルートを書け〉

その図に描かれた物質こそが、プランクスタリンだったのだ。

試験会場内にざわめきが起きていたが、わたしは声を出すこともできないまま、試験用紙を凝視していた。頭は真っ白で、指先は微かに震えていた。

どうしよう。全然分からない……。

試験問題で絶望感を味わったのは、生まれて初めての体験だった。

実際のところ、この問題の点数は、合否に一切関係がなかった。なぜなら、大学院入試の受験者数と定員は全くの同数であり、全員が受かることが決まっていたからだ。

問題を作成した先生はそれを知っていた。どうせ点数が関係ないなら、科学者としての本質を――難問にぶつかった時の対応を見てやろう。そう考えて、わざとこんな無茶な問題を出したのだと、後日講義で笑いながら語っていた。

しかし、その時点ではそんな裏事情を知るはずもない。何も書かなければ確実に零点になる。わたしは自分の持てる知識をフル活用して、なんとか答えを導き出そうと努力し続けた。なまじ、有機化学の知識があったのが悪かったらしい。正しいルートを導き出そうとするあまり、わたしは試験時間の九割が終わっても、まだ何も書けずにいた。

……もう、どうしようもないや。

わたしはすべてを諦め、こぼれ落ちそうな涙をこらえるために、強く目を閉じた。

大学院への進学に賛成してくれた父、早く結婚してほしいけどと言いながら応援してくれた母、試験対策問題を作ってくれた相良さん、そして、来年も一緒にいられると思って疑わなかった智輝さん――四人の顔が、順番にまぶたの裏に浮かんでは消えた。

その時だった。

何の前触れもなく、闇がその色合いを変えた。

目をつぶっただけでは絶対に得られない、完全な暗闇がわたしを包んでいた。

わたし、気絶したんだ――。

そう思った次の瞬間、黒一色のスクリーンを白い光がよぎった。なんだろう、と思う間もなく、あちらこちらから光の矢が飛んでくる。無秩序に視界を飛び回っていた光は、線を描きながら真ん中に集まり、一つの図形を浮かび上がらせていく。嫌になるほど見つめ続けた図――プランクスタリンが、眼前に再現されていた。

組み上がった構造式は、刹那のうちに複数のパーツに分解される。それぞれが自分の存在意義を主張するように小さく揺れ動き、そして儚く消えていった。

はっ、と目を開けた。そこは試験会場で、周囲の学生は無言で問題用紙と向き合っていた。慌てて時計に目を向けると、試験終了三分前だった。

わたしは無意識のうちに、シャープペンシルを手に取っていた。頭の中に強く残った合成ルート。無我夢中で、それを解答用紙に書き付けた。

そうして試験は終わり、その数日後、わたしは今回の入試の倍率が一・〇〇倍であることを知り、心から安堵することになった。もちろん、院試には無事に合格した。

それから五カ月後。わたしがいつも通りに実験をしていると、相良さんが血相を変えて実験室に駆け込んできた。

「おい伊野瀬！　これを見ろ！」

彼が差し出したのは、とある科学系サイトのトップページを印刷したもので、そこにはプランクスタリンの全合成が達成されたというニュースが載っていた。

「あ、とうとう合成されたんですね。……へえ、日本人研究者がやったんですか」

「そんなことはどうでもいい。それより、報告されたルートを見ろよ。どこかで見た記憶があるだろう」

言われて、初めて気づいた。そこには、わたしが試験の回答として提出したものと、全く同じルートが記載されていたのである。

「あれ。わたしが前に考えたのと、同じですね」

「そうだ。俺は院試の採点を手伝ったから、印象に残ってたんだ。これならできるかも、と思ったけど、まさか本物とはな！」

「はあ……」

「なんだよそのリアクションは！　もっと胸を張れって！」

相良さんがあんなに興奮したのを見たのは、あとにも先にもあの時だけだった。

あの一件で、相良さんは、わたしに才能があると思い込んだのだろう。

だが、それは買いかぶりがすぎるというものだ。あれは火事場の馬鹿力というか、窮鼠猫《きゅうそ》を噛むというか、ギリギリの状態で無理やりひねり出した答えが奇跡的に正解だった、というだけで、わたしに秘められた才能があるわけではない。その証拠に、試しに他の天然物の合成ルートを考えてみたが、いくら時間をかけても全く思いつかなかった。そっちが本来の実力なのである。

勘違いは訂正しなければならない。あれは事故みたいなもので、実力などではないということを、わたしは御堂さんに丁寧に説明した。

ところが、彼女は「謙遜しちゃってえ」と全然取り合ってくれない。

「そんな、謙遜じゃなくて、事実なんです」

「事実だなんて誰が証明したのさ。一度起こったことが、次にまた起こらないって保証はないでしょ。だから、化合物Dの合成法を、試しに本気で考えてごらんよ。もしかしたら、自分でも思ってないくらい簡単に思いつくかもしんないよ」

明るい声でそう言って、御堂さんがわたしの頭をくしゃくしゃと撫でる。丸くて温かい手から、優しさが体に伝わってくるようだった。

「……わたしに、できるでしょうか」

「できるできる。絶対できる！」

御堂さんの声は力強くて、不思議なほどすんなりとわたしの心に染み込んでいく。

今、わたしの前には二つの道がある。

御堂さんの予測が外れ、奇跡的にエクスフルをはるかに超える化合物が生まれることを信じて、合成できそうな化合物をデザインし直す。

御堂さんの計算を信じ、奇跡的に合成ルートが見出せることを祈りながら、化合物Dを選ぶ。

どちらも、奇跡が起こることが、勝利の――結崎さんとの勝負の――条件になっている。

それなら。

すんなり心が決まる。

わたしは、自分の考え方、ものの見方が、ほんの数週間前と一八〇度違っていることを実感していた。昔なら、わたしは迷いなく前者を選んでいたはずだ。

きっと、早凪さんとの出会いが、わたしの淀んだ心に波風を立ててくれたのだろう。自分の気持ちと向き合い、覚悟を固めることで、わたしは変われたのだ。

一度だけ、チャレンジしてみてもいいかな――。

前を向く勇気。自分に欠けていたものに手が届きそうな気がした。

実験室に戻ると、実験台の前にいた相良さんと目が合った。「どうだ」と、前後の言葉を省いて訊いてくる。計算結果はどうだった、という意味だ。

隠してもしようがないので、わたしは正直に結果を伝えた。てっきり落ち込むかと思っていたが、相良さんは「なるほど」としかつめらしく頷いている。

「あの、どうしましょう」

相良さんが睨むように視線をこちらに向ける。

「判断するのは俺じゃない。蔵間先生の教えを忘れたわけじゃあるまい」

「はい……」と、わたしは神妙に頷いた。

大学での研究は営利活動ではなく、あくまで教育である。それゆえ、研究の成否を分ける核の部分は、学生が一人で考えなければならない――。それが、研究室を率いる蔵間先生の持論であり、学生に課された規範だった。

誰も助けてくれる人はいない。わたしがやらなければ、何も動かない。それはすなわち、成功も失敗もすべて、わたし自身の責任になるということだ。

「……できるかどうかは分かりません。一歩も前に進めない可能性もあります」

「リスクは承知している」

「仮にまともなルートを思いついても、合成が間に合わないことも考えられます」

「合成に関しては、俺が手を貸しても問題ないだろう。合成法を編み出すことは、実際に作るのと同じか、それ以上に価値がある」

相良さんは、意識的に肯定的な意見を述べているらしかった。チャレンジすることが大事で、結果は二の次なんだ――そんなメッセージが聞こえた気がした。

わたしは相良さんと視線を合わせて、強く頷いてみせた。

「化合物Dの合成、やってみたいです」

「よく言った」わずかに、相良さんの口元が綻んだ気がした。「今の伊野瀬はいい目をしている。本物の科学者の目だ」

方針が決まってすぐ、わたしは実験室を離れ、ひと気のない階段の踊り場から、早瓜さんに電話をかけた。

「もしもし、花奈ちゃん？」

「こんにちは。お仕事中すみません。今、大丈夫ですか」

「もちろんもちろん。依頼者との会話はすべてに優先される。当たり前だよ」

いつもの明るい声に、ほっとする。どうやら、早瓜さんの声には、相手を癒す効果があるようだ。

「で、今日はどういう用件なのかな。何か、状況に大きな変化があったとか？」

「はい、実は……」

　土曜日に起きた、結崎さんとの約束について正直に伝える。早凪さんは「おーっと、これはまた大胆な」と驚きの声を上げた。「一気に決着をつけようと出てきたところに、渾身のカウンターを食らわせた、って感じかな」

「そういうつもりはなかったんです。勢いで、つい」

「売り言葉に買い言葉、ってやつだね」

「……そんなところです。こういう状況ですので、これからしばらく、実験に集中したいと思うんです。ですから、依頼について新たな方向性というか、作戦を練って、というのは中断にしたいんです」

「恋愛問題の解決は、ちょっとだけ先送りにするってことね。うん。大学院生の本分は研究だもんね。了解。それなら、私もそのつもりでいるよ。事務局の方に来ることも、実験が片付くまではなさそう、って感じかな？」

「そうですね。……ごめんなさい。わがままを言ってしまって。早凪さんにも、お仕事の都合があるんじゃないですか」

「うん、そりゃまあそうなんだけど。でも、そんなことまで花奈ちゃんが心配しなくていいんだよ。他にも引き受けてる依頼はあるし、それなりに忙しいから。空き時間が増えて困ることはないよ」

「それならいいんですが」

そう言ってもらえると、多少は罪悪感が軽減された。早凪さんは優秀な相談員だ。おそらく、両手に余るほどの依頼を抱えているのだろう。

「ねえ、それよりさ」早凪さんが、不安げな声音で話し掛けてきた。「例の脅迫。あれ、どうなってるの」

「襲撃の日以降、特には何も。帰りは、北条さんに送ってもらってはいますけど」

「彼はなんて？」

「襲うのに失敗したから怖気づいたんだろう、と言ってました。わりと楽観視しているみたいですね」

「それは……そのままでいいの？」

「とりあえずは。周りの人に迷惑を掛けることになりますし、あまり騒ぎを大きくしたくないんです」

「一応訊くけど、警察への連絡は」

「していません。わたしも、北条さんも」

「……ふむ。花奈ちゃんがいいって言うなら、私からあれこれ注文をつけることはないけど。でも、何か変な動きがあったら、いつでも電話してきて。……じゃ、研究頑張ってね。そっちは全然力になれないけど、いい結果が出ることを祈ってるから」

「ありがとうございます」

わたしはお礼を言って、通話を終わらせた。

白衣のポケットに携帯電話を戻そうとして、途中で手を止めた。合成ルートを考える作業は、実験室の外でやるべきだ。しばらくは、白衣を着る必要はない。

――とにかく、頭を使わなくちゃ。

わたしは自分に活を入れるように頬を叩いてから、白衣を脱いだ。

花奈、難題に頭を痛める　　十一月二十七日（火）

耳元で耳障りな電子音が鳴っている。

わたしはベッドから手を伸ばし、しつこく騒ぎ続ける携帯電話のアラームを解除した。

のろのろと体を起こし、寝癖がついた髪の毛を撫で付ける。ひどく頭がぼんやりしていて、胃の辺りがむかむかしていた。

目覚めは最悪だった。時刻は午前七時過ぎ。五時間ちょっとは眠ったはずなのだが、全然寝た気がしない。

不快さをもたらした元凶は分かりきっている。化合物Dだ。この化合物の合成に、科学者としてのプライドと恋の勝負が懸かっているのだ。昨日の午後は一心不乱に、化合物Dの合成法を考え続けていた。高度な頭脳労働の影響が、こうして翌朝まで残っている。

室内には、冬の到来を明確に予感させる冷気が満ちていた。寝ぼけ眼をこすり、わたしは洗面所に向かった。

合成ルートを考えることは、目的地への行き方を決める作業に似ている。

例えば、東京から横浜まで行く場合。電車、バス、自家用車、船、ヘリコプター。考えられる手段は複数あり、それに応じて道筋も変わってくる。最短ルートを躊躇なく選択する人もいれば、混雑を避けて遠回りする人や、慣れた道を優先する人もいるだろう。合成ルートも同じだ。化学的な視点から、手段と経路を考えることになる。

ただし、一度ルートを選ぶと、そう簡単にはあと戻りができない、という点は念頭に置いておかねばならない。化学的変換を施すということは、別の物質を作ることだ。逆変換が不可能なら原料に戻すことはできないため、慎重なルート選択が迫られることになる。

また、選んだルートが行き止まりになっていることもある。いや、むしろすんなり行く方が珍しいくらいだ。行けるかどうかを事前に見極めることも必要になる。

考える作業そのものは、シンプルかつ単調だ。

まずは自由に考え、思いついたルートはすべてノートに書き出しておく。ある程度案が出てきたところで見直し、最後まで行けそうなものを残し、ダメなものは捨てる。それで終わりにせず、違うルートをまた考える。それを繰り返すと、それなりにまともなルートがいくつか生き残ってくる。それらを比較し、ベストと思われるものを選ぶ。

選んだら、今度は本当に成立するルートなのかを確認する。専用の化学反応データベースにアクセスし、やろうとしている反応が既知か否かを調べる。既知なら反応条件を採用するが、未知で、かつ多少の検討では成立しそうにないとなれば、そのルートの優先順位は下げる。こうして、最初に取り組むべき合成ルートが浮かび上がってくる。

これらは完全な頭脳労働であり、本気でやれば、脳の神経回路がショートしかねないほど疲れる。今日も考え続けなければならないと思うと、いくら覚悟を固めたとはいえ、やっぱり気分は重い。

ふと、鏡の中の、歯ブラシを咥《くわ》えた自分と目が合った。我ながら、なんて不機嫌そうな表情なのだろう。

この顔で智輝さんに会うくらいなら、大学を休んだ方がマシだ——一瞬よぎったそんな想いを掻き消すように、わたしは何度も冷水で口をゆすいだ。

午前十時過ぎ。事務スペースで頭を抱えながら合成ルートを考えていると、部屋の中央、ホワイトボードの下に設置してある電話が鳴り出した。全員実験中らしく、今はわたし一人きりだったので、重い腰を上げて受話器を取った。


「はい。フロンティア創薬研究室です」

「——あの、そちらは蔵間先生の研究室でしょうか」

女性の声だ。鼻にかかった、甘えるような喋り方。どこかで聞き覚えがある。

「ええ、そうですが」

「伊野瀬さんをお願いしたいのですが」

「あ、伊野瀬はわたしです」

「わ、ラッキー」電話の向こうで声が弾む。「覚えてますか？　あたし、鬼怒川です。恋愛相談事務局の」

「ああ、鬼怒川さん」声の記憶と、彼女のあどけない顔がきれいに重なる。「どうされました？」

「はい。実は、ぜひ伊野瀬さんにお尋ねしたいことがあって。ほんの少しでいいので、お時間いただけませんでしょうか」

「それは構いませんが……わたしのことで、でしょうか」

「いえ、そうじゃないんです。全くの別件で」

「それなら、はい。分かりました。そちらにお伺いすればいいですか」

「いや、こちらからお伺いします。伊野瀬さんの研究室、ちょっと見てみたいですし」

「いいですよ。研究四号棟。分かりますか？　そこの玄関で待ち合わせしましょう」

「やった！　じゃあ、十分くらいで行きます！　ダッシュで！」

嬉しそうな声を残し、鬼怒川さんは電話を切った。

わたしは受話器を戻し、すっかり凝ってしまった肩を揉んだ。行き詰まりを感じていたところだ。気分転換のついでに、鬼怒川さんから元気を分けてもらうことにしよう。


会議室に招き入れると、鬼怒川さんは物珍しそうに周囲を見回して、「普通ですね、すごく」と残念そうに呟いた。「てっきり、化学っぽい資料とかが壁一面に貼ってあるのかと思ってました」

「ここは報告や打ち合わせの場ですから。先に話を終わらせて、それからゆっくり見学していってください」

「ぜひ見せてください……と言いたいところなんですが、出掛けに先輩に釘を刺されまして。あまりうろうろしないように、だそうです。ほら、相談員が来てるって気づかれたら、色々ややこしいじゃないですか」

「ああ、道理でこそこそしてると……」

ここに入ってくる時、鬼怒川さんは辺りをうかがう仕草を繰り返していた。誰かに目撃されるのを恐れていたのだろう。そのせいで余計に目立っていたことは、本人には内緒にしておこう。

「なんでも、普段の情報収集は電話かメールで、って決まってるみたいで。面会は、顔を合わせなければ訊き出せない情報を得る時だけにしなさい、って怒られました」

「早凪さんにそう言われたんですか」

「いえ、別の先輩です。口うるさいのがいるんですよ」

鬼怒川さんがいたずらっぽく笑う。可愛い仕草だな、と思った。わたしは一人っ子だが、妹がいたらこんな気持ちになるのかもしれない。

今のは、鬼怒川さんの素の表情なのだろうか。できればそうであってほしい。早凪さんは、依頼者と親しくなるために、意図的に友達のような喋り方をしていると語っていた。もし鬼怒川さんが今、わたしの印象を良くするために演技をしているとしたら、彼女は今すぐ女優になるべきだ。

「見学は無理みたいですね。じゃあ、あとでケータイで実験室や測定室の写真を撮って送りますよ。連絡先、教えてもらえませんか」

「しまった。会ってすぐに渡さなきゃいけなかったのに」鬼怒川さんは慌ててバッグをまさぐり、真新しい革の名刺ケースを取り出した。「どうぞよろしくお願いします」

「なんだか、慣れてない感じがしますね。鬼怒川さんは、相談員になってどれくらいなんですか？」

「わー。やっぱり分かります？　事務局に入ったのが今年の四月で、相談を受け持つようになったのは十月に入ってからです。実は、こうして名刺をお渡しするのも、まだ五回目くらいなんです。経費削減とかで、一度に二百枚単位でしか注文できないから、まだまだたくさん残ってて。人と直接会わないように、って言われてるのに矛盾してますよね。他の人も、昔の名刺をずっと使ってますよ」

「コストの意識をしっかり持ってるんですね。研究だと、お金を気にせずにどんどん試薬を買っちゃうので。たぶん、伝票を見たらびっくりしますよ。一グラムで五万円とか、そういう試薬がいっぱいありますから」

「なんなんですかそれ！」鬼怒川さんが大げさにのけぞった。「ダイヤモンドでも入ってるんですか！」

「そういうんじゃないですけど、製造するのが難しいんでしょうね。あるいは、あんまりニーズがなくて、ぼったくられてるか」

「ダメですよそれ！　ちゃんと営業の人に文句言わないと！」

「すみません、今度訊いてみます。どうしてこの値段なのかって」

「うんうん、その方がいいです。絶対」

やっぱり鬼怒川さんとは気が合う。飾り気のないリアクションを見ていると、仔犬と遊んでいる時のような、ほっこりした気分になってくる。

しかし、さすがに何時間もお喋りに興じるわけにはいかない。わたしは弛緩《しかん》した心を引き締めるように、ぐっと姿勢を正した。

「すみません。それで、わたしは何をお話しすればいいんでしょう」

「あっ」自分の仕事を思い出したのか、鬼怒川さんが急に真面目な顔になる。「そうでした。伊野瀬さんならすでにお分かりだと思いますが、恋愛問題に関する情報収集に参りました。はい」

「わたしの依頼とは無関係、ということでしたよね。ということは……北条さんですか」

「あ、いや、そっちでもないです。お聞きしたいのは、結崎さんのことなんです。同じ研究室の。一緒にいる時間が長いみたいですし、伊野瀬さんが一番詳しいかと思って」

詳しい、か。わたしは苦笑を抑え込む。わたしたちの間の諍いについて、早凪さんから何も聞いていないらしい。

「彼女が、何か？」

「はい。伊野瀬さんは口が堅そうなのでお話ししますが、実は、三年生の方が、結崎さんに片思いをしていまして。たまたまキャンパスで見かけて一目惚れしちゃったらしいんです。それで、その依頼をあたしが引き受けることになって、今ここにいる、って感じなんですけども」

「ああ、ありそうな話ですね」

結崎さんは、人目を引く容貌の持ち主だ。片思いをしている男子学生は、その依頼者以外にもたくさんいるのではないだろうか。

「ですよねえ。写真で見ましたけど、可愛いですよね、彼女。あと、この時期は特に依頼が多いんです。ほら、クリスマスが近いじゃないですか。なんとか恋人を作ろうと、みんな必死なんですよ。それに、結崎さんは来年で卒業ですし。一緒にクリスマスを過ごす、最後のチャンスってわけです。……で、どうなんでしょう。実は人妻で子供がいるとか、年上の社会人と不倫してるとか、手当たり次第に五股掛けてるとか、いろんなパターンが考えられますけど」

　ずいぶん極端な例ばかりだ。昼ドラとかの見すぎではないだろうか。

「そういうパターンは、さすがにないと思います。ただ、片思いの相手はいます」

「ええっ！　そうなんですかっ」再び、鬼怒川さんがのけぞる。どうやら驚いた時の癖らしい。「それって、なんていうか、付け入る隙はねえ！　みたいな感じでしょうか」

「難しいんじゃないでしょうか。かなり本気みたいですから」

「そっかあー。人生難しいっすねえ」と、鬼怒川さんがテーブルに突っ伏した。

「叶いませんでしたね、片思い」

　どうしようもないこととはいえ、依頼者は悲しい報告を聞くことになりそうだ。……というか、人のことを心配している場合ではない。わたしだって、同じ結末を迎える可能性があるのだ。

「ちなみに、こういう場合はどう対処するんですか」

　鬼怒川さんは体を起こして、「うーん」と唸る。

「基本的には、諦めてもらうように説得します。あたしたちの最終目標は、ちょっとでも少子化を食い止めることですから、特定の組み合わせにこだわる必然性って、実は薄いんですよ。苦しくて先がない恋愛にしがみつかせるのって、逆効果ですよね」

「じゃあ、例えば……出会いの場を供給したり」

「そうですね。大規模合コンを企画したりもしますよ。事務局の名前は出さないですけど。あとは、依頼者さんのことを慕ってる人を捜したり。ほら、よく言うじゃないですか。失恋した直後は、心が弱ってるから『落とし』やすいって」

それは真理だろう。誰だって、落ち込んでいる時に誰かに好意を寄せられれば、気持ちがそちらに傾く。

そこで、「でもなあ」と鬼怒川さんが表情を曇らせた。

「それも、百パーセントうまくいくわけじゃないからなあ。失恋した依頼者さんに誰かを紹介して、それで断られたら最悪でしょ。新たな失恋者が生まれちゃう」

「そうですね。何もしない方がよかった、と思うかもしれません」

「そう、そうなんですっ！」鬼怒川さんがテーブルに手をついて身を乗り出した。「今みたいな難しい判断を迫られる局面でこそ、相談員の力量が問われるんです！」

「鬼怒川さんは、その辺の経験はあるんですか」

「あるわけないですよお。まだぺーぺーなんですから」彼女はぷるぷると首を左右に振る。

「早凪さんの足元にも及ばないです」

「早凪さんって、やっぱりすごいんですか」

「そりゃもう。キャリアが全然違いますから。最近だって、復帰したばかりなのにかなり頑張ってるし」

「復帰……？」

「あれっ。本人から聞いてません？　早凪さんって、一年くらい前に休職しちゃったんですよ。つい最近まで相談員を休んでたんです」

「いえ、初耳です」事実を明かすどころか、そんな気配すらにおわせていなかった。「何か、休まなきゃいけない事情があったんですか」

「そうだと思うんですけど、実はあたしも知らないんです。さっき言った先輩に訊いてみたんですけど、プライベートな問題だからって、教えてもらえなかったですし。……ただ、一度だけ、ウチの局長とその先輩が、早凪さんについて話してるのを聞いたことがあるんです」

鬼怒川さんはそこで声を潜めた。

「廊下の奥で話してるのを、トイレの中から盗み聞きしただけなんで、詳細は分からないんですけど、聞き取れた単語から推測するに、どうやら早凪さんは、交通事故を起こしちゃったみたいなんです。女の人が被害者で、半年近く入院したとか」

「それで、けじめを付けるために……？」

「はっきりそうは言ってなかったですけど、たぶん。あと、先輩は怒ってるみたいでした。

『そんなの、弟さんに騙されたようなものじゃないですか！』って叫んでるのが聞こえましたから。事故をきっかけに、いろんなことが身の回りで起こったんじゃないですか。事故の賠償金を払うために、貯金を使い果たしたり、親族から借金したり……あと、夜のお仕事で無理やり稼いだりとか。全部想像ですけど」

「そうなんですか……」

鬼怒川さんが拾い集めた会話の断片から導かれる、早凪さんの過去と現在。

恋愛相談事務局を休職したものの、水商売だけでは足りず、昼間も働く必要性に迫られて、局長さんに頭を下げて復帰させてもらった――。もしこの予想が正しいなら、早凪さんは相当過酷な生活を送っていることになる。

自分の境遇をひた隠しにして、仕事中は常に明るく振る舞い続ける。きっと、その精神力の強さが、相談員に必要な資質なのだろう。

玄関まで鬼怒川さんを見送りに出て、二階に戻ろうと振り返ると、廊下の奥に智輝さんの姿が見えた。わたしに気づき、智輝さんが駆け寄ってくる。

「あ、ちょうどいいところに」

「どうしたんですか」

「祖父が倒れたって話をしたよね。その関連で、親戚のところに顔を出さなきゃいけなくなって。だから、今日は早退。ごめんね、一緒に帰れなくて」

「いえ、大丈夫です。別の誰かにお願いします」わたしは天井を見上げた。「もしかすると、徹夜するかもしれないですけど」

「相良に聞いたよ。新しい構造にチャレンジするんだってね」

「はい。まだ、合成法を考えているところですが」

「かなり難しいらしいね。成功すれば、世界初になるんだっけ？」

「……そう、なりますね」

世界初。その単語の重さが、急にずしりと両肩にのしかかってきた。

「もしかしたら、分不相応な試みなのかもしれません」

わたしが思わずこぼした弱音に、智輝さんが「そんなことないよ」と笑顔を返してくれる。

「相良が言ってたよ。アイツならやるに違いない、って」

「天才だから、ですか？」

「そうそう。才能があるって、なんだか確信があるみたいな言い方だったけど」

「信頼してくれてるんでしょうか」わたしは苦笑してしまう。「直接言ってもらえると、多少は自信が付くんですが」

「アイツは照れ屋だからね。人を褒めるのに慣れてないんだよ。他のことは何でも平気で言うのにね」

智輝さんはそう言って、「じゃあ、また明日」と玄関に向かった。

その時、ほんの少しだけ、わたしは智輝さんの仕草や表情に違和感を覚えていた。お祖父さんが倒れたと言っていたのに、深刻そうな雰囲気がまるでなかったのだ。

わたしは首を振った。きっと気のせいだ。智輝さんを意識するあまり、暗い表情でさえ明るく感じるようになっているだけだ。

「さて、と」とひとりごちて、わたしは誰もいなくなった玄関を離れた。智輝さんの期待に応えるためにも、一日も早く合成ルートを完成させねば。

推理

十一月二十七日（火）

その日も、敏江はロッキングチェアーに腰掛けて、ただぼんやりと過去の思い出に浸っていた。

夢とうつつの間を漂っていると、ふいにチャイムが鳴った。

玄関に向かうと、外廊下に北条智輝の姿があった。誰かに言って外させたのか、外側から掛けられていた鎖はなくなっていた。

「どうしたんですか。こんな昼間に」

「早退したんだ。涼音ちゃんに聞いたよ。一朗じいちゃんのことで、敏江さんが犯人扱いされてるって」

「……ええ。でも、警察に突き出されるようなことはありませんでした」

「そういう問題じゃないよ」智輝は憤慨していた。「敏江さんは、ホントに犯人なの？」

「違います。一朗さんに危害を加えるなんて、そんなこと」

「なら、そう主張すればいいじゃない。一朗じいちゃんはなんて言ってるの？」

「何も聞かされていないみたいです。千亜紀さんや和房さんは、私に恩を売っているつもりなのかもしれません」

「証言もなしに、敏江さんが犯人だって主張してるだけじゃない。無視しなよ、そんなの」

「……いえ、いいんです。北条家の皆さんと向き合って、話をするのが、辛いんです。一朗さんには会わせてもらえないですし、他に私の言い分を聞いてくれる人はいません。全部、無駄な努力なんです」

「……僕も、北条家の一員だけど。嫌かな、こうして話をするのは」

「いえ、そんなことは」

智輝があまりに悲しげな瞳をしていたので、敏江は思わず目を逸らした。

「じゃあ、協力させてほしい。推理はわりと得意な方なんだ。敏江さんが無実であることを証明してみせるよ」

「でも、一朗さんは事件のことを覚えていないとおっしゃってますが」

「そうみたいだね。被害者の証言は期待できない。でも、和房さんは、一朗じいちゃんが意識を取り戻すより前に、敏江さんを犯人だと断定したんでしょ。つまり、それなりの根拠があるわけだ。まずはそれの真偽を確かめようよ」

そう言って、智輝は敏江を部屋から連れ出した。

犯人だと決め付けられて以降、敏江は和房と会っていなかった。証拠についても知らされていない。ただ、密室がどうとか、トリックがどうとか言われた覚えはあった。和房に訊けば彼の考えが分かるはずだ。

平日の昼間。普通の勤め人なら当然不在にしているはずだが、無職の和房には関係ない。彼は今日も、一朗の部屋の隣にある自宅に籠り、リビングで分厚い推理小説を読んでいた。

千亜紀は一朗が入院している病院に、涼音と信太は学校に行っているということだった。

「おや、どうしました、犯人さん」

「その呼び方は止めてもらえませんか」智輝が怒りを押し殺した声で言う。「敏江さんがそんなことをするはずがないじゃないですか」

「ほう。弁護人の登場というわけか。しかし、状況からして、敏江さん以外に犯人はいないんだよ」

「そこまで言うからには、確たる証拠があるんですよね」

「もちろん」和房は歪んだ笑顔を浮かべて、薄型テレビの前に移動した。「当日の様子を記録した映像があるんだ。それを見れば、ボクの主張の正しさが分かるよ」

何度も繰り返し見ているらしく、テレビには映像をコピーしたSDカードが差し込まれたままになっている。

和房がリモコンを操作し、再生ボタンを押すと、まさに敏江たちがいるこのリビングが映し出された。カメラを構えているのは和房だろう。画面の中では、千亜紀が不審そうに夫を見つめていた。

『急にどうしたの。カメラなんて持ち出して』

『今、隣の部屋で妙な音が聞こえた。誰かが叫ぶ声、それから、物音だ』

『そう？　私は気づかなかったけど』

『いいから、様子を見に行ってみよう。何もなければ、笑い話になるだけだ』

『まあ、別に構いませんけど』

千亜紀が戸惑っている様子がよく分かった。家庭菜園か小説にしか興味がないはずの夫が急に撮影を始めれば、それは違和感を覚えもするはずだ。

千亜紀が先に立ち、二人揃って外廊下に出る。一朗の部屋の前で、『呼び出してみて』と、和房が妻に指示を出した。音声はかなりクリアだ。

千亜紀は怪訝な顔で頷いて、言われるがままにインターホンのボタンを押した。室内でチャイムが鳴っているのが、ドア越しに微かに聞こえてくる。

と、その時。がちゃり、と金属的な音が響いた。

千亜紀がドアレバーを見つめながら首をかしげた。

『……あら。今、中から誰かがロックしたみたい』

『そのようだ。ボクはここにいる。君は部屋に戻って、予備の鍵を取ってきて。寝室のチェストの引き出しに入ってるはずだ』

夫の放つ気配に押されたのか、千亜紀はおとなしくドアの前を離れた。

和房はそこで再生を一時停止し、「今の音、聞こえたよね」と智輝に視線を向けた。

「ええ。内側から鍵が掛けられたようです。室内に誰かがいる、という証拠ですね」

「うん、その通り。実はこの時点で、すでにお義父さんは倒れていたはずなんだ。これ以降、転倒に伴う大きな物音は録音されていないからね。つまり、被害者が鍵を掛けた可能性はありえない。よって、第三者が室内にいたことになる。ここまではいいね？」

「ええ、それは分かります。でも、どうして和房さんたちが一朗じいちゃんの部屋の鍵を持っているんですか」

「千亜紀さんが強引に申し出て、予備の鍵を預っていたんだ。お義父さんが室内で倒れて、中に入れなくなった時のためにね。今回はまさにそのケースに当たるわけだ。対策を取っておいて本当に良かったと思うよ。じゃあ、続きを見てもらおう」

満足げに頷いて、和房は一時停止を解除した。

和房は部屋の前から一歩も動くことなく、廊下の左右にカメラを向けたり、ドアの周囲を丹念に撮影している。やがて千亜紀が戻ってきた。時間にして一分半というところだ。

和房の許可を得てロックを解除し、千亜紀は慎重にドアを開けた。

『お父様……？』顔を入れて呼び掛けても返事はない。『いないのかしら。……ねえあなた。どうすればいいの？』

『部屋に上がって。ボクは後ろから行く』

和房は玄関に足を踏み入れ、周囲をざっと撮影する。下駄箱の上に積まれた大量の本、沓脱ぎに放置された雑誌類と使い古されたサンダル。いつもと同じ風景だ。

　そこでいきなり、ばたん、と大きな音を立てて玄関のドアが閉まった。慌ててカメラが振り返る。

『驚かせないで』と、千亜紀が夫を睨む。

『ごめん、うっかり手を離しちゃった』和房は謝罪し、カメラを廊下の方に戻した。『さ、行こうか』

　千亜紀は廊下を奥に向かおうとして、すぐに足を止めた。『どうしたの』と、妻の背中を映しながら、和房が声を掛ける。

『リビングに……誰かが倒れてるの……』

　和房は千亜紀の肩越しに、リビングにカメラを向けた。普段から開けっ放しになっているドアの向こう、フローリングの床に人の足が見えた。

『……お義父さんだ』

　和房は小声で呟いた。その言葉が鎖を断ち切ったかのように、千亜紀は『お父様っ！』と叫んで、リビングに向かって駆け出した。

　和房はその姿をカメラに収めると、リビングには向かわず、廊下の途中にある、いくつかの部屋のドアを開けて回り始めた。

　明かりをつけ、室内の様子を素早く確認し、すぐに廊下に戻る。寝室、洋室、もう一つの洋室。どの部屋を見ても本棚だらけで、まるで書庫のような有り様だったが、普段の様子と変わったところはない。画面の外からは千亜紀が『お父様、お父様』と悲痛な声で繰り返しているが、和房は全く動じていないようだった。

さらに、トイレと浴室を調べてから、ようやく和房はリビングへと向かった。

テレビ画面に、リビングの様子が映し出された瞬間、敏江は息を呑んだ。あの日、自分が目撃したものと同じ光景が広がっていた。

ベランダに出るガラス戸の前に、大量の本が散らばっていて、その本に右手を突っ込むようにして、一朗が倒れている。足は玄関方向を向いている。目は固く閉じられており、呻き声を上げることもなく、ただうつ伏せになっているだけだ。

『お父様、お父様っ』

千亜紀は父親のそばにしゃがみ込み、必死に呼び掛けている。

『ああ、もしもし……』

そこで和房の声が入った。撮影を続けながら、一一九番に通報しているらしい。住所や怪我人の様子を淡々と伝え終えると、彼はリビングに隣接する和室へと足を向けた。

窓から差し込む光で室内は明るい。薄緑色の畳を横切り、和房は無言で押入れの戸を開けた。布団や衣服が入ったケースが置かれているだけだった。

和房はリビングに戻り、入口付近から部屋全体を撮影し始めた。

と、そこで『何があったんですか』と尋ねる声が聞こえてきた。自分の声だ、と敏江はすぐに思い当たった。リビングにいた和房に廊下から声を掛けた時のものだ。

やがて、自分の姿が画面にフェード・インした。和房はそこで再生を止めた。

「敏江さんが入ってくるまでの経過は、こんな感じだよ。このあと、ボクは室内の様子を改めて念入りに撮影した。その詳細はあとで映像で確認してもらうとして、結果を先に伝えておこう。まず、ベランダに出るガラス戸。これはしっかり鍵が掛かっていた。普通のクレセント錠だね。いくつかある窓も同じく施錠は完璧。それから、他の部屋。収納もチェックしたけど人影はなし。念のためにバスルームを調べ直したけど、人が出入りできる開口部はなかった。日本家屋じゃなくてマンションだから、天井を行き来して他の部屋に抜け出る、なんて手は使えない。そろそろ、ボクが言いたいことが分かったかな」

「確かに妙な状況ですね」と智輝が頷いた。

「叫び声や物音が聞こえたあとに、玄関の鍵を閉めた人物がいた。そして、和房さんたちが玄関の鍵を開けるまで、部屋から脱出できるルートは存在しなかった。それなのに、部屋の中には倒れた一朗じいちゃんしかいなかった」

「まさにその通り。これは、推理小説でよくある、密室からの犯人消失だ。お義父さんを昏倒させた何者かは、室内から忽然と姿を消してしまった」

「不思議な現象が起こっていることは分かりますよ。ただ、犯人がいた、という仮定は認めるとしても、それが敏江さんである、という根拠はまだ聞いていませんが」

「消去法だよ」和房は自信たっぷりに言い放った。「犯行が可能だった人物は敏江さんしかいない」

「……伺いましょうか」

「まず、ボクと千亜紀さんは、犯人ではありえない。鍵が閉まる瞬間を録画しているんだからね。録音してあった施錠音をあとで付け加えた、なんてトリックは使っていないよ。音響研究所で鑑定してもらってもいい」

「今はそこまでする必要はないでしょう。他の人は？」

「事件があったのは二十三日。祝日だが、涼音は高校に行っていた。補習だったそうだよ。こちらは教師たちの証言もあるし、問題ない。信太は家にいて、自分の部屋で本を読んでいたそうだ。音を聞いてボクたちのあとから駆けつけ、玄関で敏江さんと会って話をしている。そうでしたよね？」

「……ええ」と敏江は肯定した。「ドアを開けてくれました」

「とまあ、我々一家は犯人ではないわけだね。残された可能性は、部外者か敏江さんだけ。

密室であることを無視しても、玄関はボクが見張っていたから、犯人はベランダからしか逃げられなかった。では、ベランダからどう移動するか。下にロープで降下する、あるいは逆に屋上から吊るしたロープを登って逃げる、という選択肢は却下してもいいと思う。ボクが調べた限りでは、ベランダにも屋上の手すりにも、何の痕跡もなかったからね。ひと一人の体重を支えれば、ロープが擦れて痕が残るはずだ」

「じゃあ、ベランダ沿いに隣室に移動したのでは」

智輝の指摘に、「そう考えるのが妥当だろう」と和房が頷く。

「ベランダは防火パネルで部屋ごとに区切られているが、手すりから身を乗り出せば、隣に移ることはできる。ところが、ここで一つ問題がある。ボクの自宅のベランダは改装工事をしてあるため、他の部屋より外に二メートル以上張り出している。これでは、いくら身を乗り出しても届かない。となれば、反対側に行くしかない」

「奥にある書庫だ」と智輝が呟く。

「そう。そこには敏江さんがいた。これは本人が証言してくれたことだ。彼女はボクたちがお義父さんの元に駆けつけた時、まだ隣室にいた。もし部外者が犯人であれば、彼女はその姿を見ているはずだが、そんな人物はいなかったそうだ」

智輝の視線に、敏江は首肯せざるを得なかった。見ていないものを見たとは言えない。

「……なるほど。敏江さんは、一朗じいちゃんに危害を加えたあと、最初は玄関から出ようとした。ところが、物音を聞きつけた和房さんたちがやってきてしまった。時間稼ぎのために鍵を締めてからベランダに出て、隣の書庫に移動した……か。でも、書庫のガラス戸が施錠されていたら、この脱出ルートは成立しませんよ」

「もしものことを考えて、あらかじめ開けておいたんだろう」

「ふむ。一応、可能性として成立することは認めましょう。問題は、密室ですね」

「そう。そこがすべての肝だ。敏江さんが、どんなトリックを使って密室を構成したのか。これにはさすがに悩まされたよ」

和房はソファーから立ち上がり、敏江たちの目の前を往復し始めた。

「ベランダのガラス戸を念入りに調べてみたが、糸やピアノ線を外から動かせる隙間はなかった。シンプルなクレセント錠だから、鍵そのものにモーターを仕込んで、リモコンで外から操作するのも無理だ。錠を取り外して細工をした形跡すらない。磁石という手も考えたが、残念ながらアルミ製だからくっつかない。まあ、仮に鉄製でも、ガラス越しに動かせるほど強力な磁石を準備できたとは思えないけども」

流暢に語る和房の横顔を、敏江は不気味な思いで見つめていた。密室がどうとか、推理がどうとか、そんなことに、どうしてこんなに夢中になれるのか。一朗は未だに病院にいるというのに、楽しそうに事件を語れる精神が理解できなかった。

「しかしね、ヒントは目の前に転がっていたんだよ」和房が部屋の隅にあった本棚から、数冊の本を取り出した。「これを使って、密室を形成したんだ」

智輝は「へえ」と興味深そうな反応を見せた。

「今、ここで実演できますか」

「時間がかかるから、ここではやらないよ。テレビの料理番組と同じだ。再現したシーンを撮影してあるから、そっちを見てもらおう。ちなみに、お義父さんのところで実験するわけにはいかないから、このマンションの空き部屋を使ったよ。構造は同じだから、問題はないはずだ」

和房がテレビの脇に回り、ＳＤカードを入れ替えた。

すぐに再生が始まる。カメラは部屋の隅に固定され、ベランダに向けられている。ベランダに出るガラス戸は片方だけが半分ほど開いていて、クレセント錠が取り付けられている中央のフレームの前に、本を積んで作った塔が二本立てられていた。

「これは……」と智輝がソファーから身を乗り出した。

「説明しようか」和房が一時停止ボタンを押した。「クレセント錠は一般的に、下から上に押し上げることで施錠される。取っ手の部分の角度で表すと、取っ手が真下を向いている状態がマイナス九〇度、完全に施錠されるとこれが九〇度になる。水平付近が、ギリギリ閉まるか閉まらないか、って閾値《いきち》だね。画面の中では、水平にしている。まだガラス戸は開閉できる」

「なるほど。それで？」と、智輝が先を促す。

「映像には、本でできた二本の塔が映っているね。ガラス戸に近い方の本の塔、この最上部には、表紙が硬くてサイズの大きい図鑑を置いた。その下の本はすべて文庫本だから、細い柱の上に板を置いたような状態になっている。前後左右、どこから見てもTの字に見えるはずだ。ちなみにこれがポイントなんだけど、図鑑の端っこは、クレセント錠の取っ手に当てている」

敏江は自分の手を使って、その状態を再現してみた。和房は説明を続けている。

「それから、もう一本の塔。手前に映っているのがそうだね。窓に正対すれば、二本の塔が重なって見えるはずだ。ただし、ガラス戸から遠い方の塔は、図鑑を載せた方より高くしてある。これも大事なポイントだ」

「こちらの塔の本体部分は、ハードカバーのようですね」と智輝が分析する。

「そう。三十冊くらい積んだかな。じゃ、映像の続きに戻ろう」

再生が始まる。しばらく動きがなかったが、やがて画面に和房の姿が現れる。分厚い辞書を手にしている。

彼は手前の、ハードカバーでできた塔に近づき、辞書をその上に立てた。

「さあ、ここからだ」

和房が興奮した面持ちで呟いた。

画面の中の彼は、足で軽くハードカバーの塔を蹴ると、素早くベランダに出てガラス戸を強く閉めた。その振動が伝わったのか、塔の上で微妙に揺れていた辞書が、ぐらりと大きく傾いた。

「あっ」

塔から辞書が落ちた瞬間、敏江は思わず声を出していた。

落下した辞書がぶつかり、クレセント錠に引っ掛けていた図鑑が跳ね上がった。シーソーの要領だ。その衝撃で文庫本の塔が崩れ、崩れた本がぶつかったせいで、ハードカバーの塔も崩れてしまった。

気づいた時には、本の塔は崩れた本の山に姿を変え、そして、クレセント錠の取っ手は真上を向いていた。

「これで施錠完了だ」

「面白いですね、これ。ドミノ倒しの仕掛けっぽい」智輝は本気で感心しているようだった。

「ただ、成功率はかなり低いはずです。何回目くらいですか、これ」

「五十回はやったかな。なかなかガラス戸の方に辞書が落ちてくれなくてね。これはベストパターンだね。とりあえず施錠さえ成功すればいいと思ってたんだけど、本の塔が両方とも崩れてくれた」

「このトリックを使って、敏江さんが密室を作ったと？」

「そういうことになるね。そうすることによって、傷害事件じゃなくて事故に見せかけることができる」

「しかし、一朗じいちゃんが目を覚ましたら意味がありませんよ」

「それはもちろんそうだ。だから、死んだと思い込んでいたんだろう」

智輝はため息をついて、お手上げだというように両手を広げた。

「いずれにせよ、とっさに実行するには複雑すぎると思いますよ。本を積むのにも時間がかかるでしょうし、明らかに無理があります」

「そうかな？　本の塔はもともと室内にあったものだったんだ。積み直す必要はないよ。位置と高さを調節して、適した重量の本を置くだけでいい。もちろん、成功したのは、敏江さんが強運の持ち主だった、ということにはなるけどね」

「トリックを実行したのは、玄関ドアの施錠音が聞こえたあとですよね。その時、和房さんは一朗じいちゃんの部屋の前にいたんでしょう。それなら、本が崩れる音が録音されているのでは？」

「外の通路からリビングまでの距離を考えれば、マイクが音を拾えなかったとしても不思議じゃない。ドアにカメラを密着させていたわけじゃないからね」

「あくまで和房さんは、実際にこのトリックが使われたと主張するんですね」

「自信はある。だからこそ、敏江さんを犯人と指摘したわけだ」

——そんな馬鹿なこと。

和房が説明したようなトリックを弄していないことは、敏江自身が一番よく知っていた。

彼の目にはどう映っただろうか。敏江は智輝の横顔に目を向けた。智輝は唇に親指の爪を当てて、じっと考え込んでいた。

「あの、智輝さん」

「……分かりました。僕も科学者ですから、いくら低確率でも、可能であることが証明された以上、感覚だけで否定することはしません」

「なかなか挑戦的な言葉遣いだね」和房が愉悦の笑みを浮かべる。「つまり、論理的にボクの推理を否定できる自信があるわけだ」

「試す価値はあると思いますよ。今日中になんとかしましょう」

智輝はソファーから立ち上がると、敏江に向かって手を差し伸べた。

「さあ、探偵ごっこといきましょうか、敏江さん」

智輝は和房からビデオカメラを借りると、敏江を連れて一朗の自宅に向かった。

「何を撮影するんですか」

「撮影というより、和房さんが撮った映像を見ながら調べたくてね」智輝は玄関で立ち止まり、周囲の様子を見回している。「相変わらず本が多いなあ」

「捨ててはいるみたいですけど……」

「ここに縛って置いてある雑誌のことでしょ。週刊誌と文芸雑誌しかないよ。ハードカバーや文庫は捨ててないんじゃないの」智輝は喋りながら下駄箱を開けた。中には、文庫本がびっしり詰まっている。「おっと、こりゃすごいね」

「ああ……なんでも、棚の高さが文庫本にぴったりだったみたいで。靴はほとんど持ってないからと、本棚代わりに使っていたんです。棚は外して高さを変えられますし、サイズが大きいので、二百冊くらい保管できるみたいです」

「そうか。一朗じいちゃんは、めったに外出しないもんね。いいね、こういう生活も。老後は真似したいよ」

智輝は下駄箱の扉を閉めると、玄関ドアに向き直った。ドアレバーを下げ、廊下側に向かって扉を押す。ぎい、と耳障りな音がした。そのまま手を離すと、ばたんと大きな音を立ててドアが閉まった。和房の撮影した動画にも、この音は記録されていた。

「結構うるさいね。蝶番《ちようつがい》に油をさせばマシになりそうだけど」

「一朗さんは、その辺は頓着しませんから」

「本以外には興味なし、か。徹底してるね」

智輝は納得したように頷き、靴を脱いで廊下に上がった。ビデオカメラの液晶画面を見ながら、手近にあった部屋の戸を開ける。

「すごいよね。一朗じいちゃんが倒れてるって知ってて、冷静に他の部屋の様子を撮影して回るって。まるで密室になってたことを知ってるみたいだ」

「それは……和房さんが何かをしたということですか」

敏江の問い掛けに、「いや、たぶん、推理小説の読みすぎなんだと思うよ」と智輝は首を振った。「事件が起こったら、こういう風に行動しよう――そんなことばかり考えているから、その通りに動けたんだよ。わざわざビデオカメラを持って来てる時点で、普通じゃないって分かるでしょ」

智輝はすべての部屋をひと通り見て回ってから、リビングに入った。室内の様子は、事件当日とほぼ同じ。倒れた一朗を搬送するために本をどけたくらいだ。

智輝はガラス戸に近づき、カーテンを開けて、クレセント錠を仔細に観察し始めた。

「確かに、取っ手を水平にした状態では、ギリギリガラス戸の開閉ができるね」

「でも、カーテンはどうするんですか」と敏江は口を挟んだ。「クレセント錠に本の端を当てることができないのでは……？」

「うん、それは僕も気になってた。カーテンはあの日も閉まってたから、トリックは成立しないと思ったんだ。でも、これは二枚のカーテンを真ん中で合わせる構造になってるから、めくって本を差し込むことは不可能じゃない。残念ながら、和房さんの主張をこれだけで完全否定するのは無理だね。で、肝心の本の方は……」

辺りを見回すと、崩れた文庫本の上に、敏江が一朗に貸していた図鑑――『世界で一番美しい元素図鑑』が載っていた。

「ああ、なるほど。この図鑑を使って施錠した、と主張したいわけか。……うん、確かに、あの日の動画にも映ってる。あとから証拠を捏造したってことはなさそうだ」

敏江はその場にしゃがみ込み、『世界で一番美しい元素図鑑』を胸に抱いた。

「どうしたの、敏江さん」

「仮に私が施錠トリックを思いついても、この本を使うことはありません。……これは、三朗さんが大切にしていた遺品なんです」

敏江の訴えに、智輝は悲しそうに首を振った。

「……そんなこと、言われなくても分かってる。敏江さんは犯人じゃない。僕は事件の一報を聞いた時から確信しているよ」

智輝はポケットからハンカチを出し、指紋に注意しながらガラス戸を開けた。隙間から氷の刃を思わせる冷風が吹き込んできて、敏江の前髪をからかうように揺らした。

智輝は左右を確認すると、すぐに室内に戻ってきた。

「防火パネルはあるけど、確かに、手すりをまたぐようにすれば、隣の書庫には行けるね。逆に、和房さんたちの部屋は無理だろうね。凸の字みたいにベランダが突き出してる。手すりは途切れてるし、増築された壁には掴まる場所もないし。手が長いオランウータンならなんとかなるかもしれないけど」

「オランウータン……？」

「あ、ごめんごめん。今のはただの冗談。小学校の頃、そういうトリックの推理小説を読んだことがあったから。……にしても、大丈夫なのかな、これ。消防法に引っ掛かったりしないのかな」

「さあ……」敏江は首を捻った。「私にはよく分かりません」

「ベランダの改装工事って、いつやったの？」

「今年の四月です。私が退院した直後だったので、よく覚えています」

「ふうん……。和房さんって、昔からそんなに家庭菜園に熱心だったっけ？　改装費だけで、数年分の野菜が買えそうだけど」

「プチトマトやハーブは、ここに入居した当時からやっていたみたいです。ベランダに立ち入ることはないので、今は何を育ててるのか……」

「敏江さんって、和房さんたちの家の掃除もしてるんだよね」

「一部だけですね。お風呂とトイレ、あとは玄関周り。リビングや、皆さんの部屋には入らないように言われています」

その線引きは、千亜紀や涼音の葛藤の産物だった。掃除は面倒だが、プライバシーを侵すような真似はされたくない。ギリギリ妥協できるのが、今の範囲なのだろう。

「なるほどね……」

智輝は眉間にしわを寄せ、口元に手を当てた。

「何か、気になることでも」

「ちょっとね。確認だけど、一朗じいちゃんが倒れたあと、一度も警察には連絡してないんだよね」

「ええ。家庭内の問題を外に漏らしたくない、と和房さんは言ってましたけど」

「……そっか。まさかとは思うけど、調べるだけ調べてみようか。敏江さん。長い棒みたいなものはないかな」

「掃除に使うモップでよければ、私の家にありますが」

「それでいいよ。取ってくるから。紐かガムテープを準備しておいて」と言って、智輝は部屋を出て行った。敏江には、智輝が何をしようとしているのか見当も付かなかったが、おあつらえ向きに雑誌を縛るためのビニール紐があったので、それを渡すことにした。

すぐに、モップを手にした智輝が戻ってきた。

「長さが足りてるか確認してみる」彼はいったんベランダに出て、モップを手すりの外に突き出した。「これならなんとかなるかな」

敏江からビニール紐を受け取ると、智輝はビデオカメラをモップの先端、床を拭く部分に固定し始めた。何度か上下に振って安定性を確認すると、またベランダに出て行く。敏江はその作業を黙って見守っていた。

智輝はモップの先を仕切りのパネルの向こうに届かせるために、ベランダの手すりから身を乗り出した。自然と、智輝の右肘に目が行く。カメラごとモップを落としはしないかと、敏江は心配していたが、何ごともなく智輝は撮影を終えた。

「さて、うまく撮れてるかな」

部屋に戻ってガラス戸を閉め、智輝は床に腰を下ろして再生を始めた。次の瞬間、液晶画面を見ていた智輝の表情が、急に険しくなった。

「……こういうことか。そりゃあ、警察に来てもらいたくないわけだ」

「あの、なにか分かったんですか」

「いや、これは事件とは直接は関係ないよ」と言って、智輝は立ち上がった。「密室トリックは、最初から大体見当が付いてるんだ」

「えっ」と敏江は驚きの声を漏らした。

智輝は笑顔で頷き、献身的な介護士のように、敏江の背中にそっと手を回した。

「念のために、証拠を撮影しに行こうか」

真相

十一月三十日（金）

午後七時、夕食の時間。敏江の自宅のダイニングには、北条家の面々が勢揃いしていた。

敏江は下座の席から、全員の様子をうかがっていた。

千亜紀はいつもの澄まし顔で紅茶を口に運んでいる。和房は何が面白いのか、文庫本を読みながらにやにやと薄笑いを浮かべている。涼音はいかにもつまらなさそうに携帯電話をいじっている。信太はうつむいたまま、黙って自分の足先を見つめている。

　彼らに加え、上座の席には、今日の昼間に退院したばかりの一朗の姿もあった。頭に巻かれた包帯が痛々しい。

「……敏江さん」一朗の隣の席から、千亜紀が毒矢のような視線を向けてきた。「あなた、どういうつもりなんですか。理由もなく全員を無理やり集めて、ずっと黙ってるだけなんて。お父様は退院したばかりなんですよ。無理をさせてもしものことがあったら……」

「静かにしてくれ。お前の金切り声は頭に響く」

　一朗の一言で、千亜紀は途端に黙り込んだ。病室に足しげく通っていたが、一朗に対する好感度アップには繋がらなかったらしい。

　一朗は仕切り直すように咳払いをした。

「敏江さん。今日は、いったいどういう趣向なのかね。ワシはてっきり、夕食のために呼ばれたものだと思っていたが」

「すみません……」

　敏江は頭を下げた。テーブルには全員分のお茶が並んでいるだけだ。食事の準備は何もしていない。智輝にそう命じられたからだった。

——とにかく、全員を集めておいて。あとは僕がなんとかする。たぶん食事どころじゃなくなるから、ご飯はいいよ。

一朗が退院したことを知り、智輝は事件の幕引きをする頃合いだと判断したらしい。ただ、敏江は彼がどんな話をするのかは聞かされていなかった。事情も説明せずに全員をこの場に留めておけるとは思えなかった。

そろそろ、涼音あたりが帰ると言い出すのではないか……。敏江が焦りを覚え始めた時、玄関のドアが開く音が聞こえてきた。

「ごめんごめん。もっと早く出るつもりだったんだけど、実験がトラブっちゃって」

智輝は軽い調子で遅刻を詫びて、敏江の隣の席に腰を落ちつけた。

「これはどういう風の吹き回しなの、智輝さん」

待たされることに慣れていないのか、千亜紀は不満げな声を上げた。

「少し、お話ししたいことがありまして。ただその前に、一つ確認しておくことがあったのを忘れていました。一朗じいちゃん。教えてほしいんだけど」

「なんだ」

「事件のこと、何も覚えてないって聞いてるけど、それは本当なのかな」

一朗は無言で智輝を見ていた。表情は平板そのもので、喜怒哀楽のいかなる感情も浮かんではいない。

「……ああ、本当だ。気がついた時には、病院のベッドにいた」

「犯人がいる、って話になってるんだけど、それも知らない？」

「……初耳だな。誰が言い出したんだ、そんなこと」

「お義父さん。ボクですよ、ボク」へらへらと笑いながら和房が手を挙げた。「ただ、ことを公にするつもりはありませんでした。北条家の恥になりますからね」

「恥、か……。働きもせずにジゴロのような生活を送っているお前が使っていい言葉じゃないと思うがな」

「おっと、これは手厳しい」一朗の苦言をも、和房は軽く受け流した。「ちなみに犯人が誰か、興味はありませんか」

「言ってみろ」

一朗に促され、和房は待っていましたとばかりに、敏江に指を突きつけた。

「敏江さんが犯人なんですよ。密室トリックを使って、お義父さんを亡き者にしようとしていたんです。全く、とんでもない話ですよ」

「敏江さんが……だと？」

一朗は敏江をちらりと見て、不愉快そうに顔をしかめた。

「ちょっと待って」そこで、智輝がすっと立ち上がった。「結論を出すのは早いよ。これから僕なりに、事件の真相を明らかにしたいと思ってる」

「ずいぶん自信があるようだね。もちろん、ボクとは別の解を見つけ出したんだろうね」

「ええ、そのつもりです」

智輝はリビングのテレビを全員が見える位置まで移動させ、映像の再生準備を整えてから、ダイニングの隅に陣取った。

「まずは、和房さんが撮影した、当日の様子を見てもらいます。必要な情報の大半は、そこに入っていますから」

大型液晶画面に、あの日の記録が蘇る。

和房と千亜紀が一朗の部屋の前にたどり着く。玄関ドアの鍵が閉まる音が聞こえ、千亜紀がスペアキーを取りに行く。二人が部屋に入り、奥へと向かう。倒れている一朗を発見し、救急車を呼ぶ。遅れて、敏江が姿を見せる。

「敏江さん」智輝に名を呼ばれ、敏江は視線を彼の方に向けた。「敏江さんが部屋に入った時、玄関のところで、信太くんと会ったんだよね」

「ええ、そうです。信太くんが、中から開けてくれたんです」

「信太くん」優しい声で、智輝が従弟《いとこ》に話し掛ける。「それでいいかな」

「……うん」

信太は不安げに頷いた。

「では、もう一度映像を再生します。今度は、重要なポイントだけ」

智輝は少し時間を戻してから、再生ボタンを押した。

和房が和室の様子を調べているシーンから始まった。数秒後、千亜紀の金切り声の隙間を縫うように、玄関ドアが開く音が聞こえた。そこで智輝は再生を止めた。

「今のところです。ドアが開いた時の音が、比較的鮮明に録音されています」

「それがどうかしたのかな」と、余裕たっぷりに和房が先を促す。

「もう少し時を遡ってみましょう。和房さんと千亜紀さんが玄関を離れたあとです」

智輝の言葉に合わせて、数十秒前から再生が始まる。すべての部屋にひと気がないことを確認してから、和房がリビングへ向かう。父親にすがりつく千亜紀を無視して、和房は和室に入っていく。そこでドアの開閉音。和房がリビングに戻ってすぐ、敏江が姿を見せる。

「ここまでですね」智輝が一時停止ボタンを押した。「どうです？　妙な点があることに気づきませんか」

「どこかな。ボクは気づかなかったけど」

「映像ではなく、音を意識してください。和房さんたちが入ってから、敏江さんがリビングに現れるまでに、ドアの開閉音は何回ありましたか」

「……一度だけ」ずっと黙っていた涼音がぽつりと呟く。「そうでしょ」

「うん。その音は、タイミングからして敏江さんが入った時のものだ。ドアを開けたのは、信太くんだった。これっておかしくありませんか？　他に開閉音が入っていない。じゃあ、信太くんは、いつやってきたんでしょう」

「それは……」一瞬絶句したが、和房はすぐに立ち直り、自分の妻を指差した。「千亜紀さんの声で聞こえなかったんだ」

「なるほど。その可能性はゼロではないでしょうね。でも、音声を綿密に解析すれば、録音されてないことが明らかになると思いますよ。それともう一点。リビングから母親の声が聞こえていたのに、どうして信太くんは黙って玄関に佇んでいたんでしょう」

「怖かったんだろう。異変を察知して、足がすくんだんだ」

「食い下がりますね。では、こちらを見てもらいましょうか」智輝がポケットから一枚の紙を取り出し、テーブルの上で開いてみせた。「これは、僕がデジカメで撮影した写真を印刷したものです。見やすいように、A4サイズに拡大しています」

「これは……」千亜紀が怪訝な表情でコピー用紙を見つめていた。文庫本の背表紙がびっしりと並んでいる。「どこの本棚なの？」

すると一朗が「本棚じゃない」と明言した。

「これは下駄箱だ。靴などほとんど持っておらんからな。収納代わりに使っていた」

「それがどうしたんだ」和房がいらだったように髪を掻きむしる。「何が言いたいんだ、智輝くん」

「一朗じいちゃんはかなりの本好きですが、同じ本を何冊も所持する趣味はありませんでした。そうだよね？」

「ああ。読まずに保管し続けるというのは、ワシの流儀に合わん」

「ということは当然、下駄箱の中の本は、他の場所にはないはずなんです。ところが、和房さんが撮影した映像に、下駄箱の写真にある本が映っているんです。あとで確認してもらってもいいですよ」

「……っ」

和房の表情が醜く歪む。それを見て、千亜紀が「どうしたの」と慌て出す。

「僕の言いたいことがお分かりいただけたようですね。事件当日、下駄箱の中の本は外に出されていた。つまり、下駄箱の中には充分なスペースがあったんです。取り外し可能な棚板をどければ、小学生が充分に隠れられるほどのスペースが」

「内側から鍵を掛けたのは、信太だったと言うのか」

「それもそうですし、十中八九、一朗じいちゃんが倒れる原因を作ったのも彼だと思いますよ。なんでも、学校で人を驚かせる遊びが流行っていたそうじゃないですか。下駄箱の中に隠れ、誰もいないと思わせておいて、いきなり姿を現す。一朗じいちゃんがトイレに行った帰り、リビングに入ろうとした時に、後ろから背中を突いたんじゃないですか。一朗じいちゃんはバランスを崩し、うっかり床の本を踏みつけて、滑って転んで頭を打った。ヘッドスライディングするような形になり、ぶつかって本の塔が崩れた——。和房さんが考えた施錠トリックよりは、起こる確率が高いと思いますが」

「そんなもの、机上の空論にすぎない」和房は目を血走らせながら、叫ぶように言った。

「物証を出せ」

「物証なら、下駄箱の中に残っています。本にも、下駄箱の内側の板にも、信太くんの指紋が付いているでしょう。そんなところに指紋が残る理由を説明できますか？」

ぐっ、と和房がくぐもった声で呻く。千亜紀は未だに事情が呑み込めないらしく、おろおろと智輝と夫を見比べている。

犯人だと指摘された信太は深くうつむき、小さく肩を震わせている。

「もういい」一朗がわずかにかすれた声で言った。「智輝の言う通りだ」

「お父様……記憶がないんじゃ……」

「そんなわけがあるか。ちゃんとすべて覚えているに決まっているだろう。ワシは、信太が謝りに来るのを待っていた。記憶を失っているふりをしてな。素直に謝罪すれば、すべて許すつもりでいた。だが、肝心の信太は見舞いにも来ないし、ここに戻ってきても何も言おうとしない。千亜紀、お前は息子にどんな教育をしているんだ」

「……一朗じいちゃん。その話は、今はいいよ。僕は、敏江さんの無実を証明できればそれでいいんだ。あとは、和房さんたち家族の問題だよ」

「……調子に乗るなよ。素人が」

和房は体を揺らしながら、一人でぶつぶつと喋っていた。

「あの、和房さん……？」

義理の叔父の変調に、智輝は怪訝な表情を浮かべた。

和房はゆらりと立ち上がると、憎しみに満ちた視線を智輝に向けた。

「探偵はボクなんだ……トリックを暴き、真相を解明するのは、ボクの役目なんだっ！」

体面もなく絶叫すると、和房はフローリングの床を蹴って駆け出した。前のめりになりながら、両手を前に出し、猛牛のように智輝に突進していく。

「うわあああーっ！」

和房が言葉にならない雄叫びを上げ、智輝に摑み掛かる。

指先が智輝の喉に届こうとした、まさにその瞬間、和房は空中を舞っていた。

和房が、号砲に反応した水泳選手ばりの美しいフォームでフローリングの床に突っ込んでいく。駆け出した勢いのまま前方に一回転して、壁に背中をぶつけ、床の上に惨めに仰向けに転がる。それきり、大の字になったままぴくりともしない。どうやら気絶したらしかった。

「──みっともないんだよ」

敏江は声の方向に目を向けた。智輝のそばに、涼音が堂々と立っていた。すんでのところで、涼音が智輝をかばったのだと、遅れて敏江は気づいた。

「あの、涼音……ちゃん？」

唐突な展開に、さすがの智輝も戸惑っているようだった。

「護身術、友達に教えてもらったから。合気道みたいなものだよ」ぶっきらぼうに呟き、涼音は泣いている弟の頭を撫でた。「信太。あんたがやったんでしょ」

「……うん」涙声で信太が答えた。「僕はただ、おじいちゃんをびっくりさせたくて……怪我させようとか、そんなこと……全然」

「分かってるよ。いいから謝りな」

「ごめんなさい……」

一朗はむっつりと押し黙ったまま、一つ頷いた。

それでいいんだよ、と涼音が優しく信太の肩を叩く。

「許してあげてよ、おじいちゃん。悪気はなかったんだよ」

「最初から、素直にしていればよかったんだ。今回は、今の涼音の活躍に免じて許すが、次はないぞ。いいな、信太」

「……うん」

「その返事は気に入らん」と、一朗は腕を組んだ。「今までは遠慮していたが、もう千亜紀には任せておれん。ワシが直々《じきじき》にしつけてやる。返事は『はい』だ。いいな」

涙を拭って、信太は「はい」と強く頷いた。

「それでいい」そこで初めて、一朗が笑顔を見せた。「これからもワシのところに来い。いっぱい本を読んで、立派な大人になるんだ」

家長の一言で、弛緩した空気が室内に流れる。これで、事件は解決した。敏江が安堵しかけたその時、智輝が「ごめん」と誰にともなく呟いた。

「まだ、言わなきゃいけないことがあるんだ。別件で」

「別件？」と、涼音が眉根を寄せた。

「ベランダで育ててる植物のことだよ。涼音ちゃんは、使ってるの？」

「知らない。ベランダに出るなって言われてるし、興味もないから」

「それならいいんだ。千亜紀さんはどうですか」

倒れた和房のそばにしゃがみ込んでいた千亜紀は、当惑した様子で首を振った。

「どうやら、和房さんが一人でやったことみたいだね」

智輝は安堵の吐息を漏らした。

「最初、事件のことを聞いた時、強い違和感を覚えた。敏江さんを犯人だと指摘してるのに、どうして警察に連絡しないんだろうって。北条家の恥だとか言ってたけど、この間の調査で本当の理由が分かったよ。連絡しなかったんじゃなくて、連絡できなかったんだ。なぜなら、ベランダで、大麻を栽培していたからね」

「そっ、そんなもの！」千亜紀がいきり立って叫んだ。「智輝さん！　嘘を言うのもいい加減にしなさい！　なんですか、さっきから信太を犯人扱いしたり、大麻がどうとか言ったり。そんなこと、あるはずないじゃないですか！」

「あるんですよ、それが。ベランダの様子は撮影してあります。鉢の数は十以上。半分ほど枯れていましたが、特徴的なギザギザの葉っぱが見えたので、まず間違いないでしょう。僕は薬学部出身なんで、薬用植物関連の講義を受けてるんですよ」

「嘘……和房さんが……そんな」千亜紀は唇をわななかせ、白目を向いている夫のそばにくずおれた。「どうして……大麻なんか」

「本人なりに苦悩していた、と思いたいですね。小説家になりたいのに、うまく物語が書けない。だから、薬に頼ろうとした。そういうことにしておきましょう」

智輝はそう言って、携帯電話を取り出した。

「一朗じいちゃん。これから一一〇番通報するつもりなんだけど、構わないかな。ちょっと騒がしくなると思うけど」

「一向に構わん」と、一朗は即座に答えた。「コイツは一度、社会の厳しさを味わった方がいい」


連絡をしてからの警察の対応は早かった。

その日のうちに数人の警官がベランダに踏み込み、大麻の現物を確認した上で和房を逮捕した。和房はぐったりしたまま、抵抗することなく、おとなしくパトカーで護送された。後日、家族からも事情聴取をしたい旨を伝え、警官たちはきびきびと帰っていった。

こうして、北条家に巻き起こった騒動は決着を見た。

マンションの前でパトカーを見送り、智輝は大きく伸びをした。

「これでようやく一段落、かな。慣れないことをしたから疲れたよ」

「その割には、話しぶりが堂に入っているように見えましたが」

敏江の評価に、智輝は苦笑した。

「プレゼンは慣れてるからね。でも、実際は心臓バクバクだったんだ。和房さんが襲ってきた時は本当に肝が冷えたよ」

「涼音さんに感謝、ですね」

「全くだね。僕も護身術を習った方がいいかな。また、謎の不審者に襲撃されるかもしれないし」

智輝の言葉に、敏江は首をかしげてみせた。

「不審者というのは……」

「ん？　ただの独り言だよ。気にしないで」智輝は笑顔で答えて、手に持っていた上着を羽織った。「さて、そろそろ帰るよ。ここのところ実験室を留守にすることが多かったから、仕事が山積みなんだ」

「そうですか。あまり、無理をしないようにお願いしますね。体を壊したら、元も子もないですから」

「うん。ありがとう。じゃあ、またそのうち遊びに来るから」

智輝は爽やかな笑みを浮かべて、軽快に歩道を去っていった。

自室に戻ろうと踵を返したところで、敏江はぎくりと足を止めた。アルカディア三鷹の玄関に、涼音の姿があった。

涼音は外に出てくると、歩道の先に目を向け、小さくため息をついた。

「帰っちゃったんだ、智輝くん」

「ええ、仕事があるからって……」

「そう。……ところでさ。あんた、一朗じいちゃんのこと、どう思ってる？」

涼音の表情を見て、敏江は我が目を疑った。涼音は訴えかけるような眼差しを向けていた。普段の敵意あふれる瞳とは全く違う。

「どうって……」敏江は困惑しながら言葉を探す。「お世話になっていますし、もちろん感謝をしていますが」

「そういう意味じゃないって。再婚相手としてどうか、って言ってるんだよ」

予想だにしていなかった問い掛けに、敏江はほとんど反射的に首を振っていた。

「そんなこと、全然……立場が違いすぎますし」

「その様子じゃあ、気づいてなかったんだね。一朗じいちゃんは、あんたに惚れてるよ。たぶんね」

え、と小声で漏らし、敏江は目を見張った。涼音は淡々と喋り続ける。

「あんただってよく知ってるはずだよ。じいちゃんは身内にも厳しい。ウチのおふくろなんて、必死で媚びへつらって、ようやくここに置いてもらってるんだよ。それなのに、どうしてあんたは追い出されないのさ」

「……家のことを、私がしているからじゃないでしょうか」

「全然違うよ。家事手伝いをしてるって言ったって、そもそもじいちゃんが命じたわけじゃないでしょ。勝手にやってるから放置してるだけだよ。ここに住まわせる理由になんてならない。それに――」

涼音は振り返り、マンションの最上階を見上げた。

「書庫の掃除のこともそう。あそこは、家族でさえ入れないんだよ。それなのに、あんたには許可を出した。それは、心を許してる証拠でしょ」

そんなこと、と反論しかけた時、一瞬のうちに、いくつかの可能性が春一番のように敏江の心に激しく吹き寄せた。

書庫の本に挟んであった白黒写真。若い一朗の隣に写る、自分に似た女性教師。古い写真を保存しておく理由は一つしかない。彼女は一朗にとっての憧れ――おそらくは初恋の相手だったのだろう。

一朗が女性教諭の面影を、自分に重ね合わせているとしたら。涼音の言うことも、あながち間違いとは言い切れない。

さらに考えを進めるならば――。敏江は唾を飲み込んだ。一朗が、わざと写真を見つけさせようとしていたとしたら。もしかすると一朗は、写真の女性との相似性から、自分が彼の想いに気づくことを期待していたのかもしれない。

もしその仮説が正しいのであれば、敏江に書庫の掃除を言いつけたことは、迂遠《うえん》な告白に他ならない。

いや――。敏江は動揺を抑え込んだ。一朗がどう思っていても、自分の振る舞いが変わることはない。

「涼音さんの言わんとするところは理解しました。でも、私はやっぱり、一朗さんのことを異性として見ることはできません。千亜紀さんも涼音さんも誤解しているんです。私は、一朗さんの遺産がほしくてアルカディア三鷹に住み続けているわけじゃありません」

ライトブラウンの髪を雑に掻き上げ、涼音は嘆息した。

「なんだよ、それ。誤解してるのはそっちだよ。おふくろは確かにそう信じ込んで、あんたのことを敵視してたけど、あたしは違う。……全然、違う意味で、憎んでた」

涼音が潤んだ瞳で敏江を見つめた。

「あたし、智輝くんのことが好き。でも、今日の様子を見てて、はっきり分かった。智輝くんが、誰のことが好きなのか。前からそうだと思ってたけど……敵わないって思った」

心臓の鼓動が大きくなったのを、敏江は知覚した。涼音は、智輝の片思い相手のことを知っている。

「……誰なんですか。智輝さんは、誰のことが」

「分からないんなら、教えてあげるよ。それは——」

一粒の涙が、涼音の頬を伝って、顎から滴り落ちた。

涼音が告げた名を聞いて、敏江は言葉を失った。

立ち尽くす敏江を一瞥して、涼音はマンションに戻っていった。

敏江は玄関前に佇んだまま、高鳴る心臓を落ち着けようと、何度も呼吸を繰り返した。そして、一つの決意を固めた。

——明日、恋愛相談事務局に赴き、依頼の取り消しを申し出よう。

第四章

花奈、創薬に挑む心構えを知る

十二月一日（土）

十二月に突入しても、相変わらずわたしは化合物Dの合成ルートを見出せずにいた。

成果がまるで上がっていないわけではない。化学的にさほど無理のないルートも、いくつかは思いついている。実際に手を動かして、反応が行くかどうかも試してみた。しかし、結果はいずれも失敗。合成ルートのごく初期段階でつまずいてしまう。

化合物の最終提出日は二週間後。期間はまだ残っているが、正直なところ、絶望的と言わざるをえない状況だった。四面楚歌。八方塞がり。絶体絶命。油断をすると、ネガティブな言葉が次々と浮かんでくる。

たぶん、そういう心境がいけなかったのだろう。

午後、新たな反応を試そうと、フラスコに試薬を量り終わった時だった。

「あっ」

叫んだ時には、つい今まで手の中にあったフラスコが空中へと逃げ出していた。あらゆる物体に、自由落下運動が均等に訪れる。当然のように床に衝突し、ガラスのフラスコは乾いた音と共に、無数の破片へと姿を変えた。

久々にやってしまった。周囲の学生の目がこちらに向いている。恥ずかしくて、いたたまれない、この独特の感じ。顔が熱くなる。一刻も早く片付けようと、わたしはその場にしゃがみ、ガラス片を手で拾い集めようとした。

「おいこら！　なにやってんだっ！」

相良さんはものすごい勢いで駆けつけてくると、わたしを激しく怒鳴りつけた。

「素手で触ったら怪我するだろうが！」

「あう……すみません」

「こんなの基礎の基礎だろ。少しは落ち着けよ」

ぶつぶつ文句を言いながら、相良さんは掃除用のロッカーからホウキを取り出し、わたしを押しのけるように後片付けを始めた。

「あの、わたしが……」

「いい。俺がやっておく」相良さんがぷいとこちらに背を向けた。「朝から実験しっぱなしで疲れてるんだ。ちょっと休憩してこい」

すみません、と小声で再度謝罪し、わたしは実験室をあとにした。

足を踏み出すたび、ため息が口からこぼれ落ちる。合成がうまくいかない上に、実験でもミス。あと三カ月で卒業なのに、一向に実験技術が向上しない。脳と指先を繋ぐ神経のどこかに深刻な問題があるのではと不安になる。

じっとしていたら泣いてしまいそうだったので、わたしは足の赴くままにふらふらと歩き出した。

教育棟と研究棟に挟まれた通りを抜けると、広場に出る。黄白色に枯れた芝生と、青緑色に輝くベンゼン池。見慣れた景色でも、眺めていると多少は気が安らぐ。わたしは近くにあったベンチに腰を下ろした。

うつむき、足元に散った茜色《あかねいろ》の落ち葉を見つめながら、自分の現状を振り返る。

御堂さんと、相良さん。二人は、わたしに合成ルートを編み出す才能がある、と言ってくれた。確かに、プランクスタリンの合成ルートを見出した、という実績はある。しかし、あれは奇跡だ。狙って起こせるような代物ではない。

やはり、無謀なチャレンジだったのだろうか。今さらながらに、後悔の念がじわりと心を侵食する。半年、一年あれば、まだ可能性はあった。だが、もはや手遅れだ。結崎さんとの勝負は、わたしの完敗に終わってしまうだろう。

智輝さんのことを諦める。いずれはその現実を受け入れねばならないのだろうか。

改めて、冷静に考え直してみる。

告白をせずに終わるのだから、仮に失恋したとしても、おそらく、わたしの日常に変化はない。智輝さんと会話をすることもあるだろうし、場合によっては食事に行く機会もあるかもしれない。それに、どの道、来年の四月には大学を卒業して就職する。旭日製薬の研究所は関西にある。自然と、智輝さんとの繋がりは切れてしまうに違いない。

早凪さんに依頼をした時、自分はどこまで現実を受け止めていたのだろうか。深い考えがあったとは思えない。ただ諦めたくないという一心で、思いつきを口にしただけだったのではないか。

わたし、何やってたんだろ……。

込み上げてきた負の感情に促され、わたしは肺を空《から》にする勢いで、深いため息をついた。

その時、池のほとりに見覚えのある女性が佇んでいることに気づいた。鬼怒川さんだ。彼女は芝生の上に直に体育座りをして、浅い人工池の水面をじっと見つめている。

「……鬼怒川、さん？」

そっと近づき、おそるおそる声を掛けると、彼女はゆっくりとこちらを振り返った。目の縁が赤くなっている。どうやら泣いていたようだ。

「あ、伊野瀬さん……」

不思議なもので、鬼怒川さんが、明らかに自分よりひどい状況にあることを悟った途端、なんとかしなきゃという気分になっていた。少し、話を聞いてあげた方がよさそうだ。わたしは彼女に、自分の隣に掛けるように促した。

「どうしたんですか。ずいぶん落ち込んでいるようですけど」

「……あたし、失敗しちゃいました」

「どんな失敗ですか」

「……この間、依頼のことで、色々話をしたじゃないですか。結崎さんに片思いしている人がいるって……」

「はい、伺いました。その人には、諦めるように伝えたんじゃないですか」

「伝えたんです。そうしたら……」うぐ、と彼女が嗚咽《おえつ》をこらえるように喉を鳴らした。

「依頼者の人が、すごく怒って、あたしを怒鳴りつけたんです。『そんな話を訊くために、依頼したんじゃない』って……」

「それは、鬼怒川さんの責任じゃないと思いますけど」

「いえ……トラブルが起きた場合は、全部相談員の責任になるんです。カウンセリング能力が足りないって、そう判断されるんです……」

「厳しいですね……」

「でも、それだけなら、まだ……なんとか我慢できたんですけど、運悪く事務所に局長がいて……。依頼者さんの怒鳴り声、聞かれちゃって。すごく、怒られました」

みるみるうちに、鬼怒川さんの目尻に大きな涙の粒が浮き上がる。雨上がり、葉先から水滴が落ちるように、透明な雫《しずく》がほろりとこぼれて、頬に濡れた痕を描き出した。

それをきっかけに、鬼怒川さんは声を殺して泣き出した。

「……大変でしたね」とだけ言って、わたしは彼女の背中を撫でた。こういう時は、下手にあれこれ言葉を掛けるより、黙ってそばに付いていてもらった方が気が安らぐものだ。

たっぷり十五分ほどはそうしていただろうか。多少は気持ちが落ち着いたらしく、ようやく鬼怒川さんは泣き止んでくれた。

彼女はぐすっとはなをすすり、ぎこちなく笑った。

「なんだか、すっきりしました。心の風通しがよくなった気がします」

「それはよかったです」

「ありがとうございます。慰めてくれて」と、鬼怒川さんがわたしの手を握る。

「いえ、わたしは特に何も」

「そんなことないです。伊野瀬さんがいてくれなかったら、あたし、芝生の上から動けずに凍死してたかもしれないです」

彼女が唐突に極端すぎる可能性を挙げたので、わたしは思わず吹き出してしまった。

「難しいですよ、それ。夜にこんなところで寝てたら、警備員さんに起こされます」

「酔っぱらい扱いされちゃいますね、確実に」鬼怒川さんは、今度は自然な笑みを浮かべた。

「うん。元気になりました。そろそろ事務局に戻ろうかな。あ、でも、できればトイレでお化粧を直してから……」

言葉の途中で鬼怒川さんの唇が、「あ」の形に開く。次の瞬間、彼女はバネじかけのおもちゃのようにいきなり立ち上がった。

「ごめんなさいっ。あたし、もう行きます！」

言うが早いか、素早く踵を返すと、鬼怒川さんは事務棟に向かって唐突に走り出した。

彼女の進路に、一人の老女の姿があった。上品なグレーのパンツに、温もりを感じさせる胡桃色のツイードのジャケットと、滑らかな白いストール。以前、恋愛相談事務局を訪れた際に、事務棟のエレベーターの前で見かけた女性だ。

鬼怒川さんは女性の前で立ち止まり、ぺこりと頭を下げ、そのまま事務棟に走って行ってしまった。妙に慌てていたが、先約があるのを思い出したのだろうか。

さて、わたしも戻ろうか、と腰を浮かせかけたところで、女性がこちらを見ていることに気づいた。まっすぐわたしを見据え、しっかりした足取りで芝生を踏みしめながら近づいてくる。

　こうして間近に見て、わたしは確信した。去年の五月に、北条三朗さんと一緒に研究室の見学に来ていたのは、彼女に違いない。

「伊野瀬さんですね」

　彼女はいきなりわたしの名を呼んだ。なぜ、わたしのことを知っているのだろう。

　立ち上がろうとするわたしを制するように、彼女はベンチをまっすぐ指差した。

「少し、話をしてもよろしいでしょうか」

「あ、はい、どうぞ」

　充分なスペースがあったが、迎え入れる意思を示すため、わたしは座ったまま位置をずらした。優雅な仕草で彼女は腰を下ろす。作法の教科書に載っていてもおかしくないほど姿勢がいい。

「間違っていたらすみません」と前置きしてから、わたしは尋ねた。「もしかして、北条智輝さんの……」

「ええ、親族のものです。続柄的には大叔母になります」と彼女が頷く。「いつも彼がお世話になっております」

「今日は、どうしてこちらに？　北条さんに何か御用ですか」

「いいえ、用があったのは恋愛相談事務局の方です」彼女が事務棟に視線を向ける。「帰ろうとしたら、たまたま伊野瀬さんをお見かけしたので、声を掛けさせてもらいました。お顔は、資料の方で見て知っておりましたから」

「そうでしたか……」立ち入った質問だとは分かっていたが、尋ねずにはいられなかった。「用事というのは……その、北条さんの片思いのこと……ですか」

「ええ、そうです。調査の進捗の打ち合わせです」

やっぱり、依頼者は彼女だったのか。片思いを打ち明けるくらいだから、智輝さんは彼女のことをよほど信用しているに違いない。智輝さんは三朗さんと親しくしていたらしいし、奥さんと仲がいいのも当然だろう。

そんな風に事情を推察していると、「研究生活はどうですか」と彼女が尋ねてきた。

わたしは少し言い淀んでから、「……停滞しています」と正直に答えた。

「そうですか。よほど、難しい課題に挑んでいるのでしょう」

「それもありますけど、でも、わたしの実力が足りないのも事実で……」

「本当にそうなのでしょうか。私も創薬科学者のことはよく理解しているつもりです。それは、産みの苦しみというものではありませんか」

「……創薬科学者というのは、北条三朗さんのことですか」

「ええ」と彼女が頷く。「彼は、長く製薬企業におりました」

「わたし、来年から、旭日製薬で働くんです」

「では、大阪に行かれるのですね」

「はい。……できれば、入社する前にもう一度三朗さんにお会いして、お話を聞ければ、と思っていたのですが」

　三朗さんがウチの研究室を訪問したのが去年の五月。関西からこちらに生活基盤を移すと言っていたが、残念ながら、彼は今年の初めに亡くなっている。エクスフルを創出した偉大な先達と再会する機会は、永遠に失われてしまったのだ。

「訊いてみたいことがおありですか」

「ええ。創薬研究のコツというか、心構えみたいなものを、北条さんから直接ご教授いただきたかったです」

「心構え、ですか」彼女が、こつこつとこめかみを指先で叩く。「私には専門的なことは分かりません。ただ、北条はいつも言っておりました。自分ほど贅沢な遊びをしている人間はいない、と」

「遊び……ですか？　でも、北条さんはすごく真面目で、休みの日も実験をしていたと伺いましたが」

「そうです。彼には休暇という概念はありませんでした。遊びというのは、創薬研究のことを指していたのでしょう。伊野瀬さんはよくご存じでしょうが、研究職というのは、会社の中では特殊な部門なんだそうです。利益になるかどうか分からないものを作って、それでお給料をもらえるのですから」

「……確かにそうですね」わたしは頷いた。「大学の研究者も、似たようなところがあるかもしれません。延々一つのテーマを続けている人もいます」

「その方も、楽しくてしょうがないのでしょう。北条もそうでした。管理職になることを拒否して、ずっと作業着を着続けました」

「楽しい――」

わたしは思わず呟いていた。研究が楽しい。そんな考え方をしたことは一度もなかった。不得手な作業をひたすら繰り返し、失敗を重ねて怒られて……わたしにとって、研究は苦痛以外の何物でもなかった。

「北条さんは、才能に恵まれていたんですね。成功が続けば、それは楽しいかもしれませんが……」

「いいえ。彼は研究者として、たった一つの薬しか生み出せませんでした。それがエクスフルです。あとはすべて、臨床試験にも上がらずに消えていったそうです」

「一つしか成果が出せなかったのに、実験にのめり込んでいたんですか」

「そのようです。半分は趣味のようなものだったのでしょう。病気という、自然界が作り出したハードルを打ち倒す。そこにやりがいを感じるんだ——。生前、彼はそのように話しておりました」

「やりがい……ですか」

病気の人を助けたい、新たな薬を生み出したい、世界を変えたい——それらの目標の根底には、大自然に挑戦する気持ちがあったに違いない。

チャレンジャー・スピリット。おそらく、今のわたしに一番必要なものはそれだ。

だが、ほしいと願って簡単に手に入るようなものではない。その心境に至る道筋が見えないのだ。跳ね返され続けた日々が、わたしの心に化学に対する畏れを植えつけてしまった。超えるべき障害はあまりに強大で、戦いを挑もうという気にすらならない。

わたしは泣き言を口にしようとした。その時、鼻の頭に冷たいものが落ちてきた。

「おや、雨ですね」

空を見上げ、彼女がおもむろに立ち上がった。

「そろそろ帰ります。お引き留めしてしまいました」

「そんな。こちらこそ、貴重なお話、ありがとうございました」

「お役に立てたなら幸いです。北条智輝も、あなたが素晴らしい成果を残すことを信じているようです。自分の納得するように頑張ってください」

「……はい」

智輝さんがわたしに期待してくれている。嬉しさより、今は重圧の方が強かった。

わたしは彼女に一礼して、逃げるように広場を離れた。

花奈、最悪の悲劇の入口に立つ　十二月三日（月）①

週明け、月曜日の朝。わたしは普段より少し遅い時間に大学にやってきた。

ロッカーにコートを掛け、事務スペースに入る。試薬会社のカタログとにらめっこしたり、電卓片手にあれこれ計算したり。他の学生たちは、みんな忙しげにしている。誰もが自分の研究を必死で進めているのに、わたしは未だに一歩も動けずにいる。

わたしは我ながら覇気のない足取りで自分の席に向かった。

座ろうとして、机の上に一通の封筒が置いてあることに気づいた。取り上げて裏表を確認するが、宛名も差出人の名前もない。ホッチキスで雑に封がされているところを見ると、空ではないらしい。

わたしは当然のように、先日起こった一連の脅迫騒ぎのことを思い出す。だが、例の襲撃事件以降、わたしの身には何の災いも降り掛かってきていない。

とにかく、中身を確認しないことには始まらない。針を外すのが面倒だったので、ハサミを使って開封し、中身を取り出した。

A4判のコピー用紙の中央には、こう書かれていた。

〈会いたい。会って、伝えたいことがある。北条〉

手書きの文字に繰り返し目を走らせるうち、高揚感と疑問が同時にわたしの心中に去来した。わざわざ手紙を置いていくのだから、きっと特別な話をするつもりなのだろうという期待感と、どうしてメールや電話じゃないのだろうという違和感。その両者が入り交じり、わたしを当惑させる。

真意は分からずとも、自分がやるべきことははっきりしていた。

一刻も早く、智輝さんに会いに行こう。

わたしは手紙を握り締めたまま部屋を飛び出した。

上階に向かう階段に足を掛けたところで、踊り場からこちらを見下ろしている人影が目に飛び込んできた。相良さんだった。

「……おう、伊野瀬か」

「おはようございます」

「ああ、おはよう。どこに行くつもりだ」

「北条さんに、その、呼び出されまして」

「……いつだ」

「えっ？」

「いつ、連絡を受けた」

相良さんは異常なほどに厳しい表情をしていた。わたしが実験をサボってうろうろしているのが気に入らないのだろうか。

わたしは自分の正当性を証明するように、手にしていた手紙を差し出した。

「机に置き手紙があったんです。会って伝えたいことがあると」

「……そうか。夜中か、早朝に置いたんだな。だが、無駄だぞ。北条は今朝方、学会出張に出かけた。だからいない」

「いないって……」

相良さんの態度に、わたしは引っ掛かりを覚えた。いつもなら、目を合わせないにしても、言葉を交わす時は、視線はわたしの方を向くはず。それなのに相良さんは、さっきからずっと目を逸らしている。不穏な気配に引き寄せられるように、わたしは階段を上がり、相良さんの目の前に立った。

「今、忙しい時期じゃないんですか。それなのに学会なんて」

「いいじゃないか、たまには。研究の方は、アイツがいなくても進んでいく。アッセイだって、今まで通りに行われる。特に問題はない」

「いつ、戻られるんでしょうか」

「正確には分からん。ただ、一週間くらいは帰ってこないらしい」

一週間……？　そんなに長く不在にすることを、わたしに黙っているだろうか。大学からの帰り道、わたしは今でも智輝さんに送ってもらっている。もし長期出張が予定されていたなら、事前に一言あるはずだ。

相良さんは何かを隠そうとしている。わたしの直感が声高にそう告げている。

「ちなみに、どちらの学会に行かれたんでしょうか」

「さて、何だったかな。聞いた気はするが、忘れちまったな。薬理系の学会の名前には馴染みがないからな。頭に残らないんだ」

「国内ですか、それとも海外ですか」

「……覚えてない。そんなこと、別にどうだっていいだろう」

相良さんが不愉快そうに顔をしかめる。だが、その目には明らかに怯えの色が浮かんでいた。

「何か、隠していませんか。さっきから、ちょっとおかしいです」

「悪いな。朝だから調子が出ないんだ」

「じゃあ、他の人に聞いてみます」

三階へ向かおうとしたわたしの肩を、相良さんが後ろからぐっと摑んだ。

「無駄だから止めておけ。それより実験をしろ」

わたしは相良さんに背中を向けたまま首を振った。

「でも、会いたいって、そう言ってるんです。連絡しなきゃ」

「なら、好きにすればいい」呆れたように、相良さんが手を離した。「連絡が取れるとは思えないがな」

「……どうして、そう思うんですか」

わたしは振り返り、相良さんを真正面から見据えた。

「なんとなくだ。特に理由はない」

「本当なんですか？　もし、何か事情を知っているなら、教えてもらえませんか」

わたしは相良さんとの距離を詰めた。彼は同じだけ後ろに下がり、「知らん」と短く呟いた。「俺は何も知らん」

「相良さんっ！」

声を荒らげた瞬間、相良さんに腕を摑まれた。力加減を目で調節するかのように、彼はわたしの二の腕を握った自分の手を見つめている。

「……大きな声を出すな。誰かが聞いているかもしれない」相良さんが、脅すような低い声で言う。「伊野瀬。お前、絶対に口外しないと約束できるか」

わたしは頷いた。ようやく、重い扉が開きそうな感覚があった。

「……教授室に行くぞ。事情を話すかどうかは、蔵間先生に判断してもらう」

わたしを連れて二階に戻ると、廊下に人影がないことを確認してから、相良さんは教授室のドアを開けた。

幅の広い事務机に座っていた蔵間先生が、わたしたちを見て立ち上がった。

「あら、二人揃ってどうしたのかしらねえ」

「……北条の件で、相談に来ました。伊野瀬と連絡を取るつもりだったようです。机に手紙が置いてあったそうです。おそらく、事故の前にしたためたものでしょう」

「……事故？」

わたしの呟きを聞いて、蔵間先生はいまいましそうに首を横に振った。

「タイミングが悪かったみたいねえ。伊野瀬さん、会わずに済ませられないの？」

「もう、会う会わないの問題ではないです。何が起こっているんですか」

蔵間先生は諦観の面持ちで自分の席に腰を下ろした。

「相良くん。説明してあげて」

「いいんですか？」

「これ以上騒がれると、余計にひどいことになりそうだしねえ」

「……分かりました」

いつにもまして不機嫌そうな顔で頷き、相良さんは来客用のソファーに座った。蔵間先生と相良さんが放つ空気は、明らかに非常時のそれだ。わたしは心を埋め尽くす不安と闘いながら、彼の向かいに腰掛けた。

「朝いちで、俺のところに北条から連絡があった。実験でミスをした。まずいことになったかもしれない。アイツは、普段と違う、慌てた声でそう言った。……ウイルスが付着した針を、間違って指に刺したんだ」

「ウイルスって……」

「超耐性インフルエンザウイルスだ」冷静さを保とうとするように、相良さんは押し殺した声で言った。「治療薬がない、危険なウイルスに感染したかもしれん」

「北条さんは、今はどこに？」

「しばらく、研究棟内に待機させることにした。ちょうど、改装予定で使ってなかった実験室があるからな」

「じゃあ、学会出張というのは」

「俺が考えた言い訳だ。誰かに訊かれたらそう答えるつもりだった。発症するかどうか、最低でも二、三日は経過を見なきゃいけない」

「どうして、病院に連れて行かないんですか」

「勘違いするな。待機すると言い出したのは北条だ。治療に当たった医療関係者に感染が広がるのを避けるためだ」

「そんな……」

「分かってくれ。無関係の人間を危険には曝せない」

あってはならないミス。責任を痛感しているからこそ、智輝さんは自ら隔離を申し出たのだろう。

「……会わせて、もらえませんか」

相良さんは一瞬だけわたしと目を合わせて、蔵間先生に視線を向けた。

「どうしますか、先生」

「周囲に怪しまれないように、なるべくコンタクトを避けるつもりだったんだけどねえ。どうしてもと言うなら、一度だけなら許可しましょうか。もちろん、みんなに気づかれないように工夫はしてねえ」

「先生がそうおっしゃるなら」相良さんが立ち上がった。「十分後に、三階の奥の実験室に来い。鍵を開けておく」

わたしの返事も聞かずに、相良さんは部屋を出て行った。

「……大変なことにならなければいいけどねえ」

憂鬱そうに頰に手を当てて、蔵間先生が呟いた。

「そんなに危険な状態なんですか」

「今は全然。ピンピンしてるでしょうねえ。でも、時間を追うごとにウイルスは爆発的に増えていくでしょう。しかも相手は、あらゆる薬剤に耐性を持つ、最強のインフルエンザウイルスだからねえ」

「……じゃあ、北条さんは」

最悪の可能性が脳裏をよぎる。わたしの反応を見て、先生が慌てて手を振る。

「ごめんなさいねえ、心配させるようなことを言ってしまって。きっと大丈夫。針を刺したからって、確実にウイルスに感染するとは限らないしねえ」

楽観的な見方を披露してくれたものの、最初に挙げた未来があまりに重すぎた。起こってほしくないことほど起こりそうで、体の中で膨らんでいた不安は、皮膚を突き破りそうなくらいに硬度を増していた。

「……失礼します」

わたしはまともなリアクションを返せないまま、教授室をあとにした。

三階に急ぎたかったが、今はとにかく目立たないことを心掛けなければならない。わたしは状況に似つかわしくない、のんびりした速度で階段を上がった。

誰もが実験で忙しいのか、廊下にひと気はない。わたしは足音を殺しながら歩調を速め、相良さんに指示された実験室にたどり着いた。

ドアレバーを握り、ためらう心を引き裂くように、一気に押し下げた。入ってすぐのところは、前室と呼ばれる、実験準備のための部屋になっている。室内専用のスリッパが収められた下駄箱の前で、相良さんは腕組みをしていた。

「……来たか。誰にも見られなかっただろうな」

「大丈夫です。……北条さんは？」

「すぐそこにいる。ドアを開けなくても声は聞こえるようだな」

いかにも頑丈そうな銀色の扉の脇に小さなガラス窓があり、そこから室内が覗けるようになっていた。そっと近づいてみると、所在なげに実験台に肘をついている智輝さんの姿が目に入った。

彼がわたしに気づき、驚いた表情を浮かべて立ち上がる。仔犬のように小走りに駆け寄ってくる様子に、わたしの胸が強く痛んだ。

「来てくれたんだ」

ガラス窓を通して聞こえる声はくぐもっていた。わたしはたまらず、窓に顔を寄せた。

「手紙、見ました。伝えたいことがあるって……」

「ああ。ごめん、こんな形になっちゃって」

「いいんです」わたしは首を振った。「それより、お体のことが心配です」

「言い訳になるけど、運が悪かった。ちゃんと防護服は着てたんだけど、靴まで気が回らなくてね。通気性が高くなるように、つま先がメッシュ地になっていたんだ。それが良くなかった。実験中に、ウイルスが付着した針を落としちゃってね。薄いところを貫いて、足の指に針が刺さってしまったんだ」

「……疲れていたんだろう」と、相良さんがかばうように言った。

「かもしれないね。実験とか家のこととか、あと、プライベートなこととか。あれこれ考えごとをしてたから、つまらないミスをしちゃったんだ」

　でも、と智輝さんは笑ってみせた。

「嫌な考え方だけど、今回のことで得られるデータは貴重なものだよ。ウイルスの性質を解析するチャンスだ。感染力はどの程度か。毒性はどうか。致死性があるのか。貴重な情報が山ほど手に入る」

「だが、命を懸けるほどのものじゃない。……違うか」

「そりゃそうだね。……うん、本当にそうだ」

　わたしは二人のやり取りを見守りながら、智輝さんの精神力に感銘を受けていた。自らの命が危険に曝されているというのに、現状を的確に分析した上で、普段と同じように落ち着いて会話をしている。

　まるで――。その喩えを思いついた瞬間、心が震えた。

　今の智輝さんはまるで、死期を悟った末期がん患者のようだ。

「ここで待機するという話ですが……どう生活するつもりなんですか」

「トイレは、災害時のために備蓄してあった簡易トイレを使うよ。風呂は我慢するしかないけどね。食事は、大量にレトルト食品を持ち込んだから、たぶんなんとかなると思う。水は出るし、電気も使える」

「そう、ですか……」

最低限の生活を送る環境は整えられている。だが、智輝さんを軟禁状態に置くことへの罪悪感は拭えない。わたしにできることは、本当に何もないのだろうか。

　わたしが黙り込むと、「どうしたの」と智輝さんが声を掛けてくれた。わたしはガラス窓に顔を押し付けたい気持ちをこらえて、彼と正面から向き合った。

「わたしも関係者になりました。なにか、お手伝いできることはありませんか」

「あるよ。伊野瀬さんにしかできないことが」

澄んだ瞳で、智輝さんはわたしを見ていた。

「今の研究を続けるんだよ。……発症するかどうかは分からないけど、治療薬がないのは事実だ。いざとなった時に頼れる薬があってほしい」

「それを、わたしが？ でも、結崎さんが作った化合物が……」

「今日、超耐性インフルエンザウイルスを使った評価をやった。結果はあとで届くと思うけど、全滅だった。彼女の化合物は効かないんだ」

「あれだけ強かったのに、ですか」

「所詮は、既存の薬物を改良したものだからね。でも、君が取り組んでいる化合物は違う。全く新しい骨格だ。……伊野瀬さんには才能があるよ。どんなに合成が困難な物質でも、その合成ルートを見出し、有望な薬物を創り出せる。僕も相良も、そう信じている。だから、僕のことは放っておいて、いつも通りに実験しててくれたらいいよ」

「でも、こんなひどいこと……」

「非人道的な振る舞いであることは分かっている」と、相良さんが隣で呟いた。「だが、全員が納得して選んだ対処法だ。もちろん、このことは他言無用だ。研究室のメンバーは当然だが、どんなに親しい相手であっても、絶対に漏らすな」

相良さんと智輝さんが、わたしを見つめていた。逆らわないでくれと、二人の目が強く訴えかけている。受け入れるしかなかった。

相良さんがわたしの肘を強く掴んだ。

「一緒に動くと目立つから、先に出てくれ。あとで、ここは俺が施錠しておく。立入禁止にするから、不用意に近づくな。それと、ここは改装前だから電話機は外してある。もし北条と会話したくなったら、ケータイに電話しろ」

「……待ってください。少しでいいんです。北条さんと、二人にしてもらえませんか」

「ああそうか、話があるんだったな。……分かった。俺が先に行く。適当に時間を空けて出てくれ。いいな」

相良さんはドアを薄く開けると、廊下に人影がないことを確認して、素早く部屋を出て行った。

わたしはゆっくり振り返った。智輝さんは涼やかな表情でわたしを見ていた。

「伝えたいことというのは、何でしょうか」

「うん。……本当は、もっとロマンチックな場所が良かったんだけど」

智輝さんは苦笑を浮かべ、指先でそっと眉毛をなぞった。

「仕方ないから、ここで言うよ」

はい、とわたしは頷いた。声が、少し震えていた。

「僕は、伊野瀬さんのことが好きです」

——え？

今、確かに耳にしたはずの言葉が、理解できなかった。

智輝さんは照れたように視線を逸らし、学会のプレゼンテーションで時間が尽きてしまった発表者のように、急《せ》いた口調で喋り出した。

「ごめん、いきなり変なこと言っちゃって。でも、言わなきゃいけないって思ったから。ずっと前から、君に片思いしていたんだ」

わたしは吸い寄せられるように、ガラス窓に両手を押し当てていた。

「本当、なんですか」

「ああ、もちろん本気だよ。こんなの、冗談や嘘で言うことじゃない」

わたしは何度も繰り返し頷いた。

「わたしも……北条さんのことが好きです」

照れも躊躇も一切感じなかった。言えずに心の奥底にわだかまっていた言葉が、何の抵抗もなく、すんなりと出てきた。

智輝さんは「本当に？　最高に嬉しいよ」とはにかんで、窓に当てていたわたしの手に自分の手を重ねた。「早く、ここから出たいな」

わたしも同じ思いだった。わたしはドアレバーに目を向けた。

「伊野瀬さん。それはダメだ」こちらの考えを察したのか、智輝さんが強い口調でわたしを制した。「君がここに入って来ても、何も解決しない」

「でも、このままじっとしてはいられません」

「ありがとう。その気持ちは嬉しいよ。だからこそ、君は自分の研究を続けるんだ。一日でも早く外に出られるように。一パーセントでも生存確率が上がるように。……僕の、いや、僕たちの未来のために」

僕たち、という言葉で、胸がいっぱいになった。智輝さんと一緒にいられる未来。わたしが待ち望んでいた世界が、現実のものとして結実しようとしている。

「……わたし、頑張ります。待っていてください」

「ああ、君の作った薬が届くことを心待ちにしてるよ」

花奈、二度目の奇跡に巡り合う　十二月三日（月）②

事務スペースに戻ると、智輝さんが言っていた通り、超耐性インフルエンザウイルスに対する活性評価試験の結果が届いていた。市販のインフルエンザ治療薬と、結崎さんがこれまでに合成した化合物を評価していたが、いずれも効果は全く見られなかった。

机に両肘をつき、ひさしを作るように額に手を当てて、わたしは息をついた。

智輝さんを救う薬はこの世に存在しない。

今のわたしにできることは一つだけ。超耐性インフルエンザの治療薬を見つけ出す。それしかない。最も効果が期待できる、化合物Dの合成法を編み出す努力をすべきだ。

やるべきことは理解している。問題は、結果を出せるかどうかだ。精一杯やりました、でもダメでした、では済まされないのだ。

わたしは大学入学以来、五年半にわたって使い続けている愛用のシャープペンシルを手に取った。とりあえず、手を動かそう。指や腕を使うことで脳が活性化され、閃きが訪れやすくなるはずだ。

手元のメモ帳に、すでに暗記してしまった、化合物Dの構造式を描いてみる。酸素原子を表す「O」の文字が歪んでしまったので、書き損じたページを破り捨て、もう一度描き直す。

丁寧に、構造式を美しく描き上げた。しばらく眺めてみるが、何も思い浮かばない。ページをめくり、さらに何度か描いてみる。何かが起こる気配すらない。

ならばとシャープペンシルを置き、描いた線を指でなぞりながら、どう組み立てればいいかを考える。

何百回、何千回と繰り返した作業。結果は同じだった。すでに「×」マークを付けたルートが出てくるばかりで、斬新なアイディアは思い浮かばない。

今度はこめかみに手を添え、じっと構造式を見つめてみる。強く睨んだり、目を眇《すが》めたり、遠くから眺めたり。思いつくままに様々なやり方を試したが、効果はゼロ。ただ目が疲れただけだった。

一人で悶々と考えているのがよくないのかもしれない。ヒントはないかと、化学反応のデータベースにアクセスし、適当に検索してみる。時々ヒットする文献があり、期待を込めて電子ジャーナルに当たってみるものの、使えそうな反応は皆無だった。

そんな作業を続けるうちに、いつの間にか数時間が経過していた。

空腹は全く感じないが、糖分くらいは補給した方がいいだろうか。そう思って立ち上がろうとした時、「ねえ、大丈夫？」と呼び掛けられた。振り返ると、結崎さんが真後ろに立っていた。

「さっきからずっと座りっぱなしだけど」

「え、ああ……調べ物をしていたので」

「ふうん。最近、全然新しい化合物を提出できてないみたいだね」

室内には、もう一人学生がいる。彼の目を気にしているのだろう。結崎さんの喋り方は社交モードに設定されている。

「そうなんです。骨格の合成法が思いつかなくて」

「難しいことにチャレンジしてるから、しょうがないよね」

そこで、二つ隣の席に座っていた四年生が、白衣をまといながら部屋を出て行った。彼がいなくなった瞬間、結崎さんは作り笑いを引っ込めた。

「分かってるよね？　このまま行けば、勝負は私の勝ちだから」

「……でも、結崎さんの化合物も、超耐性インフルエンザには効いていませんが」

「それはそうだけど、普通のインフルエンザには効いてるじゃない。あんたの化合物は、両方ともダメ。どっちがいいかは明白でしょ」

「……そう、ですね。そういうことで構いません」

相手をするのが面倒になり、わたしはおざなりに頷いた。もはや、彼女との勝負に構っている状況ではない。

結崎さんが怪訝《けげん》な表情でわたしの顔を覗き込む。

「なに、その態度。やる気をなくすのは勝手だけど、あとでぐずぐず言わないでよ」

「やる気は、あります。……少し、外で頭を冷やしてきます」

会話を交わす気になれず、ごめんなさい、と断って、わたしは席を立った。

部屋を出たところで、ふと思いつく。あそこなら、何かが閃くかもしれない。

期待感に背中を押されるように階段を降り、小走りに玄関から外に出て、研究四号棟の裏手にある駐輪場に向かう。

辺りにひと気はない。十数台の自転車と、数枚の黄色い葉を名残惜しそうに枝先に残している木々があるだけだった。

研究四号棟の白い外壁を見上げ、窓の位置から部屋の配置を推測しながら移動する。

ここだ。わたしは建物の角で立ち止まった。すぐ頭上、三階の厚い壁の向こうに、智輝さんが軟禁されているはずだ。窓さえなく、壁から突き出た配管が見えるだけだったが、それでも、智輝さんの気配が感じ取れる気がした。

わたしは頭を垂れ、祈るように目を閉じた。

――智輝さんに会いたい。智輝さんの声が聞きたい。智輝さんに話を聞いてほしい。智輝さんの笑顔が見たい。智輝さんに見つめられたい。智輝さんに触れたい。智輝さんに触れられたい。

智輝さんに、愛されたい。

呪文のように、ただ無心で願いを繰り返す。

儀式めいた行為が、愛を知ったわたしに力を与えてくれる。無限に湧き出る勇気が、疲弊してしぼんでいた脳細胞を活性化させていく。

その時、一条の光がまぶたの裏に唐突に現れた。

ああ、これは……。

懐かしい感覚が、わたしの全身を包み込もうとしていた。夜空を彩る流星群のように、輝く粒子が次々に暗闇をよぎっていく。

やがて、淡い光の残滓《ざんし》は細い直線となり、わたしを悩ませ続けてきた、化合物Dの構造式を描き出す。

綺麗な形だね、とわたしは慈しみを込めて呼び掛ける。

褒められたことに照れたようにはじけて、化合物Dはいくつかの小さなパーツに分かれた。名もなき星座のような、不完全な断片。幾何学的な模様でしかないはずなのに、いとおしくてしょうがなかった。

数日前に聞いた、北条三朗さんのエピソードが蘇る。贅沢な遊び。彼は、研究は趣味だと言い切っていた。彼が遺した言葉の意味が、ようやく分かった気がした。

人の体内にあるタンパク質は、長い時間をかけて自然が作り上げたものだ。それは、神の造作に他ならない。

複雑な構造のタンパク質を狙って、その機能を阻害する薬物を創り出す。創薬研究は、神との真剣勝負だ。答えは必ずある。神様がそれを隠しているだけのことだ。

そして、幸運にもわたしはその答えにたどり着いた。

頰を流れる冷たい感覚で、わたしは我に返った。

顔を撫《な》で、わたしは自分が涙を流していることに気づいた。

――ありがとう、わたしのところに来てくれて。

今すぐ、合成に取り掛かりたい。そんな気持ちになったのは、研究室に入って初めてのことだった。

わたしは完成した合成ルートを書き付けたメモを手に、相良さんの元に向かった。彼は実験室にいて、実験台の前で物思いに耽っていた。

こちらに気づき、相良さんが「む」と眉根を寄せる。「何かあったのか」

「化合物Dの合成ルートを思いつきました」

相良さんはわたしの手からひったくるようにメモ用紙を取り上げ、まじまじと凝視して、「こう来たか」と呟いた。

「これで行けると思いますか」

「百パーセントの保証は無理だが、予感みたいなものはある。こいつはものが違う。そんな気がする。少なくとも、残りの日数をつぎ込む価値はある」

「安心しました」

わたしは緩みそうになる口元を引き締めた。喜ぶのはまだ早い。設計図ができただけだ。

「でも、大きな問題があります」

「それは、合成技術のことか」

わたしは頷いた。ずっと指導してくれているだけあって、さすがによく分かっている。

「文献的に既知である反応が多いですが、今のわたしの腕では無理です。かなり練習をしなければなりませんが、時間がありません」

「俺も手伝う。それじゃダメか」

「他に手はありませんか。……人命が」口にしかけて、首を振る。「すみません。とにかく、一日でも早く合成を完了したいんです」

相良さんはしばらく考えていたが、「蔵間先生に掛け合ってみる」と言ってくれた。

「他の学生を巻き込むのは難しいが、外部の業者に委託することはできる。反応条件の検討や、成功した反応の持ち上げはそっちに任せよう。多少は効率が上がる」

「よろしくお願いします」

わたしは相良さんに一礼して、すぐに自分の実験台に移動した。

白衣に袖を通し、よし、と呟いてボタンを留める。共通器具置場から一リットルサイズのナスフラスコを持ち出し、電子天秤を使ってさっそく試薬を量り取る。最初にやるべき反応はそれほど難しくない。わたしでも問題なく進められるだろう。

自分を信じるのは難しい。でも、価値があるルートだと言ってくれた、相良さんの言葉を信じることはできる。

——あれ……？

試薬瓶の蓋を開ける時、わたしは自分の心境が変化していることに気づいた。

相良さんに対する恐怖心が弱まっている。成果を褒めてもらえたからだろうか。それとも、協力を取り付けられたからだろうか。さっき会話を交わしていた時、相良さんに対する苦手意識を一切感じなかった。

卒業まであと少し。今さら打ち解けても遅いと言ってしまえばそれまでのことだが、それでも自分の成長を目の当たりにしたようで、智輝さんの命が懸かっているというのに、わたしは嬉しくなってしまった。

深夜。日付が変わって一時間が過ぎた頃、向かいの実験台で相良さんが大きなあくびをするのが見えた。

「……いかんな、集中力が落ちてる。伊野瀬は大丈夫か」

「ええ、眠気は全然ありません」強がりではなく、本当に眠くない。気力が充実しているからだろう。「少し休まれたらどうですか」

相良さんが難しい顔をして鼻の頭を掻く。

「そうだな。伊野瀬に注意されるようじゃ、指導者失格だな」

「相良さんが教えてくれたんですよ。疲れはミスしか生み出さない、だから速やかに休むのがベストな対応なんだ、って」

「なるほどな。負うた子に教えられる、ってのはこのことか。分かった。じゃあ、会議室で仮眠を取ってくる。事故にはくれぐれも気をつけろよ」

「はい。精製だけにしておきます」

「それならいい。じゃあ、またあとでな。三時間以内には戻る」

相良さんはふらついた足取りで実験室を出て行った。ドアが閉まり、実験室に残っているのはわたしだけになった。

五分ほど待って、わたしは廊下に出た。相良さんはすぐに眠りについたらしく、会議室の明かりは消えていた。わたしは足音を殺しながら会議室の前を通り過ぎた。

人の気配に意識を集中しつつ、三階へ。全員帰宅しているのだろう。廊下の電気は消えていた。わたしは非常灯の明かりを頼りに廊下を進み、智輝さんが軟禁されている部屋にたどり着いた。

ドアレバーを握ってみるが、しっかり施錠されている。鍵は相良さんが持っている。寝ているとはいえ、さすがにくすねるのは無理だ。

軽くノックをしてみるが反応はない。更衣スペースを間に挟んでいるため、奥の実験室までは音が届かないのだろう。

まだ、起きているだろうか。

わたしは携帯電話を取り出し、智輝さんに電話をかけた。

「……もしもし、伊野瀬さん？」

電話はすぐに繋がった。わたしは冷たい廊下に腰を下ろし、実験室のドアにもたれかかった。

「すみません、こんな時間に」

「いや、いいよ。どうせすることもなくて暇だったんだ。ここはネットが使えなくてね。本を読むしかないから。で、何か用かな」

「相良さんから聞いているかもしれませんが……新しい化合物の合成を始めました。もしうまくいけば、超耐性インフルエンザの脅威に対抗できるはずです」

「それは心強い。今のところ、症状が出る気配はないけど、薬があるに越したことはないから。期待してるよ」

「はい。相良さんと一緒に、頑張ります」

「うん。帰りは、相良に送ってもらってるのかな」

「そうです。脅迫状のこともあるし、用心した方がいいと言われたので。でも、今のところ、特に問題は起きてません」

「……あのさ、伊野瀬さん」

ふいに、智輝さんの声色が変わった。囁《ささや》くように彼は訊く。

「相良のこと、どう思ってる?」

「どう、って言われましても……。実験を教えてもらっている立場ですし、頼りになる人だな、と思っていますけど」

「うん、ごめん、そういうのが訊きたいんじゃないんだ。……一人の男性としてどうか、ってことなんだけど。アイツには言わないから、正直に教えてほしい」

「それは……」

言葉に詰まる。以前よりは、自然に喋れるようになった。それは事実だ。でも、それ以上の感情はない。「怖くてたまらなかった」が、「ちょっと苦手」に変わっただけだ。

だから、わたしは智輝さんのリクエスト通りに、はっきり答えた。

「……異性として見ることはできません。それがわたしの本心です」

「そっか」と、智輝さんは吐息を漏らした。「ごめん、変なこと訊いちゃって。嫉妬だよね、これって」

「ずっと、相良さんと二人で実験室にいるからですか」

「そうそう。濃密な師弟関係、って感じじゃない?」

「安心してください。尊敬はしても、ときめきはしないですから」

「嬉しいけど、あんまり言うと相良が可哀想だから。この辺で止めておこうか」智輝さんが苦笑いを浮かべているのが見えるようだった。「僕のことは気にせずに、いつも通りに実験に励んでよ。ってことで、あんまり邪魔をしてもあれだし」

智輝さんが会話を終わらせようとする。わたしは携帯電話を握り直し、「あのっ」と短く叫んだ。

「ん？　どうしたの」

「あの……」

わたしは闇の中で体育座りをしたまま、黙って呼吸を繰り返した。智輝さんはわたしが口を開くのを待っている。言わなければ、と思えば思うほど、言葉は重みを増して心の奥に沈んでいく。

わたしは退屈な沈黙をため息で終わらせた。

「……すみません、なんでもありません」

「少し、疲れているのかな。夜はちゃんと休んだ方がいいよ。ここを出たら、落ち着いて話をしよう。楽しみにしているよ」

智輝さんは一方的にそう告げて、「頑張って」と電話を切ってしまった。

——結局、言えなかった。

わたしは体温で生暖かくなった携帯電話をポケットに戻し、のろのろと立ち上がった。考えるのは止めて、ひたすら体を動かそう。そして、よく効く物質を完成させて、なるべく早く、智輝さんに出てきてもらおう。

でも――。

わたしは薄闇の中で足を止めた。

万が一、智輝さんを失うことになったら……？

考えたくない未来が、考えろと迫るように頭の中に押し寄せる。弱気がもたらす恐ろしい空想を、わたしは頬を叩いて追い払った。

そんなこと、絶対に起こるはずがない。

十二月六日（木）
花奈、想定外の事態に困惑する

朝、トイレに行こうと実験室から廊下に出た時、「花奈っぺ！」と大きな声で呼ばれた。このあだ名を使う人は彼女しかいない。声の方向に視線を向けると、御堂さんが巨体を揺らしながら駆け寄ってくるところだった。

「相良さんに聞いたよ、化合物Dのこと！」

「すみません。報告が遅れてしまって。計算してくれた御堂さんに、最初に連絡しなきゃいけなかったのに」

「そんなのどうでもいいって。やっぱり、花奈っぺが合成ルートを編み出したんでしょ」

はい、と頷くと、「ほら、あたしの見込んだ通りだ」と言って、彼女は嬉しそうにわたしの肩を叩いた。

「謙遜してたけど、すごいじゃん。才能あるよ、絶対」

「どうなんでしょう」とわたしは苦笑した。「宝くじで一等が二回当たることも、なくはないと思うんです」

「それはね、世間的には奇跡って言うんだよ。そんでもって、そういう奇跡を起こせる人を、天才って呼ぶんじゃないかな」

「天才は言いすぎだと思いますけど……」

「言いすぎじゃないってば！　才女、神の子、俊傑、ジーニアス、驚異の体現者、究極の化学者、ミラクル・ガール！　褒め言葉なんて、いっくらでも出てくるし！」

御堂さんがぴょんぴょんと飛び跳ねる。廊下に震度二の地震が起こる。彼女のはしゃぎっぷりは、ほとんど幼児のそれだった。巨人族の子供である。

「才能の有無はともかくとして、今回のことで分かった気がします。わたしって、本当にギリギリのところまで追い詰められないと成果が出せないタイプみたいです」

「そりゃ危険だ。漫画家とか小説家になるのは止めた方がいいね。寿命がモリモリ削れてくよ、絶対」飛び跳ねるのを止め、御堂さんが真顔で頷く。「それで、実際の合成の方はどうなの」

「そうですね。今のところはうまくいっています」

うまく、と表現したが、実際のところ、化合物Dの合成は、信じられないほど順調に進んでいた。

わたしが簡単な反応を、相良さんが難しい反応を担当する、という役割分担がきれいにハマり、ここまでの反応はすべて成功している。反応に失敗し、原料にした化合物を失った場合に備えて、委託先の化学合成ベンチャーで追加の原料合成をやってもらっているが、この分なら使わずに済みそうだった。

わたしが閃いたルートは、全部で八段階。八回の反応を成功させれば、目的物が得られる。現在、その内の六段階目までが終わっている。合成開始からまだ三日。驚異的な合成速度と言っていいだろう。

「それは素晴らしいね。締め切りまではまだ時間あるし、最後に一発逆転、って感じになりそうじゃないの」

「そうなるといいですね。薬効がなければ、どんなに難しい化合物を作っても意味がないですから」

効いてほしいとは思う。ただ、以前ほどの焦燥感はない。幸いなことに、智輝さんは未だに発熱していないからだ。昨日の夜も少しだけ会話を交わしたが、声の調子も普段通りで、受け答えもはっきりしていた。仮に、作った化合物が効かなかったとしても、あと数日で無事に外に出られるはずだ。

「あたしさ、花奈っぺが合成してる化合物に名前を付けたんだ」

「化合物Dに？」

「そうそう。記号で呼ぶのは味気ないから。その名はずばり、『カナフル』っ！　どう、いい名前でしょ」

「あの、まさかとは思いますけど、カナって、わたしの名前のことですか」

「そりゃそうだべ。花奈っぺが作った、インフルエンザ治療薬だから、略してカナフル。エクスフルみたいに、インフルエンザ治療薬の語尾には『フル』を付ける決まりになってるから、必然的にカナフルになったんだ」

「……さすがに自分でそう呼ぶのは、気恥ずかしいんですが」

「なんでさ」と御堂さんは口を尖らせた。

「自分の名前を入れたら、ナルシストっぽいじゃないですか。自分が大好きで仕方ない、みたいな」

「いいじゃん。あたし、花奈っぺのこと好きだよ」平然と言って、御堂さんは両手で頬を押さえて科《しな》を作る。「いやん。告白しちゃった」

「嬉しいですけど、カナフルという呼び名の正当性の根拠にはなりませんから……」

「分かった、分かりました。そんなら、あたしが勝手に広めるから。蔵間先生にお墨付きをもらってあげるから。それでいいでしょ！」

「はい、あの、ご随意に……」

わたしが止めても、御堂さんは自分のやりたいようにやるに違いない。この分だと、近いうちにカナフルという名称が定着してしまうだろう。

そこで、「あ、そうだ」と御堂さんは手を打った。

「最近、大学のすぐそばにケーキショップができたの知ってる？　オープニングセールで三割引になってるらしいよ。時間があったら今日の午後、一緒に行こうぜ」

「そうですね。少しくらいなら……」

反応の待ち時間を利用すれば、一時間やそこらは実験室を抜け出せるだろう。

そこで、はたと気づく。うっかりしていた。智輝さんと両想いになったことを、まだ早凪さんに伝えていない。実験に必死になりすぎて、それ以外のことが全く目に入っていなかった。依頼をしたのは自分なのだから、我ながらひどい話だ。これまでに大いに協力してもらったのだ。ケーキショップに行く前に、恋愛相談事務局に顔を出すのが筋というものだ。

「ごめんなさい、また今度でいいですか」

「そっか。忙しいから、当然っちゃあ当然か。おっけ。他の人を誘ってみる」

御堂さんは落胆するでもなく、「ケーキ、ケーキ」とオリジナルの鼻歌を口ずさみながら計算室に戻っていった。

午後、合成した化合物の構造解析と純度分析が終わり、完全に構造が確定した。これで残るは一反応のみ。担当は相良さんだ。難しい反応ではないので、おそらく、今日中に目的物が完成するだろう。

わたしの仕事は一段落した。ようやく空き時間ができたので、早凪さんに会いに行ってみることにした。

研究四号棟を出た途端、マフラーを忘れたことを後悔した。キャンパスが山の中にあるため、冬の冷え込みはかなり厳しい。日中でも防寒着は必須だ。戻るのも面倒なので、コートの襟を立て、小走りで歩道を駆け抜けた。

　ベンゼン池を横目に広場を通って、事務棟に足を踏み入れる。暖房のありがたさをしみじみと実感しつつ、エレベーターで最上階へ。

　廊下を歩くわたしの足取りは軽い。智輝さんの軟禁の件は伏せなければならないが、恋愛が成就したことは報告できる。早瓜さんはどんなリアクションを返すだろう。

　恋愛に、一般的に認知されている段階というものがあるとすれば、おそらくわたしと智輝さんのケースは勇み足気味と評価されるだろう。会話の時間も少ない、デートをしたこともない、笑みを交わし合ったことすら、数えるほどしかない。ないない尽くしもいいところだ。

　でも、それで構わない。

　智輝さんはわたしに想いを伝えてくれた。正直、今でも信じられないが、きっと、身の回りで起こったいくつかの出来事が、恋の引き金を引いたのだろう。そのきっかけをくれたのは、早瓜さんだ。

　ありったけの感謝の言葉を彼女に贈ろう。わくわくしながら、わたしは恋愛相談事務局のドアをノックした。

室内に入ると、「あ、伊野瀬さんだっ」と、鬼怒川さんが、いつもの笑顔でわたしを迎えてくれた。

「こんにちは。早凪さんはいますか？」

「えっ」彼女の笑顔が悪臭をもろに嗅いだように引きつる。「……あの、本人から聞いてないんですか」

「すみません、最近忙しかったので、連絡を取れてなくて。何かあったんですか？」

「早凪さん、辞めたんです。相談員」

「辞め……た？」

予期せぬ返答に、わたしは思わず事務室内を見回していた。ぽつんと目立つ、ノートパソコンやファイルが片付けられた机が、彼女の不在を如実に物語っていた。

ふと気づくと、他の相談員さんたちがこちらを見ていた。それを察したのか、鬼怒川さんが「あの、こちらにどうぞ」と面会室に案内してくれた。

わたしはいつもの席に腰を下ろし、「すみません、騒がしくしてしまって」と軽く頭を下げた。「……それで、説明の続きですが」

「はい。あの、覚えてます？　早凪さんが、一年近く休職してたって話」

「ええ。交通事故を起こして、賠償金を払うために別の仕事をしていたとか」

「そうですそうです。あれから、あたしなりに情報収集してみたんですけど、どうやら早瓜さんは、休職じゃなくて退職するつもりだったみたいなんです。でも、とりあえずは局長に慰留されたらしくって。いつでもいいから、戻ってきてほしいって。だから、ファイルとか文房具とか名刺とか机とか、そういうのは全部そのままだったんです」

「身の回りのことが片付いたから、復帰した。そういうことですか」

「みたいですね。でも、思ってたのと違うというか、勘が取り戻せなかったのかもしれないです」

「そんな……。お金の問題は、解決したんですか」

「そこまではさすがに……」鬼怒川さんが残念そうにうなだれる。「……あたし、今回の復帰って、すっごく嬉しかったんです。いっぱい技術を盗んで、最強の相談員になろうと思ってて。……でも、こんなに早くいなくなっちゃうなんて。まだ、全然何も教わってないのに」

鬼怒川さんのつぶらな瞳から、涙の粒がぽろりとこぼれた。胸が苦しくて、なんとかしてあげたくて、わたしは席を立って、彼女の背中にそっと手を回した。

「まだ、教わるチャンスはあるかもしれませんん」

「伊野瀬……さん……？」

「話をしてみます」

わたしはその場で携帯電話を取り出し、早凪さんに電話をかけた。ずっと連絡を取っていなかったので繋がるか不安だったが、早凪さんはすぐにコールに応じてくれた。

「こんにちは。どうしたの、花奈ちゃん」

普段と同じ、明るい喋り方。子供と話す時の幼稚園の先生に似ている——そのことに、わたしは気づいた。彼女自身が言っていた。そうだ。これは演技なのだ。

「今、恋愛相談事務局に来ています。相談員をお辞めになったそうですね」

電話の向こうで、早凪さんが寂しげに笑うのが聞こえた。

「……そっか、バレちゃったか。実験で忙しいみたいだから、落ち着いてから説明しようと思ってたんだけど」

「あの、鬼怒川さんから、大体の事情は伺いました。交通事故とか休職とか、きっと、わたしには計り知れない大変な苦労があったんだと思います。でも、いきなり辞めることはないんじゃないですか」

「ごめんね。花奈ちゃんの依頼、中途半端なところで終わらせることになって。でも、それについては、直接会って、ちゃんと全部言うから。それだけは、絶対に約束する」

「辞めるのは、もうどうにもならないんですか」

「……厳しいかな、精神的に」早凪さんは苦悩を滲ませた呟きを漏らした。「恋愛そのものに関わるのが、怖くなっちゃって。情けない話だけど」

「わたしのせいですか」たまらず、わたしは訊いた。「わたしが、無茶なお願いをしたから、それで……」

「関係ないよ。提案したのは花奈ちゃんでも、賛成したのは私。辞める決意を固めたのは、全然……っていうと嘘になっちゃうけど、あのこととは別の理由。それだけは確かだよ。だから、気にしないで」

「早凪さん……」

「それよりさ。実験、終わったの？」

「いえ、まだ……かなり進んではいますが、もう少し掛かりそうです」

「じゃあ、それが片付いたら、また連絡して。どこかで会って、ゆっくり話をしましょ。いい薬、作ってね」

最後はいつものくだけた調子で言って、早凪さんは電話を切った。結局、智輝さんとのことを話せずに終わってしまった。

「どうでした？」と、瞳を潤ませながら、鬼怒川さんが尋ねる。わたしには、黙って首を横に振ることしかできなかった。

花奈、永遠の別れに涙する　十二月八日（土）

夕方。自分の席で化合物のNMRデータをまとめていると、ノートパソコンの画面に、新着メールの到着を告げるアイコンが現れた。

——来た。

わたしは逸る心を抑えるように、チャートを綴じる作業を終わらせ、ファイルを棚に収めてから、メールソフトの画面を呼び出した。

メールのタイトルは、〈新規化合物の抗ウイルス評価試験結果〉。表計算ソフトのアイコンをダブルクリックし、添付されたファイルを開く。

基準となるエクスフル、結崎さんが新たに合成した化合物、そして、その下に、化合物Dの構造式と、超耐性インフルエンザウイルスに対する活性値が記載されている。

五〇パーセント阻害濃度は、〇・〇三五μM。エクスフルも、結崎さんの最強化合物も達成できなかった、圧倒的な阻害活性だった。

わたしは隣の席に目を向けた。結崎さんも、送られてきた結果を見ていた。

「……すごいね、伊野瀬さん」

彼女は引きつった笑顔を浮かべた。近くに他の学生がいる手前、猫を被らざるを得ないのだろう。これはこれで辛い生き方だな、とわたしは彼女に同情した。

「私の勝ちみたいですね」

わたしの言葉に、彼女が首をかしげる。

「何のことか、よく分からないけど」

「活性試験の結果で、勝負をすると約束したはずですが」

「ああ、あのこと？　負けた方が、新しくできたケーキショップのホールケーキをおごるっていう」結崎さんは笑いながら立ち上がった。「落ち着いて考えてみたんだけど、止めておいた方がいいんじゃない？　一気にたくさん食べたら、御堂さんみたいになっちゃうかも」

さすがだな、とわたしは純粋に感心した。こうまでうまくごまかされては、反論しようという気にもならない。

「そうですね。それで、構いません」と、わたしは了解の意思を示した。智輝さんに好きだと言ってもらえた以上、告白云々の勝負にこだわる意味は全くない。

「あ、そう？　じゃあ、そういうことで」

ほっとした表情で頷くと、「さあて、今日も国試の勉強に勤《いそ》しもうかな」と言って、結崎さんはそそくさと部屋を出て行ってしまった。

結崎さんと入れ替わりに、相良さんがわたしのところにやってきた。その表情からは、何かをやり遂げたという達成感が滲み出ていた。

「結果が出たな」

「効いていましたね。それも、ものすごく強く」

「そのようだな。これなら、動物試験でも相当いい結果が期待できる。スーパー・エクスフルの誕生だ」

「じゃあ、これで北条さんは」

小声で尋ねると、ああ、と相良さんが頷いた。

「いい薬剤もできたし、あれから五日経っている。インフルエンザの潜伏期間は、一般に四、五日。明日には出られるだろう」

「そう、ですか……」

うまくいってよかった。わたしは安堵の吐息をついた。

体内に侵入したウイルス量が少なかったのか、免疫が活躍したのか、いずれにせよ、智輝さんは結局発症せずに済んだ。そして、スーパー・エクスフル・プロジェクトは一つの区切りを迎えた。失敗ばかりでろくな成果は出せなかったが、最後にいいところを見せられた。

胸を張って修士課程を修了できそうだ。

「頑張ったな、伊野瀬」

相良さんがぽつりと漏らした言葉に、慌てて視線を向ける。だが、相良さんは相変わらずわたしの方を見ていない。ああ、とわたしは気づく。相良さんは、人と目を合わせて喋るのが苦手なだけで、わたしを嫌っているわけではないのだと。

アイツは照れ屋で、人を褒めるのが苦手なんだ——いつか、智輝さんが言っていた。今なら分かる。わたしが実験下手であるのと同じように、相良さんはコミュニケーション下手なのだ。

親近感が、じんわりとわたしの心に満ちていく。もしかしたら、わたしたちは意外と似ているのかもしれない。

と、そこで机の上の電話が鳴り出した。相良さんがわたしを制して受話器を取った。

「……はい……はい」相良さんは神妙な表情で受け答えをしている。「分かりました。すぐに行きます」

受話器を戻し、相良さんは白衣を脱いだ。

「蔵間先生からだ。話があるから来てくれ、ということだ」

教授室に入った瞬間、わたしは「あっ」と思わず声を漏らしていた。

来客用のソファーに、再会を夢見ていた人が——智輝さんが座っていた。

「やあ、久しぶりだね」優雅な仕草で、智輝さんが軽く手を挙げた。「適当に座って」

智輝さんの向かいのソファーには、蔵間先生の姿があった。いつになく穏やかな顔でわたしを見上げている。手招きされたので、わたしは先生の隣に腰を下ろした。

「さっき、アッセイ結果を見せてもらったけど、素晴らしい数値でしたねえ」

「ありがとうございます」

「やっぱり、あれかしらねえ。火事場のなんとか」

「馬鹿力」と相良さんが補足すると、「わざとぼやかしたの。女の子に馬鹿なんて言っちゃダメでしょう」と、蔵間先生が笑った。

「とにかく、見事にやり遂げましたねえ」

「切羽詰まった状況に置かれたのが良かったんだと思います。さすがに、二度とやりたくはないですが」

「そうねえ。今後は、平時でも成果を出せるようにトレーニングしなくちゃねえ」

「頑張ります」としっかり答えて、わたしは姿勢を正した。お褒めの言葉をいただくのも嬉しいが、今はそれより智輝さんの話が聞きたい。

「いつ、外に出てこられたんですか、北条さん」

「ん……。えっと、そのことなんだけど」

なぜか智輝さんは困った様子で頭を掻いている。

「君からは言いにくいでしょうねえ。私から説明しましょう」

蔵間先生が、そっとわたしの手に自分の手を重ねた。

「ごめんなさいね、伊野瀬さん」

何を謝っているのだろう。わたしは、はす向かいに座る相良さんに目を向けた。彼はうなだれて、じっと自分の指先を見ていた。

「落ち着いて聞いてねえ。ウイルスが付着した針を間違えて刺してしまったという話は、嘘だったの」

「うそ……って」

わたしの呟きに合わせて、蔵間先生がわたしの手をぎゅっと握った。

「分かる？　あれは、自作自演。感染も、軟禁もしていないの」

眼前で、智輝さんが頷く。

「申し訳ない。ここしばらくは、国内の学会をハシゴしていたんだ」

じゃあ――とわたしは心の中で囁いた。ノックしても反応がないのは当たり前だった。あの時、こっそりわたしが会いに行った時、智輝さんは実験室ではなく、どこかの地方のホテルにいたんだ――。

「どうして……ですか。どうして、そんなことを……」

「発案したのは俺だ」

相良さんが、絞り出すように言った。

「伊野瀬には才能がある。それは間違いない。あとはきっかけだけだ。だから、状況を再現しようと思った。院試でエクスフルの合成ルートを見出した時、たぶん、お前は相当追い詰められていたはずだ。あの時みたいに、頭が真っ白になるくらい必死で取り組めば、化合物Dの合成ルートも閃くんじゃないかと思ったんだ」

「恨むなら、僕を恨むべきだ」智輝さんがこちらに身を乗り出した。「具体的な手段を考えて、実行したのは僕だ。相良や蔵間先生は、ただ演技をしていただけなんだ」

「私だって同罪ですよ。許可を出した張本人ですからねえ」

相良さん、智輝さん、蔵間先生。みんなが口々に種明かしをする。わたしは混乱を収められないまま、目を閉じ、ただじっと座っていることしかできずにいた。

慰めてくれていた三人も、やがて言葉を失い、順に静かになっていく。

どれくらい、そうして揃って黙っていただろうか。

全部が虚構で、わたしは騙され続けていた。その事実が頭の隅々に行き渡った頃には、わたしの顔は涙でぐしゃぐしゃになっていた。

「伊野瀬……」

相良さんが心配そうにわたしの名を呼ぶ。

この涙は違うんです、そんなに辛そうにしないでください――そう伝えたかったが、口を開くと嗚咽が漏れてしまうので、わたしは子供のように首を横に振った。

悔しさや憎しみや怒りではない。わたしの中にあったのは、後悔だけだった。

――これは、天罰なんだ。

涙が、次から次へとあふれてくる。顎の先から滴り落ちた液滴がジーンズに染み込んでいく。わたしの手を握っている蔵間先生の手も、すっかり濡れてしまっているだろう。

言わなければいけないことがたくさんあった。でも、今この場ですべてを告白することはできない。

わたしは顔を伏せたまま、喉の奥から無理やりに言葉を絞り出した。

「……ごめんなさい」

たっぷり一時間半は泣いただろうか。教授室を出ると、外はすっかり暗くなっていた。泣き止まないわたしに気を遣って、三人ともが席を外してくれた。蔵間先生の仕事を邪魔してしまった。あとで謝らなければならない。

「もう、落ち着いたかな」

いきなり声を掛けられ、わたしは飛び上がるほど驚いた。廊下には、智輝さんの姿があった。まさか待っているとは思わなかった。

化粧が落ちてしまった顔を見られないように、わたしは彼に背を向けた。

「ごめん。ひどいことをした」

智輝さんの声が近くなる。わたしとの距離を詰めたらしい。これでは、ますます振り向きづらい。

「どんな言い訳をしても、やったことが許されるとは思ってないよ。命をもてあそんで、伊野瀬さんに強烈なストレスを与えたわけだから」

わたしは背中を向けたまま、「それはいいんです」と答えた。

「それより、教えてほしいんです。化合物Dは、本当に効いているんですか」

「ああ。もちろんだよ。アッセイ結果は本物だ。研究室の全員を巻き込んで、君を騙そうとしたわけじゃない」

「……それを聞いて、安心しました」

窓ガラスに自分の顔が映っている。我ながら、もう一度泣き出したくなるほどひどい顔をしている。智輝さんに悪気はないのだろうが、これではいつまで経っても顔を見せられそうにない。

「まだいくつか、謝らなくちゃいけないことがある」

わたしは智輝さんに後頭部を見せたまま、頷いた。

「まずは、あの手紙のことだ。偽りの感染事件が起こった朝、伝えたいことがあると、君を呼び出したよね」

「……大丈夫です。ちゃんと分かっています。あれは、わたしの行動をコントロールするためのものだったんですね」

「ああ。すぐに僕に会いに来ると思った。だから、相良を階段の踊り場に待機させていたんだ。こちらの書いたシナリオに乗せる必要があった」

「どうして、メールじゃなくて手書きのメモにしたんですか」

「朝来たらすぐに気づいてほしかったんだ。パソコンにメールを送っても、朝一番で見てくれるとは限らない。相良に待ちぼうけを食わせるわけにはいかないからね。封筒に入れたのは、他の学生に見られないようにするため」

「そうですか。……謝りたいのは、そのことですか」

「……いや、違う。僕はもっとひどいことをした」

――やっぱり、そうなんだ。

智輝さんの口調で、わたしは自分の推測が正鵠を射ていたことを悟った。

「あの告白も、嘘だったんですね」

「……気づいていたのかい？」

智輝さんの声には驚きの色が混じっていた。

「いえ、さっき、教授室で一人になった時に考えました。大掛かりなお芝居をするんですから、ベストを尽くそうとすると思ったんです。命の危機だけでは、まだわたしの能力を引き出せないかもしれない。ダメ押しをしようとすれば、恋愛感情を利用するのが手っ取り早いでしょうから」

わたしは自分でも意外なほど淡々と喋っていた。

わたしはたった今、人生初の失恋をした。

衝撃はなかった。涙が涸《か》れるまで泣いたせいで、一時的に感情が麻痺しているのも冷静さの一因だったが、おそらく、わたしは心のどこかで、智輝さんの告白を疑っていたのだ。こんなわたしを好きになるはずがない。自己評価の低さが、結果的にはわたしを救ったことになる。

わたしは夢を見ていた。そして、ついさっき、その夢から醒めたのだ。

ただ、それだけのことだ。

「当然、わたしの片思いのことも、見抜いていたんですよね」

「……ああ。襲撃事件の時に、なんとなくストーリーが見えたんだ」

ふっと、心が軽くなった。智輝さんは全部知っているのだろう。直感的に、そう理解した。

今なら、すべてを告白できる気がした。

「怒らないのかい？　それとも、呆れすぎて、怒る気にもなれないかな」

わたしは首を振った。怒ってなんかいない。ただ、自分の愚かさを悔いているだけだ。

一呼吸分の間を空けて、わたしは言った。

「北条さん。意趣返しって言葉、ご存じですか」

「……ああ。復讐みたいな意味だよね」

「ウイルス感染のお芝居は、それだったんですか」

智輝さんがどんな顔をしているのか、背中を向けているので見えない。それでも、言い淀んでいる様子から、わたしの言葉の意味が伝わっていることは分かった。

「わたしのしたことに、気づいていたんですよね」

「ああ。確かに知っていた。でも、嫌がらせをするつもりはなかった。あの件と、感染捏造《ねつぞう》の件は関係ない」

「そうなんですか。あの日……机に置いてある北条さんの手紙を見て、ちょっと驚いたんです。外見が、そっくりでしたから。以前、わたしが書いた脅迫状に」

十一月の下旬に、智輝さんの元に届けられた、わたし宛の脅迫状。あれは、わたしが自分の手で作成したものだった。

智輝さんに少しでも近づきたい。その想いが、今にして思えば無謀な行為へとわたしを走らせた。

脅迫状だけではない。不審者がキャンパスで目撃されたという情報も嘘だ。帰り道での襲撃は自作自演。わたしが頼んでやってもらったことだ。

大学の事務の人間を装って、蔵間先生に不審者への注意喚起を促す電話をかけた人物。わたしと細かく連絡を取り合って、都合のいいタイミングで襲い掛かってきた人物。

協力してくれたのは、どちらも早凪さんだった。

──わたしが誰かに狙われていることを知ったら、北条さんは力になってくれると思うんです。だから、嘘の脅迫状を作ったんです。……手伝ってもらえませんか。

恋愛相談の枠を超えた、自分勝手なお願い。それなのに、彼女は快く引き受けてくれた。こうすれば、より効果が見込めると言って、襲撃することを提案してくれた。忙しいはずなのに、寒いキャンパスで待ち伏せをしてくれた。

智輝さんが彼女を追いかけようとした時、わたしは慌てて彼の腕を掴んだ。足止めのつもりだった。まさか滑って転ぶとは思わなかったが、大した怪我はなかったし、早凪さんのことも隠し通せたので、結果オーライだと思っていた。

だが、やはりあの一件は作為的すぎたのだろう。襲撃の不自然さから、脅迫が嘘であることを智輝さんに悟られてしまった。今にして思えば、あの襲撃以降、智輝さんは脅迫について楽観的な見方をするようになっていた。当たり前の話だ。程度の低いお芝居に付き合うのは、さぞかし苦痛だったに違いない。

改めて、思う。わたしはなんて醜い心の持ち主なのだろう、と。

智輝さんたちに騙されたことを責める資格などない。自分の罪の重さと等しい、公平な罰を受けただけのことだ。

研究と恋。この数年間、わたしの日常の根幹を支え続けてきた二つの柱が、音を立てて崩れ落ちようとしている。

——終わったんだ、何もかも。

わがままで、傲慢で、わたしを振り回し続けた厄介な親友に、永遠の別れを告げるような、一抹の寂しさがあった。涸れたはずの涙が、また込み上げてくる。

もう、智輝さんと会話を続けられないし、続ける必要もない。その場でくるりと素早く反転すると、わたしは顔を伏せ、智輝さんの横をすり抜けた。

「……伊野瀬さん」

一刻も早くこの場から逃げ出すつもりだったのに、智輝さんの声でわたしの足は床に縫い付けられてしまう。

「約束のことは、覚えてるかな」

「……はい」わたしは再び、背を向けたまま言葉を交わすことを選んだ。「軟禁状態が終わったら、ちゃんと話をしようって」

「そう。……僕は謝らなきゃいけない」

「もう、謝ってもらいました。わたしは本当に、恨んでいません。だから、もうこれ以上話すことは……」

「まだ、なんだ」智輝さんがわたしの言葉を遮った。「まだ、君に隠していることがある。それを説明する場を設けさせてほしい」

これ以上、一体何を説明するつもりなのだろう。疑問を消化できずに黙っているわたしに、智輝さんは毅然《きぜん》とした声で言った。

「その場に、僕の片思い相手を連れて行く。伊野瀬さんに、紹介したいんだ」

対面　十二月九日（日）

「ここで結構です」

敏江はタクシーを降り、一つ息をついた。

地図をしまい、目の前の門柱に埋め込まれた表札を確認する。知り合ってからもう十年近くになるが、中原の自宅に呼び出されたのは初めてだった。

インターホンを鳴らすと、すぐに返事があった。しばらく待っていると、玄関ドアが開き、中原が敏江を出迎えた。

「いらっしゃい。遠かったでしょう。足腰は大丈夫ですか」

「タクシーで来ましたから。それより、急にどうしたんですか。呼び出しなんて」

「どう、ということはありません。強いて言うなら気まぐれですね。仕事を離れて、ゆっくり話をしてみたくなっただけです」

中原はいたずらっぽく笑い、敏江をリビングに案内した。

ソファーに腰を下ろし、敏江は室内を見回した。シャンデリアのような派手なインテリアはないが、革張りのソファーは、ついさっき運び込まれたのかと見間違うほど丁寧に手入れされている。シックな色合いのサイドボードは、おそらく北欧からの輸入品だろう。大理石の台に載せられた純白のコーン型の花瓶には、薄桃色のマーガレットが五本だけ活けてある。贅沢な空間の使い方だった。

「いいお宅ですね。旦那さんは、今日は？」

「磯釣りをしに、千葉の方に行っています」中原は、トレイにティーポットとカップを載せてキッチンから戻ってきた。「厄介払いができて助かりました。いると邪魔になりますから」

「逆に、のろけ話に聞こえますが」と敏江は笑った。「お茶なら、私がやりますよ」

「いいんです。今日はあなたはゲストなのですから」

中原は腰を浮かせかけた敏江を制して、ガラステーブルにトレイを置き、ベテラン執事を思わせる美しい所作でカップに紅茶を注ぎ入れた。

「どうですか。新居での生活は」

「……大丈夫です。それなりに楽しくやっています」

つい二日前、敏江はアルカディア三鷹の自宅を引き払い、実家の近くのアパートに引っ越していた。

あの日、密室傷害事件の謎が解かれた日の夜、涼音が口にした衝撃的な一言が、三朗の思い出にしがみついていた敏江に転居を決心させた。

——智輝くんは、あんたのことが好きなんだよ。

言われて、初めて気づいた。その可能性を、敏江は端《はな》から除外して考えていた。だが、改めて思い出してみると、確かに智輝の立ち居振る舞いには、確かに自分に対する思慕の念が込められていた。涼音はずっと前からそのことに気づいていたのだ。

智輝に魅力を感じないわけではない。いや、それどころか、彼に心惹かれている自分を否定できずにいた。智輝が時折見せる亡夫の面影が、闇夜に目撃した眩《まばゆ》い光のように、いつまでも脳裏に残っていた。

それでも敏江は、智輝の想いを受け入れるべきではないと考えていた。覆しようのない過去が、敏江の心を強く束縛していた。

自分と結婚したせいで、三朗は命を落とした。自分は、男を不幸にする女だ。智輝には、研究者としての未来がある。智輝のため、そして、三朗のために、それを邪魔することだけはしたくなかった。

一刻も早く離れなければ——そう思ったからこそ、敏江はアルカディア三鷹から逃げ出したのだった。

敏江は紅茶に口をつけて、向かいのソファーに座っている中原に目を向けた。

「あの、局長」

「名前で結構ですよ。ここは事務局ではありませんから」

「……では、次代《つぎよ》さん。和房さんはあれからどうなりましたか」

「大麻栽培は当然犯罪ですが、他人に売りさばいていたわけではありませんから、そこまで重い罪にはならないようです。過去の判例からすると、懲役二年、執行猶予四年、というところでしょう。これで、少しは反省してくれるといいのですが」

中原は他人《ひと》ごとのように、淡々と身内の犯罪を語った。

「千亜紀さんは、ショックを受けていませんか」

夫が逮捕され、息子が祖父に怪我を負わせたのだ。さすがにがっくり来ているだろう。敏江はそう考えていたが、中原は「そうでもないようです」と答えた。

「憑《つ》き物《もの》が落ちた、というのでしょうか。心を入れ替えて、あなたの代わりに家事を始めたそうです。他にやる人間がいないという事情はあるのでしょうが、いい傾向です」

「大丈夫ですか。真面目になった千亜紀さんに感心して、一朗さんが彼女に遺産を全額相続させる可能性も……」

「兄は、それほど甘い人間ではありませんよ」と中原は断言した。「長年の付き合いですから、その辺はよく分かっているつもりです」

「次代さんが言うのなら……そうなんでしょうね」

「さて、そろそろ本題に移りましょうか」

中原は居住まいを正し、正面から敏江をまっすぐ見据えた。青い氷の柱を思わせる、曇りのないまっすぐな視線に、敏江の背筋も自然と伸びた。

「先日連絡をもらった、智輝の恋愛問題の件です。恋愛相談事務局への依頼を取り下げる、ということですが、それでいいんですね」

「……はい。片思いの相手が判明しましたから」

「その方との恋愛を成立させる必要はないと？」

「止めた方がいいと思います。だから、終わりにしてください」敏江は深々と頭を下げた。

「お忙しい中、直接ご対応いただき、ありがとうございました」

「礼は不要です。私は基本的には何もしていませんから」

中原は切り捨てるようにきっぱりと言った。

「……どういうことですか」

「智輝に頼まれていたからです。あなたが依頼に来たら、引き受けるふりをしてくれと。だから、そのまま放置していました」

極めて事務的な口調で説明して、中原は携帯電話を取り出した。彼女はどこかに電話をかけたが、通話もせずにすぐに切ってしまった。

「今のは……」

「私は席を外します」

中原が立ち上がったのとほぼ同時に、リビングのドアが開き、北条智輝が姿を見せた。その手には、携帯電話が握り締められている。

「どうして」敏江は中原を見上げた。「どうして、智輝さんがここに」

「これも彼からの頼みごとです。あなたと話をしたいから、場所を提供してほしいと言われました。可愛い姪孫の頼みです。引き受けるしかないでしょう。騙す形になったことは謝罪します」

中原は軽く顎を引くと、足音を立てずにリビングを出て行った。

彼女と入れ替わりになる形で、智輝が敏江の向かいに腰を下ろした。

「よかった、元気そうで」

「智輝さんも」敏江は微笑みを浮かべた。頬が引きつっているのが自分でもよく分かった。

「研究は、相変わらず忙しいんですか」

「いや、今はそうでもないよ。プロジェクトが区切りを迎えたからね」智輝は屈託のない笑顔を見せた。「なんだか、毎回こんな会話をしてるね、僕たち」

「そう……かもしれませんね」

「研究の話は、今日は止めよう。もっと大事なことを伝えに来たんだ」

深刻さを含んだ口調に危険な予兆を感じ取り、敏江は話題を逸らすために、自分から口を開いた。

「最初から、次代さんとグルだったんですね」

出鼻をくじかれたらしく、「それは……」と智輝は狼狽《ろうばい》を露にした。

「はっきり答えてくれませんか」

「……認めるよ。僕は確かに、次代ばあちゃんに事前に相談していた。マンションの近くで敏江さんに会って、片思いしていることをそれとなくほのめかした、あの日より前に」

「分かりません。次代さんという、信頼できる相談相手がいたのに、どうして私にそんな話をしたんですか。右往左往する私を見て楽しむためだったんですか」

「違う」と、眉根を寄せ、智輝は悲しげに首を振った。

「僕はただ、敏江さんを元気づけたかっただけなんだ。恋愛相談事務局に足を運んでくれさえすれば、あとは次代ばあちゃんがなんとかしてくれるって、そう約束してもらえたから、それで……」

ああ、と敏江は嘆息した。智輝は、自分のために行動してくれていた。それに気づかなかった自分の愚かさが憎かった。

「昔を思い出して、私がやる気を出すと考えたわけですか……」

「半分は、そう」智輝は唇を嚙んでうつむいた。「……半分は、僕の気持ちに気づいてもらえるか、試すためだけど」

敏江は意図的に、智輝の言葉の後半部分を無視した。

「私は、そんなに……ひどい状態でしたか」

「正直、見てられなかったよ。三朗じいちゃんが亡くなってから、敏江さんは変わってしまった。笑顔はどれも作り物だし、いつ会っても憂鬱そうだった。だから、なんとかしなきゃと思って」

いいえ、と敏江は智輝の言葉を否定した。

「変わったんじゃなく、元に戻っただけです。私はたぶん、ずっと演技をしていたんです。今の私が、本来の私なんです」

「そんなことないよ。僕と出会った頃の敏江さんは、いつでもきらきら輝いていた。眩しくて、神々しくて……美しくて。僕は、そんなあなたに惹かれたんだ」

智輝のまっすぐな言葉の一つ一つが、熟達した狙撃者が撃ち出す弾丸のように、的確に敏江の心を捉えていた。

これ以上聞いてはいけない。今すぐここから立ち去るべきだ――。

理性が発する警告音を、敏江は確かに認識していた。だが、本能が、とうに捨てたと思っていた「女」の部分が、敏江の体をその場に留まらせていた。

「敏江さん」

智輝は真剣な眼差しで敏江を見つめていた。

情熱的で、愚直なまでに澄み切った視線。

ああ、あの目だ――。敏江は、三朗にプロポーズされた日のことをまざまざと思い出していた。

「僕と、結婚してください」

あの時聞いた台詞と全く同じ言葉を、智輝は口にした。懐かしさを感じると同時に、喜びに打ち震えている自分がいた。

「法律上は何の問題もないよ。僕と敏江さんは傍系姻族だからね」

敏江は無言で首を横に振る。

「一朗じいちゃんが反対するかもしれないって思ってるの？　それなら大丈夫だよ。僕が全身全霊を懸けて説得してみせる。僕は敏江さんのことが好きなんだって、はっきり言うから。認められなかったら、北条の姓を捨ててもいい。助教のうちは生活が苦しいと思うけど、きっと偉くなってみせるから」

「……ください」

「え？」智輝はソファーから身を乗り出した。「なんて言ったの、今」

敏江は唇を噛んでうつむいた。

「……それ以上、言わないでください」

「どうして、言っちゃいけないの。嘘は一個も言ってないよ。正直な気持ちだけ」

「だから、です」

敏江はすでに理解していた。三朗がそうだったように、智輝も本気で求婚しているのだと。科学の道に邁進《まいしん》する、透明度の高い心根を持つ研究者だと知っているからこそ、信じずにはいられなくなる。恐れずにはいられなくなる。

「もう一度、言うね。敏江さん。僕と一緒になりましょう」

「……止めておいた方がいいです」

「どうして？」

「私、膝や腰がすぐ痛くなるんです。一緒に歩くと迷惑を掛けます」

「そんなこと。事故の後遺症だから仕方ないよ。いつでもゆっくり歩くように心掛けるよ。約束する」

「ロッキングチェアーに座って、日向ぼっこをするのが趣味の、つまらない女です」

「もう一脚、すぐに買ってくるよ。並んで温まりながら、いろんな話をしよう」

「仕事を辞めてしまったんです。このままだと、ニートになってしまうかも」

「専業主婦はニートじゃないよ。家事だって立派な労働だ」

「……三朗さんのこと、忘れられないかもしれない」

「逆だよ、それ。忘れたら怒るよ。僕が一番尊敬する人なんだ。僕と三朗じいちゃんをいっぱい比較して、いいところがあれば教えてくれたら、それでいいよ」

「そう、ですか……」

──やっぱり、ダメだった。

自然と、頬が緩んだ。智輝が姿を見せた時点で、こうなることはなんとなく分かっていた。断れるはずがなかったのだ。

「……この台詞を言うのは、二回目なんです」

うん、と智輝が頷いた。敏江は深々と頭を下げた。

「不束者《ふつつかもの》ですが、末永くよろしくお願いいたします」

「ありがとう。……こちらこそ、よろしく」

智輝は静かに立ち上がり、敏江の隣に腰を下ろした。

肩に手を回し、そっと抱き締めようとした瞬間、無粋なチャイムの音が鳴り響いた。智輝は苦笑を浮かべて、伸ばしかけていた腕を引っ込めた。

「失敗したなあ。もう少し、待ち合わせの時間を遅らせておけばよかった」

「他にも誰かを呼んでいたんですか」

「うん。約束したからね、全部説明するって」

緊張から解き放たれた、自然な笑顔を残して、智輝はリビングを出て行った。開いたドアの隙間から、中原が玄関に向かうのが見えた。

玄関ドアの開閉音に続き、智輝と中原が来客と挨拶を交わす声が聞こえてくる。やがて、再びリビングのドアが開き、伊野瀬花奈が姿を見せた。

「さあ、座って」

智輝が促しても、花奈は入口付近に立ちすくんだまま動かない。困惑顔で、敏江と智輝と中原の間でおろおろと視線を往復させるばかりだった。

「……すみません、わたし、全然状況が分かってなくて。こちらは、北条三朗さんのお宅なんでしょうか」

「いえ、違います。私の自宅です」と、中原が冷静に答える。

「え、でも、三朗さんの奥さんなんですよね。ほら、前に大学のキャンパスで会った時に、三朗さんのお話をしていただいたじゃないですか」

「勘違いをなさっていますね。わたしは三朗の姉です」

「お姉、さん……？」

「はい。中原次代と申します。恋愛相談事務局の局長を務めております」

説明を受けても事情が飲み込めないらしく、花奈は落ち着きなく室内を見回している。迷い子のように戸惑う彼女の肩を、智輝が軽く叩いた。

「大丈夫、ちゃんと全部説明するから」

「そうしてもらわないと、何がなんだか……」

ようやく一歩を踏み出そうとして、花奈はまた立ち止まった。まじまじと敏江を見つめて、不思議そうに首をかしげた。

「あの……。どうして、早凪さんがここにいらっしゃるんですか」

訣別　十二月十日（月）

『——敏江さん』

懐かしい声に呼び掛けられ、目を開く。

すぐそばにスーツを着た夫の姿を見つけた瞬間、敏江は、自分が夢を見ていることを知った。

白い霧に包まれた、どこでもない空間で、敏江と北条三朗は向かい合っていた。

『三朗さん……』

三朗は笑みを浮かべて、『おめでとう』と敏江を祝福した。

敏江は何も言わず、ただ頷くだけに留めた。「ありがとう」も「ごめんなさい」も、この場には似つかわしくない言葉のような気がした。

『考えてみれば、あれからまだ二年も経っていないんだ』

『……あれから？』

『うん、僕たちが出会った日からだ』

ふと気づくと、敏江は黒のスーツを身にまとっていた。恋愛相談事務局で、正相談員として勤務していた当時に着ていたものだ。

『五月の、よく晴れた日だった。あの日、僕は君のところに行くつもりはなかったんだ。智輝の研究室を見学して、そのまま帰る予定だった。たまたま、駅に向かうバスが遅れていたから、時間潰しのつもりで、次代姉さんの職場を見に行った』

『そして、私がそこにいた』

『そう。もし世の中に奇跡なんてものが存在するなら、まさにあれがそうだったんだと思う。僕は齢《よわい》六十五にして、ようやく運命の女性と出会えた。ずっと独身でよかった、とすら思えた』

『私のどこがよかったんですか』

『……言葉にするのは難しい。ただ、ピンと来た、としか言いようがない。少なくとも、僕にとってはそれで充分だった。まあ、周りからは色々言われたがね』

三朗は照れたように頭を掻く。

『しょうがないですよ』と敏江は微笑んだ。『年の差婚は、世間からは後ろ指を差されがちなものですから』

『確かに、そうだね。十や二十ならともかく、三十八歳も差があったんだからね。財産目当てと言われるのも当然かもしれない。ちなみに僕の遺産は、まだあるかな?』

『ええ。使わずに、銀行に入れてあります。いざというときが来るまでは、自分の貯金だけでやっていくつもりです』

『そうか。敏江さんはしっかりしているから安心だ。智輝と一緒になっても、その調子でうまくコントロールしてやってほしい』

敏江は三朗の物言いに、寂寥《せきりょう》の気配を感じた。

『……もう、逝かれるつもりですか』

三朗は穏やかな表情で頷いた。

『ああ、少し長居をしすぎたようだ。君には迷惑を掛けた。本当に申し訳なく思う』

『そんなこと』

『でも、もう大丈夫だ。僕がいなくてもやっていける』

敏江はうなだれ、首を横に振った。

『……寂しくなります』

『心配ない。君には智輝がいる。それに――』

三朗は目を細め、ゆっくりと敏江の背後を指差した。彼の視線の先には、見慣れた恋愛相談事務局のドアがあった。

『多くの若者が、君の本格復帰を待ち望んでいる。僕が君と出会ったように、君と智輝が出会ったように、無数の出会いが世界に満ちている。中には、混線したり、すれ違ったり、途切れかけているものもあるだろう。それをあるべき形に導くのが、君の仕事だ。きっと、忙しくなる。寂しがっている暇はないよ』

こぼれそうになる涙をこらえ、敏江は『はい』と答えた。

『そう、それでいい』

三朗は満足げに頷き、上空に目を向けた。眩しい光の輪が、敏江たちを見守るように輝いていた。

『君に会い、心を通わせ、同じ空間を共有できたことは――恋愛の有り様を知れたことは、僕にとって無上の喜びだった。さようなら、敏江さん。いつまでも、いつまでも元気でいてほしい』

三朗の体は徐々に透けていき、やがて辺りを包む霧にまぎれて、静かに消えていった。

敏江は別れの残滓《ざんし》が消えるまで、ただじっと涙が流れるのに任せた。

そして、あとには何もない空間が残された。

敏江は大きく息をついて、踵を返した。

迷いは、なかった。

敏江は涙を拭ってドアを開け、決然と恋愛相談事務局に入っていった。

エピローグ　十二月十四日（金）

廊下を歩いていると、「伊野瀬さん」と背中から呼び掛けられた。

振り返ると、蔵間先生と御堂さんが並んで立っていた。小柄でほっそりした蔵間先生と、大柄で恰幅《かっぷく》がいい御堂さん。研究室で、一番体重差が大きくなる組み合わせだった。

「プロジェクト、無事に終わりましたねえ」

「そうですね」とわたしは頷く。ついさっき、総括ミーティングが終わったばかりだ。

「先日、旭日製薬の関係者と会う機会があったんですけどねえ。あなたが合成した化合物、企業の研究者も興味津々でしたよ。特許出願に向けた準備を進めることになりそうだから、合成法をまとめた資料を作っておいてくださいねえ」

「あ、はい。なるべく早くやります」

「カナフルが、いよいよ臨床試験への第一歩を踏み出したわけだよ」と、御堂さんが得心したように頷く。「うらやましい話だ」

「ああ、そうそう、カナフルねえ。いい名前よねえ。これからはそう呼ぶことにするって決めたから」

「……どうも。恐縮です」

やっぱり、その名前になってしまった。御堂さんが売り込んだに違いない。

「なんだよお。もっと胸を張りなさいって」と、御堂さんがわたしの胸を触る。セクハラを黙認しつつ、蔵間先生が隣でうんうんと頷く。

「本当に素晴らしい成果よねえ。自分の名前が入った薬を世に出せるなんて、人類史上で何人いるか、ってレベルですからねえ」

と、そこでいきなり御堂さんが「うおっ」とアシカのような声を出した。「マズいっすよ先生。早く行かないと、間に合わなくなりますぜ」

「あらいけない。急ぎましょうか」

二人はいそいそとわたしの横をすり抜けていく。その慌てっぷりに、わたしの好奇心がむずむずと刺激される。

「どうしてそんなに急いでるんですか」

「ほら、大学のそばのケーキショップ。今日あそこでバイキングをやってるんだよ。一時間千七百円、ワンドリンク付き。うひひ。破産させるくらい食いまくってやるんだ」

最高の笑顔で言って、御堂さんが舌なめずりをする。やっぱり野性的だ。

「もしかして、先生も……？」

「そうだよ。ほら、この間、花奈っぺを誘ってフラれた日にさ、たまたま通りかかった先生に声を掛けてみたんだよ。そしたら、もんのすごい勢いでオッケーもらっちゃって。えげつないんだよ、このお方は。ちっこい体をしてるくせに、一度に十五個も買っていくんだから。しかも、それを一日経たずに食べ切っちゃう」

「そんなこと、大声で言わないの。日持ちしないから、仕方ないでしょう」

「なら、買う数を減らせばいいじゃないっすか」

「うるさい子ですねえ。効率良く糖分を摂取するために、必死で食べたんです」

「必死で、ねえ……」と御堂さんは呆れ顔で呟く。

「ほら、時間がないんでしょう。急ぎますよ」

「ああそうでした。どうする？　花奈っぺも来る？」

「いえ、大変残念ですが」とわたしは丁重にお断りさせてもらった。「これから、打ち合わせがありますので」

「あっそう。そんなら、あたしらは行くね。帰ってから、土産話をたっぷり聞かせてあげようじゃないか。あまーいあまーいお話をね」

「楽しみにしてなさいねえ」

矢継ぎ早に言うと、御堂さんと蔵間先生は、「突撃ーっ！」とか叫び出しそうな勢いで廊下を駆けていってしまった。すごいバイタリティだ。

さて、こっちも急がないと。わたしは気を取り直すように髪をさっと整えて、いつもの会議室のドアを開けた。

ブラインドを下げて外を見ていた相良さんが、開け閉《た》ての音に反応して、野良猫のような素早さでこちらを振り返る。

「すみません、お待たせしてしまって」

「いや、謝らなくていい。先生たちに捕まってたんだろ。廊下から話し声が聞こえてた」と、相良さんが椅子を引いて腰を下ろす。

わたしは向かいに座り、「先生がスイーツ好きって、知ってました？」と尋ねた。

「いや、初耳だな。あの人、あんまり俺たちとつるまないからな。謎の迫力があるし、こっちからメシには誘いづらい。御堂くらいだよ、自然体で接してるのは」

「かもしれませんね」

「……おい、まさかとは思うが、世間話をするために俺を呼び出したんじゃないだろうな。念のために言っておくが、俺は甘いものは苦手だぞ」

「いいえ、違います。ちょっとお伺いしたいことがありまして」

「実験のことか？　なら、わざわざこんなところに来なくても」

「そうじゃないんです。……とても、個人的なことです」

ふうん、と相良さんはそっけなく呟く。

話をする前に、相良さんを正面からしっかり見据えてみる。細くて油っけのない髪、薄い眉毛、おなじみの三白眼、つんと尖った鼻は日本人離れしていて、口元には笑みの欠片《かけら》すら浮かんでいない。いつも通りの、不機嫌そうな顔つきだ。

でも、もう怖さは感じない。どうやらわたしは、卒業が三カ月後に迫った今になって、ようやく相良さんに慣れたらしい。初めての出会いから二年と九カ月。ずいぶん時間がかかってしまった。

「なんだ、じろじろ見て。俺の顔に合成ルートが書いてあるのか」

「あの、すみません、ぼんやりしてました」

わたしは軽く咳払いをして、一枚の名刺を相良さんの目の前に差し出した。

「この方をご存じでしょうか」

相良さんは怪訝そうに紙片を取り上げ、ぐっと目を細めた。

「恋愛相談事務局って名前は聞いたことがあるが、この早瓜って人は知らないな」

そうですか、とわたしは名刺を受け取った。動揺した気配がないところを見ると、本当に心当たりがないようだ。

ということは——依頼者はやはり、相良さん自身ではなかったということになる。

わたしが初めて恋愛相談事務局を訪れた時、早瓜さんはわたしに、「ランダムに選ばれた学生を呼び出して、身の回りの話を聞くのだ」と説明した。

だが、鬼怒川さんはそれと矛盾した発言をしている。普段はなるべく人には会わず、メールや電話で用件を済ませるように命じられている——そう教えてくれた。

どうして、早瓜さんはわたしをわざわざ呼び出したのか。顔を合わせてやり取りをしない限り得られない、大切な秘めごと。もしかしたら、わたし自身の恋模様を訊き出すためだったのではないか——。

わたしはつい先日、ようやくその可能性に思い至った。

その前提に立って見直すと、「好きな人はいるのか」という質問を繰り出した意図も理解できる。わたしに片思いしている誰かの依頼に応じるために、早瓜さんはその質問をしたに違いない。

片思いをしている人物が相良さんであると断言するほどの明確な証拠は、実はない。あるのは傍証だけだ。

例えば、わたしが智輝さんに片思いしていると聞いた時の、早瓜さんの落胆した様子。あれは、依頼者がショックを受けることを悲しんでいる顔だったと解釈できる。つまり、依頼者は早瓜さんの知り合いである公算が高い。

その候補として最初に挙げられるのは、智輝さんではないだろうか。二人は何といっても親戚同士なのだ。

先日、恋愛相談事務局の局長――わたしがうっかり、三朗さんの奥さんだと勘違いしていた人だ――の自宅で受けた説明によると、どうやら智輝さんは、旦那さんを亡くして落ち込んでいる早瓜さんを元気づけるために、彼女を恋愛相談事務局に復帰させることを画策していたらしい。自分の片思いを早瓜さんにほのめかし、彼女が事務局に赴くように仕向けたというのだから、かなりの策士と言えるだろう。

恋愛相談事務局にやってきた早瓜さんは、局長からの強い説得を受けて、臨時の相談員として復帰した。「休職前と同じ状態で自分の席が残されていたから、スムーズに仕事に入れた」と彼女は言っていた。旧姓を名乗っていたのは、たくさん残っていた名刺を無駄にしないためだったそうだ。

職場に戻れば、当然依頼を引き受けることになる。都合のいい案件を用立てるために、智輝さんが自ら依頼者になった——充分にありうる話だ。近くに、恋で悩んでいる友人がいる。ちょうどいい、この機会に片思いを片付けてやろう。一石二鳥の妙手を狙っていたのかもしれない。

ちなみに、鬼怒川さんが早とちりしたせいで、わたしまで思い違いをしていたのだが、早凪さんは交通事故の加害者ではなく被害者だったそうだ。三鷹にある自宅マンションのすぐそばで、若い女性が運転する車に撥ねられたのだという。

交通事故の後遺症で膝や腰が悪いらしいのだが、わたしの前では、彼女はそんな素振りは全く見せなかった。というよりも、ほとんど座りっぱなしだったから、気づくチャンスがなかったと言うべきか。さすがに襲撃後に逃げ去る際は足を引きずっていたが、それも、事故に遭ったことがあると知ったから思い出せるだけで、その時点では特に気にならなかった。

智輝さんは、不自然な足の動きだけで襲撃者が早凪さんであることを見抜いたらしいが、それはたぶん、愛の力が成せる業なのだろう。

要は、少なくともわたしの前では、早凪さんは休職前の自分を取り戻していたのだと思う。それが、彼女が言っていた、「相談員を演じる」ということなのだろう。

「ところで——」

物思いに耽っていたわたしは、相良さんの声で我に返った。

「なんでしょう」

「結崎とは和解したのか」

「えっ」とわたしは目を見張った。「どうして、それを……」

「この間、御堂に言われたんだ。二人が女の戦いに身を投じて傷つけあってるから、今すぐなんとかしろってな。で、ケンカの原因はなんなんだ」

「それは……内緒です」とわたしは微笑んでみせた。

智輝さんは、来春早々に早凪さんと結婚する。手の届かない星を巡って争うことほど無駄なことはない。

わたしたちの戦いに勝者はいない。それでも、わたしは後悔はしていない。いびつな形ではあったが、まがりなりにも告白して、ちゃんとフラれたわたしの方が、自分の恋を全うしたと言えるだろう。悲しみは完全には癒えていないが、やり遂げたという達成感はある。だから、わたしは納得している。

「些細なことで気まずくなっていましたが、もう大丈夫です」

「そうか。それならいいんだが」

相良さんは視線を逸らして、さして関心がなさそうに呟いた。一定で不変の、無愛想丸出しの態度。本当にわたしに気持ちを寄せているのだろうか。それとも、単にわたしの考えすぎなのだろうか。後者が正解だとすると、わたしは自意識過剰な痛い女ということになってしまう。

——ちょっと、確認してみよう。

「ちょっと教えてほしいんですけどお、相良さんってえ、彼女とかいるんですかあ？」

わたしは甘えた声を出してみた。無論、演技である。

「……なんだ、その妙ちくりんな喋り方は」相良さんが、ぎろりと大きく黒目を動かした。

「俺をからかおうっていうのか」

「あう。いえ、あの」

しまった、調子に乗りすぎた、と焦っていると、相良さんは消え入るような声で、「いねえよ」と答えた。

「実験で毎日忙しいんだ。恋愛にうつつを抜かしてる場合じゃない」

「そうですか。じゃあ、好きな人とかもいないんですね」

我知らず淋しげな空気を帯びたわたしの呟きに、相良さんが「べっ」と奇妙な相づちを打った。わたしは「はい？」と小首をかしげた。

「別に、いないとは言っていないだろうが。場合によってはいることを認めないこともないというか、可能性はゼロじゃないというかだな、まあ、人生色々あるもんだろう。違うか、ええ？」

「あの、はい。色々ありますよね」

何が言いたいのかさっぱり分からないが、一応、恋そのものを否定するほど捻《ひね》くれてはいないようだ。

──あ、そうだ。

一つのアイディアが、合成ルートが見えた瞬間の輝きに似た光を伴って、ふっとわたしに舞い降りた。ここでその提案をしたら、相良さんはどういうリアクションを見せるだろう。いたずら心と好奇心が均等に混ざり合い、わたしをわくわくさせる。

わたしはテーブルの隅に放置していた、早凪さんの名刺を再び手に取り、相良さんに差し出した。

北条敏江、旧姓、早凪敏江──。恋愛相談事務局開設時から在籍する、ベテラン相談員。彼女はもうすぐ、正式に仕事に復帰するそうだ。敏江さんなら、一度は投げ出しかけた依頼にも果敢に挑んでくれるだろう。

「これ、よかったらどうぞ。場所は、事務棟の最上階です」

怪訝そうに名刺を見下ろし、相良さんは額の生え際の辺りを軽く掻いた。

「……どういう意味だ？」

「相良さんは、来年から、奈良にある薬科大学で勤務されるんですよね」

「ああ、そうだが」

「もし、恋愛問題で困ることがあったら、この大学を離れる前に、恋愛相談事務局に行ってみるといいんじゃないでしょうか」

　わたしは自信を込めて頷いた。

「すごく頼りになる相談員さんがいますから」

解説

佐々木克雄

いま、理系が熱いのだ！

いや、理系は熱いのか？

言葉遊びのような二文を並べてみたのですが、本書『恋する創薬研究室』を読みながら、ずっと右の二つを考えていました。小説が人間の日々の営みを綴《つづ》ったものであれば、そこに理系なサムシングはあるはずで、さらにいま「理系キャラ」が注目されていることは間違いないでしょう。たとえばｉＰＳ、ＳＴＡＰ、ＬＥＤなど、一躍「時の人」になった方々に世間は大騒ぎしましたよね。フィクションの世界でも、小説、ドラマなら「実に興味深い」が口癖のイケメン物理学准教授が思い浮かぶのでは。いわゆる理系キャラに熱い視線が注がれているのです。

でも一方で、その当事者といえば周囲の熱と反比例するかのように冷静沈着であるイメージが強いんですよね。松岡修造のような理系男子って見たことありますか？　私ごとですが五十年近く生きていて、熱い理系、見たことがありません。冷静理知的だから理系に進むのか、理系に進むから冷静理知的なのか――まあどっちでもいいのですけど、彼らが登場する理系小説は面白いです。人気があります。でもやっぱり登場する人々は熱くない。もちろん熱い人だっているでしょうが、どこかサラリ、サバサバしているんです。そんな冷静と情熱のあいだにあるような理系小説の魅力って何かなあと。

本書『恋する創薬研究室』の著者、喜多喜久さんは理系小説の新鋭と言えるでしょう。「このミステリーがすごい！」大賞で優秀賞を受賞した『ラブ・ケミストリー』で二〇一一年にデビュー。以後、化学をテーマにした理系キャラたちが、研究室を中心として謎を解明していくライトなミステリを送り出し、人気を得ておられます。というワケで、喜多さんの作品――とりわけこの『恋する創薬研究室』に理系小説の魅力を解明できるヒントがあるのではと思いまして、じっくり考えていきたいと思います（※注――ネタバレになるような話は明確には記しませんが、未読でありますれば本編を最後まで読みきっていただいた方がこの拙文にウンウンと頷いていただけるかと思います）。

　登場人物を見ていきましょう。本作は二人の女性が主人公です。

　ひとりは北条敏江さん。夫、三朗に先立たれ、義兄である北条一朗と同じマンションに暮らしています。そこには一朗の娘とその夫、さらに一朗の孫たちもおり、敏江さんは義兄一家から家政婦のような扱われ方をしています。

　もう一人の主人公は伊野瀬花奈さん、帝國薬科大学創薬科学科修士課程二年生。新型インフルエンザに効く薬を創製するプロジェクトチームに在籍。その中でも化学合成を担当する化学チームの一員として化合物を作り続けているのですが、フラスコを落として薬品を振りまいてしまう、いわゆるドジっ子キャラのようです。

　と、ここまで書いて、喜多作品の特徴に気付かれましたか。「創薬」「創製」「化学合成」といった専門用語が……ウーンわからない。これは氷山の一角でして、ほかに挙げますと。

「ノイラミニダーゼの機能を阻害するためには、タンパク質のある特定の部位――機能を発揮するために重要な場所――に薬剤分子がはまり込む必要がある」（本書P61）

「ある物質を初めて作った時、目的の化学構造と合致するかどうか確かめるため、わたしたちは必ず解析を行う。解析は主に二つの手段による。純度と分子量は液体クロマトグラフ質《LC-M》

量分析《S》によって測定し、化学構造は核磁気共鳴法《NMR》によって決定する」（本書P113）

これ、理系の方々にはフムフムなのでしょうけど、高校時代に三角関数、微積分で白旗を揚げた身としてはまるで外国語です。でも、これでイイんです。わからない言葉をそのまま受けとめ「これが理系の世界……」とクラクラしてしまうのが未知の世界を知る読書として最適なのです。しかも喜多さんは非理系読者を置いていくようなコトはしません。登場人物の言葉で丁寧に噛み砕いて説明してくれていますので、ディテールが物語の本筋を壊すことはないのです。

それと、重要な登場人物がもうひとり。敏江さんと花奈さんを繋《つな》ぐ役目を担っているのが、同じく一朗の孫であり、花奈と同じプロジェクトチームにいる北条智輝さんです。物語は開発研究が上手くいかず凹んでいる花奈さん、義兄一家に冷遇される敏江さんの話が並行して進むのですが、ここに喜多作品のもうひとつの特徴が加わります。

それが「恋」。

解説の冒頭で「小説が人間の日々の営み」と書いているのだから恋愛もあって然り、なのですが、これが理系キャラの恋愛となった場合、妙な反応を起こすのです。松岡修造のような理系男子は知らないと書きましたが、草食系の理系男子――これ、数え切れないほど知っています。じゃあ彼らは恋愛と無縁なのか？　いえいえ、恋愛しています。でも何か違うんです。素数に興奮を覚え、元素の周期表にウットリし、研究に追われラボに泊まり続ける彼らは生身の異性に対するアプローチに疎いのです。恋愛までのプロセス、実際につき合ってからのぎこちなさ——おいおい君たち、そんなアプローチでいいのかいとツッコミを入れたくなってしまいます。

本作はこのような理系の恋愛に奇妙な仕掛けを施しました。内閣府支援による「恋愛相談事務局」——少子化対策として、子供を産まなければならない、そのためには結婚、そして伴侶を見つけなければならない——このおせっかいを焼く部署が大学内に作られ、花奈さんはお世話になります。智輝さんに好きな人がいるのか、想いを成就させるにはどうしたらいいのか。

ところが恋というものは人を変化させ成長させます。研究も恋愛もグズグズだった彼女でしたが、気持ちが智輝さんに向けば向くほど変わっていきます。研究でも恋でもライバルである結崎さんとの争いを経て積極的になっていく花奈さん。ここに理系女子の恋愛というニッチな物語がクローズアップされていきます。本作はサブタイトルにもある通り、密室事件や実験失敗によるドキドキ展開などミステリ、サスペンス要素が盛り込まれています。一方で片思いをこじらせ、ちょっと（いや、かなり）変になっていく理系女子の心のうつろいも読みどころです。

誰かが誰かに恋をする。

考えるまでもなく人として当たり前のことで、小説でも普遍のテーマであります。それが喜多さんの作品の場合、舞台が理系の研究室であり、そこのキャラたちが恋をするということなのです。でもこの「誰かが誰かに恋をする」という当たり前のことが、実は最大のミステリであると本書は教えてくれるワケです。真相がわかって「ああそうか」と驚いて読み返し、張られた伏線にニヤニヤしてしまうのです。

理系の世界がある限り私たちは喜多さんの次作を期待できるでしょう……いやいや理系はなくなりませんから待っていればいいかと思います。それとファン目線で欲を言わせてもらえれば映像化を願いたいところですが本作は……どうでしょうねぇ。

――書評家

この作品は二〇一三年十月小社より刊行されたものです。

幻冬舎文庫

●最新刊
ドリームダスト・モンスターズ
眠り月は、ただ骨の冬
櫛木理宇

壱と晶水が通う高校で同じ悪夢をみる生徒が続出。晶水は他人の夢に潜る能力をもつ壱に相談するが、なぜか妙によそよそしい。ぎくしゃくする二人は、夢の謎を解き、仲間を救うことができるのか。

●最新刊
コントロールゲーム
金融部の推理稟議書
郷里　悟

日本中の天才奇才を次世代の人材に育てる幕乃宮学園で、マインドコントロールによる集団自殺事件が発生。銀行員の陣条和久は学園一の天才女子高生と共に、犯人と頭脳戦を繰り広げていく。

●最新刊
改貌屋
天才美容外科医・柊貴之の事件カルテ
知念実希人

「妻の顔を、死んだ前妻の顔に変えてほしい」。金さえ積めばどんな手術でも引き受ける美容外科医・柊貴之のもとに奇妙な依頼が舞い込む。現役医師作家ならではの、新感覚医療ミステリ。

●最新刊
不機嫌なコルドニエ
靴職人のオーダーメイド謎解き日誌
成田名璃子

横浜・元町の古びた靴修理店「コルドニエ・アマノ」の店主・天野健吾のもとには、奇妙な依頼ばかりが舞い込んでくる。天野は「靴の声」を聞きながら顧客が抱えた悩みも解きほぐしていく。

●最新刊
一番線に謎が到着します
若き鉄道員・夏目壮太の日常
二宮敦人

郊外を走る蛍川鉄道・藤乃沢駅の日常は、重大な忘れ物、幽霊の噂、大雪で車両孤立など、トラブルだらけ。若き鉄道員・夏目壮太が、乗客の笑顔のために奮闘する！　心震える鉄道員ミステリ。

幻冬舎文庫

●好評既刊
五十嵐貴久
土井徹先生の診療事件簿

事件の真相は、動物たちが知っている!? いつでも暇な副署長・令子、「動物と話せる」獣医・土井先生、先生のおしゃまな孫・桃子。——動物にまつわるフシギな事件を、オカシなトリオが解決！

●好評既刊
櫛木理宇
ドリームダスト・モンスターズ

悪夢に悩まされる高校生の晶水。なぜか彼女にまとわりつく同級生・壱。他人の夢に潜れる壱が夢の中で見つけたのは、彼女の忘れ去りたい記憶!? それとも恋の予感!? オカルト青春ミステリー！

●好評既刊
櫛木理宇
ドリームダスト・モンスターズ
白い河、夜の船

悪夢に苛まされていた晶水は、他人の夢に潜る「夢見」能力をもつ壱に助けられる。壱の祖母が営むゆめみ屋を、今日も夢に悩むお客が訪れる。壱と晶水は厄介な夢を解けるのか。青春ミステリー。

●好評既刊
椙本孝思
へたれ探偵　観察日記

対人恐怖症の探偵・柔井公太郎と、ドＳ美人心理士の不知火彩音が、奈良を舞台に珍事件を解決する！　人が苦手という武器を最大限生かしたへたれ裁きが炸裂する新シリーズ、オドオドと開幕。

●好評既刊
鈴木麻純
重犯罪予測対策室

小日向響は、「重犯罪予測対策室」の内部調査を命じられる。事件を未然に防ぐべく集まった面々は対人恐怖症や政治家の我がまま息子など問題児ばかり。予測不能なエンターテイメント小説！

幻冬舎文庫

●好評既刊
花嫁
青山七恵

長男が結婚することになった若松家には、不穏な空気が流れている。妹は反対し、父は息子を殴り、母は花嫁に宛てて手紙を書き始めた。信じていたものに裏切られる、恐るべき暴走家族小説。

●好評既刊
女子をこじらせて
雨宮まみ

暗黒のスクールライフを経て、気づけば職業・AVライター。ブスでもモテたいし、セックスしたい！　絶望と欲望の狭間で「女をこじらせ」、鬱屈した欲望を赤裸々に描く痛快エッセイ！

●好評既刊
まるたけえびすに、武将が通る。
京都甘辛事件簿
池田久輝

山城長政、通称〝武将さん〟はカフェ店長。ある日、失踪したオーナー古木から謎の紙束が届き、カフェが何者かに荒らされた！　京の路地裏に潜む悪を暴く京風ハードボイルド・ミステリ。

●好評既刊
快楽上等！
3・11以降を生きる
上野千鶴子　湯山玲子

「人並みに生きよ」のプレッシャーが女を苦しめる。恋愛、結婚、セックス、加齢にいかに気持ちよさを見つけるか？　悲しみも苦しみも快楽に変え続ける二人が人生を味わい尽くす方法を語り合う。

●好評既刊
リトル・ピープルの時代
宇野常寛

「大きな物語」（ビッグ・ブラザー）の時代から、「小さな父」（リトル・ピープル）の時代へ。戦後日本の変貌とこれからを、「村上春樹」「仮面ライダー」「震災」を素材に描き出す現代社会論の名著。

幻冬舎文庫

●好評既刊
七十歳死亡法案、可決
垣谷美雨

超高齢化により破綻寸前の日本政府は「七十歳死亡法案」を強行採決。施行を控え、義母の介護に追われる主婦・東洋子の心に黒いさざ波が立ち始めて……。迫り来る現実を生々しく描いた衝撃作！

●好評既刊
ハタラクオトメ
桂　望実

ＯＬの北島真也子はひょんなことから女性だけのプロジェクトチームのリーダーに。だが、企画を判断する男達が躍起になっているのは自慢とメンツと派閥争い。無事にミッション完遂できるのか？

●好評既刊
ラブソングに飽きたら
加藤千恵　椰月美智子　山内マリコ
あさのあつこ　Ｌｉ Ｌｙ　青山七恵
吉川トリコ　川上未映子

実らなかった恋、伝えられなかった言葉、人には言えない秘密。誰もが持っている、決して忘れられない〝あのとき〟。ラブソングより心に沁みる、人気女性作家が奏でる珠玉の恋愛小説集。

●好評既刊
折れない心を支える言葉
工藤公康

「ひとつのことに集中して考える時間が人を豊かにする」「甘言ではなく苦言を呈してくれる人が宝物」。結果がすべてのプロ野球界を生き抜いた男が綴る、好きなことを長く続けるメンタル術！

●好評既刊
心の野球
超効率的努力のススメ
桑田真澄

桑田真澄は、がむしゃらな努力はムダと言い切る。「根性だけで練習したことは一度もない」「やるべきことを精査し、効率性を重視しながら、練習を重ねた」など、闘う人のための成長の法則。

恋《こい》する創《そう》薬《やく》研《けん》究《きゅう》室《しつ》

片思《かたおも》い、ウイルス、ときどき密室《みっしつ》

喜多《きた》喜久《よしひさ》

平成27年5月15日　初版発行

発行人――石原正康
編集人――袖山満一子
発行所――株式会社幻冬舎
〒151-0051東京都渋谷区千駄ヶ谷4-9-7
電話　03(5411)6222(営業)
　　　03(5411)6211(編集)
振替00120-8-767643
印刷・製本―株式会社 光邦
装丁者――高橋雅之

検印廃止

幻冬舎文庫

ISBN978-4-344-42338-1　C0193　き-29-1

幻冬舎ホームページアドレス　http://www.gentosha.co.jp/
この本に関するご意見・ご感想をメールでお寄せいただく場合は、
comment@gentosha.co.jpまで。